"浙江大学文科精品力作出版资助计划项目"资助

巴赫金

文论核心话语研究

周启超 著

图书在版编目（CIP）数据

巴赫金文论核心话语研究 / 周启超著. —— 北京：北京大学出版社，2024.12. —— ISBN 978-7-301-35954-9

Ⅰ.I512.065

中国国家版本馆CIP数据核字第2025X50K98号

书　　　名	巴赫金文论核心话语研究 BAHEJIN WENLUN HEXIN HUAYU YANJIU
著作责任者	周启超　著
责 任 编 辑	李　哲
标 准 书 号	ISBN 978-7-301-35954-9
出 版 发 行	北京大学出版社
地　　　址	北京市海淀区成府路205号　100871
网　　　址	http://www.pup.cn
新 浪 微 博	@北京大学出版社
电 子 邮 箱	编辑部 pupwaiwen@pup.cn　总编室 zpup@pup.cn
电　　　话	邮购部 010-62752015　发行部 010-62750672 编辑部 010-62759634
印 刷 者	河北滦县鑫华书刊印刷厂
经 销 者	新华书店
	720毫米×1020毫米　16开本　16.75印张　280千字 2024年12月第1版　2024年12月第1次印刷
定　　　价	98.00元

未经许可，不得以任何方式复制或抄袭本书之部分或全部内容。
版权所有，侵权必究
举报电话：010-62752024　电子邮箱：fd@pup.cn
图书如有印装质量问题，请与出版部联系，电话：010-62756370

目 录

引言 …………………………………………………………………… 1

第一章 国际"巴赫金学"简史 ………………………………… 10
第一节 "巴赫金学"生成的节点 …………………………… 10
第二节 新世纪"巴赫金学"新气象 ………………………… 18

第二章 国际"巴赫金学"现状 ………………………………… 48
第一节 "巴赫金学"的新起点 ……………………………… 48
第二节 "巴赫金学"最新进展 ……………………………… 58

第三章 巴赫金文论在当代中国的译介、研究与应用 ………… 81
第一节 多语种多学科的辐射与覆盖 ………………………… 82
第二节 理论建构与批评实践有效结合的平台 ……………… 88
第三节 开采·吸纳·创造——钱中文之巴赫金研究 …… 114

第四章 巴赫金"复调说" ……………………………………… 121
第一节 "复调小说理论"的基本要点 ……………………… 122
第二节 针对"复调小说理论"的反对与赞成 ……………… 126
第三节 巴赫金之"复调"的核心语义：多声部对话 ……… 131

第五章 巴赫金"文本观" ……………………………………… 138
第一节 文本——人文思维的直接现实 ……………………… 139

第二节　话语文本——两个主体交锋的事件 …………………… 142
　　第三节　文学文本——具有双声语的"话语文本" …………… 148
　　第四节　潜对话——巴赫金文本思想的语境与价值 …………… 152

第六章　巴赫金"话语论" ……………………………………………… 155
　　第一节　"话语"——巴赫金毕生探索的一个核心问题 ……… 155
　　第二节　"话语艺术"——对"文学何谓"的独到阐释 ……… 160
　　第三节　"话语实践"——对"文学何为"的独特解读 ……… 172

第七章　巴赫金"对话主义"理念 …………………………………… 178
　　第一节　多声部相应和之关系中的"对话" …………………… 179
　　第二节　具备文化哲学品格的"对话" ………………………… 186
　　第三节　同"形式主义"与"结构主义"的"对话" ………… 190
　　第四节　作为人文科学独特认知路径的"对话" ……………… 194

第八章　巴赫金"外位性"视界 ……………………………………… 199
　　第一节　"审美外位性"与"认知外位性" …………………… 200
　　第二节　作为研究他者文化之前提的"外位性" ……………… 204
　　第三节　对"外位性"理论的自觉践行 ………………………… 206

第九章　巴赫金对世界文学与比较文学学科的贡献 ………………… 212
　　第一节　名家名著的解读与世界文学理论的建构 ……………… 213
　　第二节　出色的比较文学实践与独特的比较文学理念 ………… 215
　　第三节　对学科合法性的论证与基本路径的阐述 ……………… 221

第十章　巴赫金文论核心话语的中国之旅：回望与反思 …………… 223
　　第一节　"狂欢化"之被滥用与巴赫金之"狂欢"观念史的梳理 … 225
　　第二节　"复调"之被简化与巴赫金之"复调"话语蕴涵的深耕 … 229
　　第三节　贯穿"复调"与"狂欢化"之"外位性"视界的践行 … 233

结　语 …………………………………………………………………… 236

主要参考文献 …………………………………………………………… 238

引言

外国文论核心话语研究
—— 跨文化的文学理论研究的一个新课题

（一）

1966年10月，在约翰·霍普金斯大学人文中心的一次国际研讨会上，德里达作了题为"人文学科话语中的结构、符号与游戏"的报告；1970年，福柯在法兰西学院就任"思想体系史"教授研究席位，发表了题为"话语的秩序"的就职演说。几十年过去了，"话语"已成为人文学科中一个使用率甚高但其含义最难解释清楚的术语之一。但我们要面对的事实是："话语"在本维尼斯特的"话语语言学"（《普通语言学》）、奥斯汀的"语用学"（《言语行为哲学》）、巴赫金的"话语诗学"、福柯的"知识考古学"中，已然成为今日文学研究乃至所有人文学科的一个轴心概念。

近二十年来，"话语"（法文 discours，英文 discourse，俄文 дискурс）已经被泛化到所有人文学科。据北京大学新闻与传播学院的陈汝东在《论话语研究的现状与趋势》[1]一文中披露，对中国知网收录的1979年以来的文献进行检索，以"话语"为题目的文献有七千余条；在日常生活中，我们耳边总是听到这是政治话语，那是经济话语，这是医学话语，那是女性话语；在学术交流中，我们也总是遇到这是"法学话语"，那是"经济学话语"，这是"后现代话语"，那是"后殖民主义话语"等等。话语类型、话语模式、话语定式、话语结构、话语功能、话语分析、话语主体、话语权力、话语能力、话语生产、话语建构、话语解构、话语增值、话语的生成机制、传播机制与消费机制等等，已然成为当代人文学科研究的前沿课题。就当代外国文论研究而言，从翻译热拉尔·热奈特的《叙事话语·新叙事话语》（1990），编译让-克劳德·高概的《话语符号学》（1997），翻译于尔根·哈贝马斯的《现代性的哲学话语》（2005），到解读米哈伊尔·巴赫金的话语理论（话语的对话性，文学是一门话语艺术），阐释路易斯·阿尔都塞的话语理论，介绍米歇尔·佩舍的话语理论，诠释米歇尔·福柯的话语理论（知识形式与权力），阐发爱德华·萨义德的话语理论（东方主义话语），今日的文学研究尤其是文学理论研究实际上已经被看成是一种话语实践。

（二）

当代外国文论各家各派——马克思主义文论、结构主义文论、后结构主义文论、接受美学的文论、符号学文论、解释学文论、女性主义文论、新历史主义文论、后殖民主义文论等等，无不具有自己的一套话语。面对流脉纷呈、学派林立、名家辈出的当代外国文论的"话语森林"，我们如何进入其中而不至于迷失？如何寻得穿越其中而探得要领的路径？我们以为，有必要重点考量一些"核心话语"，着力检视一些"核心话语"。

在当代中国的文学研究话语实践中，某些外国文论大家的一些核心

---

[1] 陈汝东：《论话语研究的现状与趋势》，载《浙江大学学报（人文社会科学版）》2008年第6期。

"话语"已然留下了深深的痕迹。清理这些核心话语的原点意义,检视这些核心话语在当代中国的旅行轨迹,既有助于审视外国文学理论本身的嬗变历程而具有学术史价值,更有助于审视当代中国文学研究话语实践中的现实问题而具有思想史意义。如今,在我们已然经历几十年的改革开放之后,清理检视这些外国文论的核心话语不仅必要,而且可行。

国内虽然有过多种以"外国文论在中国"(在高校,多半是"西方文论在中国")的接受为主题的研究,但从"核心话语"这一深层来切入,追求两个维度上的深化——既对外国文论核心话语之原点内涵原初语境加以深度清理,又对这些外来的学说思想在当代中国文学研究话语实践中的正负效应与现实问题加以深度检视——这样一种跨文化的文学理论研究,尚有很大空间。

我们有必要继续直面今日文学理论已然在跨文化这一现实,而坚持在"跨文化的文学理论研究"这一路向上持续稳健扎实地推进;有必要继续面对国外文学研究与国内文学研究这两种话语实践之现实:既要有大胸襟、大眼界而善于开放,多方位地放眼国外文论的多种形态,又要有责任心有使命感而敢于担当,执着地立足国内文论的当下生态,有针对性地反思关键性轴心问题,有开创性地构筑有现实需求的平台,有引领性地守护良好的问学风气,以期积极有效地介入当代中国的文学研究,参与当代中国的文学理论建设,投身当代中国的人文建设。

外国文论的"核心话语",堪称积淀着丰富的文学理论生命信息的大分子。对一些核心话语的深度清理与检视,有可能使我们超越多年来的研究实践中已然习惯了的以思潮更替为模板、唯主义新旧是瞻的思维定式,而聚焦于牵一发便动全身的轴心问题,而有可能抵达文学理论研究基本视界之考量,甚或进入文学理论主要范式之探究。

当前我们尤其有必要锚定在当代中国文学研究话语实践中已经发生较大影响、已然留下较深印迹,但由于种种缘故国内学界对之依然是"若明若暗"的若干位外国文学理论大家（譬如，苏联的巴赫金、法国的巴尔特、英国的伊格尔顿、德国的伊瑟尔、美国的詹姆逊、意大利的埃科）的核心话语（譬如，"对话""狂欢化""作品""文本""作为意识形态话语生产的文学""作为文化政治实践的批评""文学作品的艺术极与审美极""文本的召唤结构""辩证批评""政治无意识""开放的作品""过度诠释"，等等）展开比较精细而到位的清理，针对当代中国学界对这些大家名说的解读与接受过程中的实绩与问题，展开比较精准而有深度的检视。

当前尤其有必要以多方位而开阔的观照视野，聚焦以挑战性与批判激情著称、以原创性与问题意识名世、思想理论含量大的个案之开掘，而勘探潜隐在深层但又是文学理论建设中基础性与前沿性的问题。从核心话语的清理入手，深入基本视界的考量，而力求进入主要范式的探析。有必要立足于所要重点研究的外国文论大家之理论文本原著的精读，在精选并依据源语种翻译该理论家的文选或研究性读本之基础上，撰写材料扎实而有创见的专著。

有必要实现两个维度上的把握与发声。所谓"双重把握"，指的是既要对所研究对象、所探讨的论题本身的精髓内涵有比较充分的把握，又要对其核心话语在域外尤其是在当代中国的旅行轨迹正负效应有比较全面的把握。所谓"双重发声"，指的是既要进入对象世界而在对象问题本身的情理上去发现问题，又要走出对象世界而在对象的域外旅程中去勘探问题。要有正本清源的追求，而致力于廓清某一核心话语之原点的学理性辨析与探究，又要有审时度势的追求，而致力于某一核心话语之嬗变的批判性调查与历史性检视。

（三）

苏联学者米哈伊尔·巴赫金（1895—1975）的文论著作在俄罗斯广受关注已有六十余载之久（始自1963年）。巴赫金的文论学说之走向欧陆与美英，也已很长时间（始自1967年）。巴赫金在新中国的登陆与旅行，或者说，我国学者对巴赫金这位外国学者理论学说的正式"拿来"与接受，已然走过四十多个春秋。巴赫金文论的一些关键词，诸如"复调""对话""狂欢化""多声部""外位性"，等等，已经成为我国学者文学研究乃至人文研究的基本话语。这些年来，我们一步一步地引进诗学家巴赫金的"复调理论"，哲学家巴赫金的"对话理论"，文化学家巴赫金的"狂欢化理论"，语言学家巴赫金的"话语理论"，并加以积极阐发与运用，运用于外国文学文本的解读，也运用于中国文学文本的解读，运用于文学学自身的建设，也运用于美学、哲学等人文学科方法论的反思，研究取得了十分丰硕的成果。巴赫金其人其文，进入了钱锺书、钟敬文等一代鸿儒的学术视野，成为钱中文、吴元迈、胡经之、童庆炳等文论界著名学者著书立说的重要理论资源，成为我们高校文学专业、美学专业、哲学专业众多研究生的研究课题。巴赫金理论学说吸引了几代中国学者。在我国高等学府已经"登堂入室"，在当代中国的文学研究界乃至整个人文学界，几乎是无人不知巴赫金。巴赫金研究可谓当代文论界的一大显学——巴赫金学。进入新世纪以来，巴赫金研究在当代中国可谓方兴未艾。2004、2007、2014、2017年举行了四次以巴赫金文论为主题的国际学术研讨会。有学者统计，仅2000—2008年间我国期刊上发表的"巴赫金研究"论文有302篇，研究体量远在法国学者德里达研究与德国学者伽达默尔研究之上。1998年中文版《巴赫金全集》6卷本面世，2009年中文版《巴赫金全集》7卷本问世。2014年中文版《跨文化视界中的巴赫金丛书》与读者见面。近年，钱中文先生主持修订的6卷本《巴赫金文集》出版。巴赫金的思想与学说，在极大地开拓我们的文学研究乃至整个人文研究的理论视野与思维空间，在积极地推动我国文论界的思想解放与变革创新。巴赫金文论的中国之旅，其跨语种跨学科跨文化而形成的覆盖面之大，其文学理论建构与文学批评实践相结合而达致的可操作性之强，既能与当代国外各种文论思潮学派理论资源相对接，又能与当代中国文论建设的现实需求相应合。其极富有弹性的参与性与极富有潜能的生产力，是外国文论中国化进程中一个思想十分活跃、成绩十分可观、信息十分丰富、空间十分开阔的平台与案例：它生动地映射着我们对国外文论的拿来与借鉴的曲折印迹，也相当典型地折射着文学理论跨文化旅行中被吸纳、被重塑、被传播也被化用的复杂境遇。

然而，巴赫金文论核心话语的研究，尚有不小的拓展空间。对于"复调""对话""狂欢"这一类术语概念范畴之随意套用、随处滥用进而"简化"或"泛化"的现象，也频频见之于世。譬如，将巴赫金的"对话"套用到中小学课堂教学活动中的问答；譬如，将巴赫金的"复调"简化为小说故事的多重结构、多重情节，等等。尤其是在无所不及的文化研究中，将巴赫金的"狂欢"肆意泛化，对巴赫金的狂欢化理论的普遍套用，其语境与巴赫金的"狂欢"本原内涵已经相去甚远。在影视研究、传媒研究、时尚研究、流行音乐研究、通俗文学研究中，巴赫金的"狂欢"思想尤其受到偏爱。许多文章被冠以"狂欢"之名，许多言说涌动着"狂欢"话语。甚至有文章用巴赫金狂欢化理论来分析美式摔跤中身体的狂欢，有专著用巴赫金狂欢化理论来解读中国的"春晚"。这样的一些肤浅的误读或庸俗的挪用之所以产生，自然有多种原因。其中，对于巴赫金文论之核心话语的丰富内涵与外延之了解得不透，对于"复调说""对话说""狂欢说"之生成语境之把握得不准，应是造成这种对巴赫金学术思想之"若明若暗"的接受的很重要的症结之所在。面对当代中国文学研究话语实践中的这一现实，有必要也有可能正本清源——针对"对话"与"狂欢"这样的巴赫金文论之核心话语进行有深度的清理：将之置于它们的那个原生语境之中，来梳理出它们原有的多层内涵与外延；继而，参照文学理论跨文化旅行的机理，来对这些核心话语在当代中国的译介、传播、接受与化用实践中的正面与负面的效果——成绩与问题——加以批判性的检视。

笔者 1982 年在中国社会科学院研究生院外文系俄罗斯语言文学专业攻读研究生期间，就开始阅读巴赫金的著作。1989—1991 年第一次赴苏联科学院世界文学研究所留学期间，有机会大量检阅俄罗斯学者论巴赫金的资料，结识巴赫金的三位"发现者"、巴赫金遗产整理者与评注者瓦基姆·柯日诺夫、谢尔盖·鲍恰罗夫、谢尔盖·阿维林采夫，又接触了巴赫金的论敌米哈伊尔·加斯帕罗夫等人；1999—2001 年第一次赴美国达特茅斯学院俄文系访学期间，有机会系统接触英语世界的巴赫金研究成果，结识普林斯顿大学著名的巴赫金专家凯瑞·爱默生教授，英国谢菲尔德大学的"巴赫金研究中心"主任大卫·谢泼德教授等人；2007 年，笔者在主持第 2 届巴赫金学术思想国际研讨会时结识法国著名巴赫金专家茨维坦·托多罗夫教授；2009 年，在第 3 届"世界文化语境中的俄罗斯文学"国际学术研讨会上，笔者与德国汉堡大学著名巴赫金专家沃尔夫冈·施密特教授一同主持当代文学理论分会讨论。这些年来，笔者一直对国际巴赫金学界的最新成果保持跟踪。2014 年 7 月应邀出席在斯德哥尔摩举行的第 15 届国际巴赫金学术年会，向国际学界介绍了当代中国学界对巴赫金文论的译介研究与化用。后来，与南京大学俄罗斯研究中心主任王加兴教授一同筹备主持了主题为"跨文化话语旅行中的巴赫金文论"国际学术年会（南京，2014 年 10 月），与复旦大学外国文学研究所所长汪洪章教授一同筹备主持了第 16 届国际巴赫金学术年会（上海，2017 年 11 月）。应邀出席了主题为"巴赫金思想与 21 世纪的挑战：从对话想象到复调思维"的第 17 届国际巴赫金学术年会（线上，俄罗斯，萨兰斯克，2021 年 7 月）。2022 年 7 月在哈尔滨主持了主题为"巴赫金与 21 世纪：跨文化阐释与文明互鉴"的中国巴赫金研究会学术年会。

巴赫金文论是乘着当代中国改革开放的春风登陆中国的。中国学界对巴赫金文论的引介、研究与应用是同改革开放的历史进程同步的。以 1983 年 8 月钱中文先生在钱锺书先生主持的首届中美双边比较文学研讨会上提交的研究巴赫金文论的那篇文章——《"复调小说"及其理论问题》为起点,中国的"巴赫金学"已然经历四十余年的发展。笔者有幸成为国内外巴赫金学发展历程的见证者、参与者。1989—1991年在苏联科学院世界文学研究所留学期间,笔者积极了解苏联学界的巴赫金研究动态,收集了不少资料。在1995年纪念巴赫金百年诞辰之后,投入了钱中文先生主编的《巴赫金全集》(1998)与《巴赫金全集》(2009)的资料收集、文章编选与文本翻译。2007年在钱中文先生直接引领下组建了全国巴赫金研究会。这些年来,巴赫金研究会一直不忘初心,有规模地展开以巴赫金研究为主题的国际学术交流;2014年笔者与王加兴联手主编"跨文化视界中的巴赫金研究"丛书(该丛书分为五卷:《俄罗斯学者论巴赫金》《欧美学者论巴赫金》《中国学者论巴赫金》《对话中的巴赫金》《同时代人心目中的巴赫金》)。在这套丛书中,笔者翻译了著名的塔尔图—莫斯科结构—符号学派首领尤里·洛特曼、俄罗斯科学院院士维亚切·伊凡诺夫院士阐述巴赫金符号学建树的专论,翻译了当代俄罗斯文论界领衔学者瓦列里·秋帕教授论述巴赫金审美话语构筑的文章,娜塔莉亚·鲍列茨卡娅教授论述巴赫金著述中艺术作品之文本问题的文章,伊琳娜·波波娃研究员梳理巴赫金"狂欢化学说"生成史的文章,也翻译了一直对巴赫金学术持质疑态度的俄罗斯科学院院士米哈伊尔·加斯帕罗夫晚年谈论巴赫金的最后一篇重要文章《作为创作的文学史与作为研究的文学史》。为了多方位地清理与检阅巴赫金理论的跨文化旅程,笔者还陆续翻译了法国著名巴赫金专家茱莉亚·克里斯特瓦教授介绍巴赫金理论在法国的访谈、美国著名巴赫金专家凯瑞·爱默生教授介绍美国学界对巴赫金理论的引介与研究的访谈、英国著名巴赫金专家加林·吉汉诺夫院士论巴赫金理论风格的文章,波兰学者对巴赫金本人的采访录,俄罗斯学者对巴赫金的探访录。四十余年来,不论是在国外留学访学,还是在国内治学教学,笔者持续关注国际"巴赫金学"的进展与前沿成果,持续关注巴赫金文论核心话语的跨文化旅行，重点致力于巴赫金的"复调""对话""狂欢化""外位性"这些理论原点的追溯与勘察，致力于巴赫金的"文本观""话语理论""多声部对话"理念与"外位性"视界之内涵、语境的清理与深耕。笔者确信，将巴赫金的"复调"与"对话"，"文本"与"话语"，"狂欢""多声部"与"外位性"这些核心话语置于其原初语境之中进行梳理，针对巴赫金学界尤其是国内的巴赫金学界对巴赫金一些核心话语的解读与化用中的一些问题进行清理与审视，有可能是推进当代中国学界巴赫金文论研究与应用的一条基本路径，甚或是一条基础性与前沿性兼备的重要路径。

第一章　国际"巴赫金学"简史

第一节　"巴赫金学"生成的节点

"巴赫金学"（Бахтинология, Бахтинистика, Бахтиноведение; Bakhtinology, Bakhtinistics, Bakhtin Studies），巴赫金研究也。

学术生产中，只有影响甚大的一代大家或读者甚众的一部经典的研究本身已具有偌大规模，已产生广泛影响，而成为一代代学人悉心勘察的对象，成为不同国度的学界长期瞩目的现象，成为学术再生产的一种平台，才可被冠以"××学"。在外国文学研究界，莎士比亚研究就被冠以"莎学"，陀思妥耶夫斯基研究就被冠以"陀学"；在中国文学研究界，"红楼梦研究"就被冠以"红学"。在外国文论界，巴赫金研究也被冠以"巴赫金学"。

如果说，"莎学"主人公——英国剧作家莎士比亚，"陀学"主人公——俄罗斯小说家陀思妥耶夫斯基，"红学"主人公——中国古代小说名著《红楼梦》，都是经历了相当长的时间检验的世界文学创作中的经典作家或作品，那么，"巴赫金学"主人公——苏联学者巴赫金，则是在学术领域自20世纪60年代以降对整个世界的人文研究产生了广泛而深刻的持续性影响的一代大家。巴赫金学说的原创性，巴赫金思想的辐射力，巴赫金理论的再生产能量，使得巴赫金理论的"跨文化旅行"确乎成为一种世界性现象。巴赫金理论的"跨文化之旅"，其覆盖面之广，其持续性之长，其可操作性之强，恐怕是当代世界人文学界首屈一指的；正是巴赫金理论之旅的世界性、丰富性、戏剧性，使得我们可以也应该来考察"跨文化视界中的巴赫金"，来梳理巴赫金学说在不同国度被译介被接受的旅行路径，来勘探巴赫金理论在不同文化圈里被解读、被应用的命运轨迹。

"跨文化视界中的巴赫金"，便是自有旨趣、自有规模、自有机制、自有形态的巴赫金研究——"巴赫金学"的一个基本主题。

巴赫金研究之规模在当代世界人文学界是首屈一指的。截至2000年，被统计到的研究巴赫金的文章与著作数量惊人：用俄文撰写或译成俄文的至少有1465种；用英文、法文、德文、意大利、西班牙文撰写的至少有1160种；截至2009年，用汉语撰写的研究巴赫金的文章与著作至少也有600种，据不完全统计，2001—2008年间，中国期刊上发表的以巴赫金研究为题的文章有308篇，规模居于德里达研究（295篇）、福柯研究（274篇）之上。

巴赫金研究作为一种学术生产体系，有一群学人，有几份学刊，有定期的学术年会。

世界上竟有两份专门以巴赫金研究为主题的刊物。

1992年，第一份俄文版的以巴赫金为对象为主题的杂志（《对话·狂欢·时空体：研究米·米·巴赫金生平、理论遗产与时代的杂志》（*Диалог·Карнавал·Хронотоп: Журнал научный разысканий о биографии теоретическом наследии и эпохе М. М. Бахтина*）在白俄罗斯维捷布斯克国立大学面世；该刊由Н.潘柯夫（Николай Паньков）主编，后来移至俄罗斯，在莫斯科出版；该刊每年出4期，一直发行到2003年；在英国谢菲尔德大学，1994年由英国著名巴赫金专家大卫·谢泼德建立的"巴赫金中心",也于1998年创办了一份英文版的以巴赫金研究为主题的刊物《对话主义:巴赫金研究国际杂志》("Dialogism": An International Journal of Bakhtin Studies),该刊后出版4卷,发行到2000年。

国际巴赫金学术年会自1983年启动,每隔两三年举行一届(前12届均是每两年开一次;自第13届起,改为每三年开一次),已经自成传统,每次有150位左右的国际巴赫金专家们参与其中,每届会期5天。国际巴赫金年会一直在引领巴赫金理论的跨文化之旅,其旅行路径从加拿大至意大利,从意大利至以色列,从以色列至南斯拉夫,从南斯拉夫至英国,从英国至墨西哥,从墨西哥至俄罗斯,从俄罗斯又到加拿大,从加拿大到德国,从德国到波兰、从波兰到巴西,从巴西到芬兰,从芬兰到加拿大,从加拿大再到意大利,从意大利到瑞典,从瑞典到中国,从中国回到俄罗斯。巴赫金理论之旅已持续四十年,穿越欧美亚十多个国家,其覆盖面之大,可谓罕见。这里,加拿大、意大利的人文学界表现尤为突出,多次担当国际巴赫金学术年会东道主,它们与美国、英国、俄罗斯、中国一起成为国际"巴赫金学"的重镇。

犹如大树的发育生长自有其年轮,"巴赫金学"的生成发展也有几个节点。

1983年。这是巴赫金理论"跨文化之旅"的一个新的起点。这一年,中国、北美、英伦的人文学界几乎不约而同地将视线投向巴赫金这位苏联学者。这一年9月,在中国,巴赫金成为在北京举办的首届"中美双边比较文学研讨会"的一个重要话题,钱中文遵照钱锺书的嘱咐,在这年年初就着手准备并在这个研讨会上宣读了题为《"复调小说"及其理论问题——巴赫金的叙述理论之一》的论文;这一年10月,在德国,"小说与社会:米哈伊尔·巴赫金国际学术研讨会"在耶拿举行。这次会议是受联合国教科文组织委托,由"斯拉夫文化互动国际学会"组织,来自德国、奥地利、匈牙利、保加利亚、法国、荷兰、加拿大、苏联诸国高校的学者出席了这次学术研讨会。也是在这一年10月，在加拿大，C. 汤姆逊（Clive Thomson）在渥太华，发起举行第1届巴赫金学术国际研讨会，创办用英文、法文、德文、意大利文、日文（后来则有斯拉夫语言）等多种文字出版的《巴赫金研究通讯》（Le Bulletin Bakhtine/ The Bakhtin Newsletter），率先以大学学报专辑刊发研究巴赫金的文章（The University of Ottawa Quarterly, 1983. Vol. 53. NO1: The Work of Mikhail Bakhtin）；这一年12月，美国诸多学科的巴赫金专家首次在《批评探索》（Critical Inquiry）上举办以巴赫金为专题的研讨会；这一年，在英国，第一部《巴赫金学派论文》英译（《俄罗斯诗学译丛》（Reading in Russin Poetics）第10辑）由安·舒克曼（Ann Shukman）编选，由牛津大学出版社推出。……如今回溯巴赫金接受史，1983年堪称国际"巴赫金年"。如果说，20世纪六七十年代里，巴赫金理论经历"第一次"被发现：它走出苏联，被法国的结构主义与后结构主义理论界所关注，被意大利的符号学界所关注，其跨文化旅行还只是局部性的，那么，及至20世纪80年代，巴赫金理论经历了"第二次"被发现：它的旅行路径已然进入多线并进的新格局：已经不再驻足于法兰西与意大利，越过大西洋，进入北美；由欧陆潜入英伦，继而向东方进军。这样多方位的旅行，已然几近于环球之旅。"巴赫金研究"由此而发育成为专门性很强而又拥有广泛影响、跨语种跨学科跨文化、覆盖面大辐射力强而富有生产性的一门学问——"巴赫金学"（бахтинология, бахтинистика, бахтиноведения）[1]。1986年，美国著名巴赫金专家G. S. 莫尔逊（Gary Saul Morson）甚至曾戏称巴赫金研究已成为"巴赫金产业"（The Baxtin Industry）。"巴赫金热"使得"巴赫

---

[1] 尤里·洛特曼最早以玩笑的口吻预言：很快就会出现一门学问——巴赫金学（бахтинология）。См. М.Бахтин и философткая культура XX века (Проблемы бахтинологии)/Отв ред. К.Г. Исупова. Ч.1. СПб.: РГПУ. 1991. С.6.
当代俄罗斯学界一些专门研究巴赫金的文集与资料，直接以"巴赫金学"（бахтинология）为书名：«Бахтинология · исследвания · переводы · публикации».

金学"成为当代世界人文研究的一门显学。

巴赫金理论的跨文化之旅,在20世纪90年代进入如火如荼的旺季,在巴赫金百年诞辰(1995)前后进入巅峰状态。与此同时,"巴赫金学"也进入对已有成果与问题予以检阅清理、对巴赫金理论的接受史予以梳理审视的历史反思之中。

1995年7月26—30日,第7届国际巴赫金学术年会在莫斯科师范大学举行;来自俄罗斯、白俄罗斯、乌克兰这三国的50位专家,来自英国、德国、意大利、波兰、芬兰、丹麦、土耳其、以色列、美国、加拿大、墨西哥、新西兰、韩国、日本14国的80位学者,共聚莫斯科。这届年会设有19个分会场:"对话哲学""审美活动""哲学语境""对话与文学""文学与狂欢""文本问题""哲学复兴""修辞学与/或对话学""长篇小说理论""翻译与'可译性'""巴赫金与俄罗斯文化""巴赫金与后现代性""女性主义视界""体裁诗学""巴赫金与诗歌""与巴赫金一同解读""文化的相互联系""教育学与心理学""社会文化语境中巴赫金的生平"。这届年会上共有123个发言。这些发言可以概括为三个系列:"巴赫金与某一位哲学家""巴赫金与某一位作家""巴赫金与某一个问题"。第一个系列中的哲学家名单,从凯尔克戈尔与叔本华一直到福柯与德里达;第二个系列中的作家名单里则有维吉尔、弥尔顿、菲尔丁、果戈理、伍尔芙、纳博科夫、里尔克、普拉东诺夫、奥尼尔、帕斯捷尔纳克、米洛什、康拉德。巴赫金思想辐射的"光谱"十分宽阔。

在莫斯科年会开幕式上做报告的三位学者,分别来自意大利、美国与俄罗斯。他们是意大利学者V. 斯特拉达(Vittorio Strada)、美国学者K. 伽德勒(K. Gardner)、俄罗斯学者B. 马赫林(Виталий Махлин)。威尼斯大学教授斯特拉达的报告题目是《"发现"米哈伊尔·巴赫金对于世界文化的意义》。在欧美斯拉夫学界中最早发现巴赫金的这位意大利学者,论述了20世纪六十至九十年代的"巴赫金热"及其原因。斯特拉达认为,在近二三十年里被重新发现的俄罗斯思想家当中，没有一个像巴赫金这样产生如此之大的影响。美国学者伽德勒的报告题目是《论第三个千年的哲学：抑或东西方之间的米哈伊尔·巴赫金》；马赫林的报告则是《面对面：即将完结的百年之未完成的历史上的米哈伊尔·巴赫金》。这届年会上，莫斯科大学图书馆向与会学者播放了由B.杜瓦金采访的巴赫金回忆涅维尔生活的谈话录音，以及巴赫金当年朗诵А.费特的一首诗的录音。在这届年会闭幕式上作报告的，有美国著名巴赫金专家、普林斯顿大学斯拉夫学者凯瑞·爱默生，她的发言涉及当代欧美"巴赫金学"的两个层面：其一与狂欢的思想相关联，其二是对巴赫金的内在之"我"三个模型的接受：对话性的、狂欢性的、构筑性的。凯瑞·爱默生指出，俄罗斯的"巴赫金学"在5年里已追赶上30年的欧美"巴赫金学"。这要归功于巴赫金著作出版中心与研究中心的努力：这些中心的领衔人物是К.伊苏波夫（彼得堡）、В.马赫林（莫斯科）、Н.潘科夫（维捷布斯克）、И.В.彼什科娃（莫斯科）；莫尔多瓦大学也是"巴赫金学"的一个基地。这位美国学者特别强调在巴赫金研究领域俄罗斯与欧美进行对话的巨大意义。英国巴赫金学会会长大卫·谢泼德因故未能与会，但他的报告还是被安排在闭幕式上代发，其题目是《没有对话，没有对话主义：俄罗斯学界接受视野中的欧美"巴赫金学"》。

В.马赫林在会后的报道里指出，莫斯科年会的特点有三：其一，不同的人文学科与不同的视界交锋互动；文学学论题十分广泛，但已不再占据主导；占据主导的是一般的人文理论兴趣，其中有迫切的哲学、文化学问题，例如，"巴赫金与后现代性"分论坛第二场听众爆满，莫斯科年会上学界第一次在巴赫金研究中用世俗语言谈论神学或准神学话题。其二，与会学者构成上新旧更替。这届年会上，很少看到六十年代甚至八十年代的"巴赫金学"首倡者的身影，来自欧美的寥寥几个，莫斯科本土的竟一个也没有与会。甚至是那些在"巴赫金学"中出道成名的研究者（主要是文学学家）如今也离去了（抑或"内在地离去"）。如今对巴赫金感兴趣的已然是另一波学者。其三，俄罗斯本土的"巴赫金学"与国外的"巴赫金学"之间如果不说是对话至少也是在对接上有可观的进步。"巴赫金学"的这两个方阵之最初的"接触"曾暴露出完全的不对接性：1991年曼彻斯特巴赫金年会上，一位英国与会者（"后马克思主义者"）谈到其印象时曾一针见血地指出，看上去仿佛"至少同时是在开两个会"；首先立刻出现语言壁垒；更折磨人的则是不同世界不同的"话语"之间——似乎是在对同一个概念进行阐述中的不同"话语"之间——的壁垒。马赫林看到，如今世界性的"巴赫金学"一个众所周知的特点可以见于学术争鸣中的不同声音（如果愿意——就是"多声部"与"杂语"）；这不仅从"意识形态"方面来看是有成效的，而且从"专业化"方面来看也有成效。"文学学家"与"哲学家"在"巴赫金学"中或隐或显的冲突，几乎不可避免；在一些根本性的论题上仅仅"依据专业"的交谈就显得不够了，共同的对象在要求有共同的交谈语言。马赫林认为，有别于欧美的"巴赫金学"，"巴赫金与文学学"这一题目，在俄罗斯尚未成为严肃认真的谈论对象。俄罗斯另一位著名巴赫金专家 H. 鲍涅茨卡娅（Наталья Бонецкая）在谈到莫斯科年会印象时指出，作为哲学家的巴赫金，在研究者心目中相对于作为文学学家的巴赫金似乎彻底占据了上风，出现了作为神学家的巴赫金之新形象——尽管还是很模糊而有争议的。这可是曼彻斯特巴赫金年会上、墨西哥巴赫金年会上都不曾出现的。

值得注意的是，在莫斯科年会上，已经有一些学者看出"巴赫金学"的危机。有人提出，巴赫金之异常流行，在其自身隐藏着危险：巴赫金这个对话性真理的代言人，曾超越了自己的时代，但在有些人心目中也会成为一个实质上的独白主义者。应当记住巴赫金本人说的这句话："他大于自己的命运且高于自己的时代。"有专家坦言对"巴赫金学"的困惑：感觉出视界、主题、论域均已枯竭；"巴赫金学"能否克服这一危机，找到新的路向？有学者提出，巴赫金以其社会责任性原则展现为一个很好的节制者。"参与而应分"的自由哲学，理应取代无边无界的、无应分而不去分担的自由哲学。那样，我们就能重构巴赫金思想的全部丰富与深度。而目前，面对现如今的危机状态，整个"巴赫金学"——不论是本土的，抑或是外国的——都深陷其中的这个状态，有必要在方法论意义上有系统地克制使用由巴赫金所引入而已成为流行语的概念——对话，狂欢，时空体……

1995 年 7 月，在英国，在曼彻斯特大学的"巴赫金中心"，举行了主题为"巴赫金：一个世纪的反思"的学术研讨会。

1995 年 11 月，在中国，北京的巴赫金学者在纪念巴赫金百年诞辰的研讨会上，在对巴赫金研究中的问题进行审视时形成了一个共识：巴赫金研究要深入下去，就要以对巴赫金文本的系统掌握为前提为基础；要组织力量编选、翻译、出版巴赫金文集。

1996 年，在俄罗斯，在莫斯科，俄罗斯科学院世界文学研究所理论部巴赫金研究团队在纪念巴赫金一百周年诞辰之后很快就推出《巴赫金文集》第一卷。

1997 年，在英国，《面对面：巴赫金在俄罗斯与在西方》（*Face to Face: Baktin in Russia and the West*, Sheffield University Press）由谢菲尔德大学"巴赫金中心"推出；同年，在美国，爱默生的专著《巴赫金的第一个百年》（*The First Hundred Years of Mikhail Bakhtin*, Princeton University Press）在普林斯顿大学面世。两年后，英语世界里第一部《巴赫金研究文选》（Emorson, C.ed. *Critical Essays on Mikhail Bakhtin*, New York: G. K. Hall. 1999）作为"世界文学研究丛书"的一种，也与读者见面了。爱默生为这部文选写了一篇导言，其题目引人入胜：巴赫金是谁？（Who is Bakhtin?）。巴赫金其人其文其实具有多面性与悖论性，无法将其纳入任何一个被严格界定的系统，不论是结构主义、符号学，还是解构论。巴赫金是一个文学学家？语言学家？语文学家？还是一个哲学家？美学家？抑或是一个以文学研究者的角色出场的哲学人类学家？对巴赫金学术身份的定位可谓众说纷纭，至今仍是国际"巴赫金学"面对的一个热点话题。

红红火火的"巴赫金学"堪称20世纪下半期当代世界人文学界的一道亮丽风景。俄罗斯科学院院士、符号学家、语言学家、文学学与人类学学家维亚切·伊凡诺夫（Вяч. ВС. Иванов）观察到，及至20世纪末，巴赫金已成为世界上被阅读最多被征引最多的一位人文学家。当代国际人文学界的风云人物，诸如法国的克里斯特瓦、托多罗夫、巴尔特，德国的尧斯，意大利的埃科，英国的威廉姆斯、伊格尔顿，美国的德·曼、布斯，不用说苏联的洛特曼、利哈乔夫、阿韦林采夫等名家，均发表过谈论巴赫金的文章，都曾与巴赫金进行对话或潜对话。当代国际人文学界如此红火的"巴赫金热"，使得《巴赫金通讯》（Le Bulletin Bakhtine / The Bakhtin Newsletter）能够及时地推出主题为"环球巴赫金"（Bakhtin around the world）特辑，收入其中的文章有：《在意大利被阅读的巴赫金》《在法国与在魁北克的巴赫金》《以色列的巴赫金研究》《波兰对巴赫金的接受》《巴赫金在德国之一瞥》《西班牙对巴赫金的评论》《日本对巴赫金的接受》《与另样的世界沟通之际……俄罗斯与欧美最新的巴赫金研究在狂欢观上的对立》。而在此之前，1995年，克雷格·布兰迪斯特（Craig Brandist）已发表《英国巴赫金学概览》一文。巴赫金理论在其覆盖面甚大辐射力甚强的跨文化旅行中，已成为当代国际人文学界话语实践与学术生产的一个"震源"。

第二节 新世纪"巴赫金学"新气象

进入21世纪之后，"巴赫金学"的境况怎样？新世纪以降这20多年来，"巴赫金学"有什么新的气象？或者，经历了持续几十年的开采，巴赫金这一理论矿藏是不是已经几近枯竭？"巴赫金学"在达到其波峰之后有没有跌入波谷？这是巴赫金研究者自然要面对、要反思的一个问题。2002年3月1—2日，在美国，在耶鲁大学举行的斯拉夫文论研讨会上，在主题为"巴赫金：赞成与反对"（Bakhtin: Pro and Contre）的分论坛上，来自普林斯顿大学的凯瑞·爱默生的报告题目是："走红之后的巴赫金：几个争议点与它们会导向何方？"（Bakhtin after the Boom: Some Contested Moments and Where They Might Lead?），来自谢菲尔德大学的大卫·谢泼德教授的报告题目是："巴赫金在/与危机：长远时间的问题"（Bakhtin in/and Crisis: Problem of Great Time）。这两个报告出自美英学界多年潜心于"巴赫金学"的专家之手，表明美英巴赫金研究者对"巴赫金学"中的问题已进入自觉的反思阶段。2003年，在俄罗斯，《巴赫金术语辞典》以俄罗斯人文大学的期刊《话语》专辑（2003/11）面世；该辑以 C. H. 布罗伊特曼教授的文章《巴赫金的学术语言与术语：几点总结》开篇。其第1部分为"巴赫金的学术概念之系统性描述辞典材料"；其第2部分为"美学史与语言哲学史上的巴赫金"。这一专辑对巴赫金"学术概念"的系统性描述，其实是1997年问世的《巴赫金术语辞典·材料与研究》的续篇。俄罗斯人文大学的巴赫金研究团队，在"巴赫金学"达到波峰状态之际就已开始自觉地反思"巴赫金学"的两种危险：其一，有些谈论巴赫金的文章与著作的作者其实不过是以巴赫金为"话由"而在进行自我表现，那些自我表现同巴赫金本人的思想几乎是毫无关系；其二，一些巴赫金研究者只是做了巴赫金思想的"主人公"，并不能够占据"外在于它而有理据地予以应答的"立场。《巴赫金术语辞典》是俄罗斯人文大学巴赫金研究团队持续10年的项目成果。1993年2月1—3日，在该校举行的"巴赫金与人文科学的前景"学术研讨会上，人们曾讨论过这个项目，讨论了巴赫金学术概念的"词汇表"。

俄罗斯人文大学的"巴赫金学"成果表明，20世纪启动的巴赫金研究在新世纪还在延续。新世纪以降的俄罗斯"巴赫金学"，至少已有6部著作值得关注。

2003年,《对话·狂欢·时空体》发行最后几期(第39/40期)——专辑《世界文化语境中的巴赫金》;之后,该刊主编尼古拉·潘柯夫(Н. Николаев)潜心于专著写作,2010年他推出巴赫金研究总结性著作《巴赫金的生平与学术创作中的问题》[1]。该书聚焦20世纪30年代末40年代初巴赫金的学术生涯,梳理巴赫金论拉伯雷一书的写作史,披露当年巴赫金以这部著作进行学位答辩的过程、苏联学术界知名学者当时对巴赫金的不同评价、20世纪60年代里巴赫金的几位"发现者"与巴赫金本人的通信。

2011年面世的《巴赫金的〈话语创作美学〉与俄罗斯哲学—语文学传统》[2],是著名巴赫金专家纳丹·塔马尔钦科(Н. Тамарченко)在巴赫金学园地耕耘多年的收官之作。作者的观点是:要揭示出巴赫金所写下的文本之原初的涵义、学者本人置于其思想之中的那份理解,只有在这一条件下才有可能:将巴赫金的那些思想作为诗学概念的体系——这些概念形成了一种独一无二而至今尚未得到充分评价的文学理论——来研究。作者驻足于巴赫金的思想与其本土的、欧洲的美学之历史经验的关联性,这些思想与他那个时代的哲学和他之前的哲学在语境上的内接性,以及它们对这一语境之改造性的梳理。巴赫金的学说,作为他那个年代那些标志性的美学理论与文化学理论之强劲的"相契合、相应和的对话",在这部专著里得以揭示。在这里得到呈现的这一对话的主要参与者——巴赫金与弗洛连斯基、巴赫金与别雷、巴赫金与Е. 特鲁别茨科伊、巴赫金与弗拉基米尔·索洛维约夫、巴赫金与罗赞诺夫、巴赫金与波捷布尼亚,以及巴赫金与梅列日科夫斯基、维亚切斯拉夫·伊万诺夫、斯卡夫迪莫夫、维谢洛夫

---

[1] *Паньков Н. А.* Вопросы биографии и научного творчества М. М. Бахтина - Москва: Издательство Московского государственного университета, 2009. - 720 с.

[2] *Тамарченко Н. Д.* «Эстетика словесного творчества» М. М. Бахтина и русская философско-филологическая традиция - Москва: Издательство Кулагиной, 2011. - 400 с.

斯基……与之展开对话的国外学者则是黑格尔、康德、洪堡、尼采、弗洛伊德、维特根斯坦、施宾格勒、卢卡契。这些学者的哲学理论,被置于与巴赫金着重于长篇小说形成过程之诗学概念体系相互作用的层面而得到分析。塔马尔钦科这一整串的对比性研究,开采出巴赫金在长篇小说体裁领域的那些发现的多维度性。特别有趣而有意义的是书中讨论白银时代的宗教哲学与文化学的章节,白银时代的长篇小说理论是巴赫金的长篇小说学说的先声。

2009 年,伊琳娜·波波娃(И. Л. Попова)的专著《巴赫金论弗朗索瓦·拉伯雷一书与其对于文学理论的意义》[1]由俄罗斯科学院世界文学研究所出版;

2007 年,亚历山大·卡雷仑(А. И. Калыгин)的专著《早期巴赫金:作为伦理学之超越的美学》由俄罗斯人文学会推出;

2005 年,弗拉基米尔·阿尔帕托夫(В. М. Алпатов)的专著《沃罗希诺夫、巴赫金与语言学》[2]由斯拉夫文化语言出版社发行;

2013 年 8 月,笔者在莫斯科出席"俄罗斯形式论学派 100 年国际研讨会"之际,在书店里看到这年刚出的一本新书:《米·米·巴赫金与"巴赫金小组"现象:寻找逝去的时光·重构与解构·圆之方》[3]。该书作者聚焦巴赫金与其最为亲近的朋友——В. Н. 沃罗希诺夫与 П. Н. 梅德韦捷夫(他们之间因友情合作后被称为"巴赫金小组")——的生平与创作中那些很少受到研究、有些部分已然成为难解之谜的问题。该书作者 Н. 瓦西里耶夫(Н. Васильев)生活于巴赫金曾工作多年的萨兰斯克,且就在国立莫尔多瓦大学执教(巴赫金曾在那里多年主持俄罗斯文学与外国文学教研

---

[1] Попова И.Л. Книга М. Бахтина о Франсуа Рабле и её значение для теории литературы.-Москва: ИМЛИ РАН. 2009-464 с

[2] Алпатов В.М. Волошинов, Бахтин и лингвистика. -Москва: Языки славянских культур, 2005.-432 с.

[3] Васильев Н.Л. Михаил Михайлович Бахтин и феномен «Круга Бахтина»: В поисках утраченного времени. Реконструкции и деконструкции. Квадратура круга - Москва: ЛИБРОКОМ, 2013.-408 с.

室）。该书是作者几十年（1985—2012）的巴赫金研究成果之汇集。作者在这里对"巴赫金的语言学思想""作为文化史现象的巴赫金主义""苏联（俄罗斯）的巴赫金学现象"进行了阐述，对"有争议的文本"之著作权问题与版本问题，对 В. Н. 沃罗希诺夫的生平、В. Н. 沃罗希诺夫与巴赫金的关系、同时代人对 В. Н. 沃罗希诺夫的评价进行了专题性考证，尤其是提供了中学教师巴赫金、大学教师巴赫金、巴赫金与其研究生、巴赫金的"萨兰斯克文本"等珍贵史料。

俄文版研究巴赫金的论文与专著之不断面世，堪称国际"巴赫金学"在新世纪不断推进的一个缩影。其他文字如英文版、中文版研究巴赫金的论文与专著，新世纪以来也在不时地与读者见面。限于篇幅，这里不再列举。通过对新世纪以来国际"巴赫金学"重要成果的跟踪与检阅，我们看到的是：巴赫金理论的跨文化之旅已进入常态。

这种常态，体现为国际"巴赫金学"的学术交流一如既往。国际巴赫金学术年会以其自成传统的节奏，定期举行。新世纪以来，不同国度的巴赫金研究者先后相聚于波兰（2001）、巴西（2003）、芬兰（2005）、加拿大（2008）、意大利（2011）、瑞典（2014）、中国（2017）、俄罗斯（2021），国际巴赫金学术年会已成为新世纪巴赫金理论之旅的驿站；由国际巴赫金学术年会所引领的巴赫金理论跨文化之旅，在继续扩大其辐射力，在不断拓展其覆盖面。

这种常态，体现为"巴赫金学"的文本建设不断拓展。新世纪以来，巴赫金著作之多个语种的译文以单行本、文集甚至全集的形式在不断面世。2009年，中国著名巴赫金专家钱中文主编的中文版《巴赫金全集》7卷本面世，这是对1998年出版的中文版6卷本《巴赫金全集》的增订；2013年，意大利著名巴赫金专家奥古斯都·蓬佐（Augusto Ponzio）主编的意俄双语版《巴赫金文集》（1919—1929）问世；2012年，由俄罗斯著名巴赫金专家谢尔盖·鲍恰罗夫主编的俄罗斯科学院版《巴赫金文集》

（6卷7册）这一"巴赫金学基本建设工程"终于竣工（这一工程始于纪念巴赫金百年诞辰的1995年；第1卷出版于1996年，整个文集的编辑出版持续了整整16年）。以俄罗斯科学院的巴赫金专家为主体的这个巴赫金研究团队，以其十分严谨而执着的治学精神，为巴赫金理论遗产提供了精细的注疏、深度的诠释。

这种常态，体现为"巴赫金学"的文献整理进入收获季节。随着"巴赫金学"的发展，对"巴赫金学"成果的检阅、清理、审视、集成，作为巴赫金研究之研究，自然也成为一项不可或缺的工作。新世纪伊始，俄文版2卷本《巴赫金研究文选》在彼得堡问世；2010年，俄文版单卷本《巴赫金研究文选》也在莫斯科发行了。2003年，英文版4卷本《巴赫金研究文选》与英语世界的读者见面。经过长达5年的编选、翻译、编辑，中文版5卷本《巴赫金研究文选》，以"跨文化视界中的巴赫金丛书"形式于2014年金秋时节呈现在汉语世界的读者面前。

我们可以从多种路径切入"巴赫金学"在新世纪这20多年来的新进展：可以从近8届"巴赫金年会"来看新世纪以来国际学界对巴赫金理论的解读与应用；可以从俄文版、英文本版、中文版4种"巴赫金研究文选"来看新世纪以来国际学界对"巴赫金学"成果的梳理与集成。

路径1：从"巴赫金年会"来看新世纪以来国际学界对巴赫金理论的解读与应用。

新世纪第1届国际巴赫金年会（波兰，格但斯克大学，2001年7月23—27日）。会后，波兰著名巴赫金专家博古斯拉夫·祖尔科（Boguslaw Zylko）教授编选了这届年会论文选《巴赫金与其学术氛围》（2002）。书中收入22篇论文，以这届年会上几个分论坛的主题分成8个单元：第1单元"巴赫金的变体"收入"巴赫金与人文科学的方法论：文本问题""形象中的时空体"；第2单元"长远语境与当下语境中的巴赫金"收入"'长远时间'观照下巴赫金对话主义的一些根源""米沙与柯利亚：思考的兄弟/他者";第3单元"巴赫金与文化研究"收入"巴赫金与小说诗学：一种批评的融合""巴赫金的'受话性'与早期现代主体的形成";第4单元"巴赫金语言学的哲学来源"收入"巴赫金对话与言谈理论的哲学根源""符号、言谈与话语：寻找新的方法论的种种可能""沃罗希诺夫与卡西尔：论语言与现实的关系";第5单元"巴赫金与文学批评"收入"巴赫金理论视域中的文学原型问题""尼采、维亚切·伊万诺夫与巴赫金的'小说与悲剧'问题";第6单元"巴赫金哲学人类学的伦理与美学"收入"对话与文学作品：它们在巴赫金话语创作美学中的相互关系""跨文化，跨种族：巴赫金与'文学地看'的独特性""作为伦理学范畴的复调"等。

新世纪第2届国际巴赫金年会（巴西，库里蒂巴，2003年7月21—25日）。来自19个国家的184位学者与会，工作语言为葡萄牙语、西班牙语、英语、俄语；加拿大著名巴赫金专家克莱夫·汤姆逊在这届年会上作了"巴赫金国际学术研讨会20年"报告；巴西年会的一大亮点是语言学。这届年会上重要的报告有："巴赫金与本维尼斯特""巴赫金，马尔主义与文化革命的社会语言学""圣礼的与日常的：巴赫金、本雅明、布伯与维特根什坦对语言的关注""巴赫金与梅洛—庞蒂的语言现象学""巴赫金与索绪尔——超越对立"。本届年会上专门讨论巴赫金著作中的文学学与哲学的报告较少。与会学者的发言中最为流行的话语是"对话"与"对话主义"。

新世纪第3届国际巴赫金年会（芬兰，于韦斯屈莱大学，2005年7月18—22日）。来自20个国家的90多位学者与会，工作语言为英语、俄语。与会的俄罗斯巴赫金专家人数仅次于英国、美国。俄罗斯"巴赫金学"的主将鲍恰罗夫、马赫林、尼古拉耶夫、瓦西里耶夫、波波娃等11位到会。本届年会间举行了题为"巴赫金学的未来"的圆桌会议。芬兰年会的一个亮点是当代国际巴赫金学的大腕几乎全都与会。谢·鲍恰罗夫（С. Бочаров）在题为"作为语文学家的巴赫金：论陀思妥耶夫斯基一书"的大会报告中提出，"与文学学领域这么多的成就相关联的这位学者，就其方法论而言首先是一位哲学家"。弗·扎哈罗夫（В. Захаров）的报告题目是"巴赫金'学派'的体裁问题"。他在这里对 фабула，сюжет，жанр 这几个术语的使用进行对比分析。扎哈罗夫认为，巴赫金并不是在严格的文学学意义上使用这些术语；巴赫金更像是一位哲学家，而不是一位职业语文学家。加拿大学者肯赫施考普（Ken Hirschkop）的报告题目是"巴赫金、索绪尔与苏联语言学：我们怎样理解'语言社会学'？"，美国学者彼得·希区考克（Peter Hitchcock）的报告题目是"理论之后的巴赫金"，俄罗斯学者伊万·叶萨乌洛夫（И. Есаулов）的报告题目是"作品艺术整体中作者的'位置'与读者的立场"，芬兰学者米·德·米基耶尔（M. де Микиель）的报告题目是"论巴赫金与翻译哲学"。

新世纪第 4 届国际巴赫金年会（加拿大，伦敦城，2008 年 7 月 28—8 月 1 日）。来自 23 个国家的 100 多位学者与会；这届年会的主题是讨论"巴赫金小组"的学术探索。工作语言为英语、俄语、法语。俄罗斯学者 Н. 瓦西里耶夫在会上的报告是"'巴赫金小组'集体创作语境中 П. 梅德韦捷夫的《文学学中的形式论方法》一书的语言学内容"，英国学者大卫·谢泼德在会上宣读了 Ю. П. 梅德韦捷夫与 Д. А. 梅德韦捷娃合写的论文，该文探讨"巴赫金小组"的遗产，尤其是 П. 梅德韦捷夫的学术探索。

新世纪第 5 届国际巴赫金年会（意大利，贝尔蒂诺罗城，博洛尼亚大学，2011 年 7 月 4—8 日）。来自 23 个国家的 100 多位学者与会。时任罗马大学客座教授的美国著名巴赫金学者凯特琳娜·克拉克（Katarina Clark）出席这届年会。与会学者中，数量上仅次于东道主意大利学者的是巴西学者，有 20 多位；这届年会的一个特色是同声翻译全覆盖，同时使用三种语言（俄语、意大利语、英语），大会报告45分钟，分论坛发言30分钟，有足够的时间提供给听众提问，展开讨论。本届会上的报告中，研究巴赫金理论本身的话题相对较少，主要有"巴赫金小组：对这一现象的论证"，"尼古拉·巴赫金与米哈伊尔·巴赫金：协和与对位：哲学立场之比较分析""巴赫金论弗朗索瓦·拉伯雷一书：透过文本史的棱镜来看思想与概念的起源""巴赫金超语言学之源头""巴赫金笔下之自己的话语与他人的话语"，等等；这届年会上更多的是一些"泛巴赫金"层面的报告，且带有哲学的或文化学的偏向。不少发言者对先前的"巴赫金学"建树不甚了了，甚至不了解某一论题的基本文献，不了解巴赫金生平的重要细节。巴赫金的大名在不少学者心目中沦为可以就任何论题而进行自我表达的"话由"。

新世纪第6届国际巴赫金年会（瑞典，斯德哥尔摩，皇家艺术学院，2014年7月23—27日）。这届年会的主题是"作为实践的巴赫金：学术生产，艺术实践，政治激进主义"。来自不同国度的150多位学者与会。会议安排的主旨报告，有美国学者凯瑞·爱默生的"巴赫金与演员：以莎士比亚为例"，意大利学者奥古斯都·蓬佐的"巴赫金论科学、艺术、政治与实践"，英国学者加林·吉汉诺夫的"'世界文学'历险记：巴赫金与俄罗斯形式论学派之回望"。未能与会的俄罗斯著名巴赫金专家谢尔盖·鲍恰罗夫为本届年会准备了特别演讲"哲学家巴赫金与语文学家巴赫金"，由其女玛尼亚·谢尔盖耶夫娜·卡西扬在大会上做了专场宣读。本届年会上设立的"圆桌讨论"，有"俄文版6卷本巴赫金文集"（加拿大学者肯·赫施考普主持，与谈者为英国学者加林·吉汉诺夫与俄罗斯学者伊琳娜·波波娃）、"对话的自由""立场之异同：对人文学科不同领域里的现象进行对话性理解的可能性及视角（加林·吉汉诺夫主持）""巴赫金小组与尤里·巴甫洛维奇·梅德韦捷夫"（英国学者克莱格·布兰迪斯特主持，与谈者为加拿大学者肯·赫施考普、克莱夫·汤姆逊、英国学者加林·吉汉诺夫、俄罗斯学者尼古拉·瓦西里耶夫）。参加圆桌讨论的学者大多来自不同学科。以吉汉诺夫主持的"圆桌讨论"为例，参加的学者来自哲学、社会学、历史学、文学、设计等多个领域。

这届年会共收到各类学术论文150余篇，均安排在分论坛上进行发言和交流讨论。大会安排了48场分论坛。分论坛的组织基本以与会学者提交的论文主题为依据，主题内容相同、相近的列为一组。分论坛规模大小不等，有的仅有两位发言人，有的则有六七位发言人。每场分论坛均设有主持人和点评人。在主旨报告之外，圆桌讨论和分论坛均在同一时间段设三至五场，供与会学者自由选择参加。这届年会为期5天，每天的研讨在时间上分三单元，在5个平行的分会场同时举行；每天有15场；分论坛的主题可谓五彩缤纷："巴赫金与神学""巴赫金的学习原理""巴赫金论（民族）政治学""颇成问题的巴赫金所用概念""巴赫金与复调：他者的在场""巴赫金对公众性与公共空间的分析""巴赫金的言语体裁理论与文化语用学""巴赫金的言语理论与其研究古典修辞学的方法""'我'与'他者'：巴赫金交往语言学核心""巴赫金与文学理论""'南部欧洲'对巴赫金的接受""巴赫金的理论与其被歪曲、被篡改：关于对话论的历史符号学""巴赫金与语言理论""巴赫金、神学与马克思主义""跨文化学习与语言""异见的政治文化：对狂欢化认同之历史性的细察与异见之语言、音乐与电影中的巴赫金对话主义""狂欢艺术""巴赫金、当代社会运动与全球民主斗争""巴赫金与公民教育""巴赫金与哲学问题""美学理论与实践"（以巴赫金的理论来阅读马列维奇的艺术方案，艺术即席创作中巴赫金的对话学说与狂欢学说）、"以巴赫金学派的理论来进行诗歌阅读与教学""巴赫金与语言研究""怪诞与对话论：用巴赫金的理论来看艺术""当代艺术与狂欢化"（当代音乐中巴赫金的狂欢化与讽拟）、"从前：巴赫金与儿童文学""巴赫金、疗法与呵护"（在音乐治疗领域即席创作中巴赫金的学说"对话与狂欢"）、

"巴赫金与笑文化"（巴赫金的笑哲学语境中的当代乌克兰幽默文化）、"巴赫金、诙谐与怪诞""精神分析实践与巴赫金的理论""巴赫金论所谓下等人""巴赫金与社会批判""巴赫金的政治理论"（作为哈贝马斯的公共领域之选项的巴赫金的公共空间概念）、"巴赫金的理论与学校教育实践""巴赫金与本维尼斯特：在有关主体与阐释（意指）概念上可能的交接""巴赫金与本维尼斯特笔下的意指：一个出发点，两个构型""巴赫金与本维尼斯特：关于意指与意思上的交接""巴赫金与维戈茨基：自我与他者之地位"。

　　瑞典年会在专题设定上多有重叠之处，涉及巴赫金与神学、教育、语言教学、精神分析、心理治疗的分论坛专题讨论甚至有好几轮，这表明如今的巴赫金研究者对这些论题的兴趣甚为浓厚。瑞典年会的议题可谓斑驳杂多。从这些议题可以看出，巴赫金的哲学理论、美学理论、文学学理论、语言学理论等"巴赫金学"中的传统论题，现今继续受到国际巴赫金学者的关注与研究；同时，巴赫金与教育学、心理学、政治学、文化学，与艺术、医学、心理保健的关联，也成为今日"巴赫金学"的话题。国际学界对巴赫金理论的研究既在走向人文研究的纵深层面，也在走向泛文化研究之无边的解读与无界的征用。

　　瑞典年会上，国际巴赫金学界5位元老再次发声：俄罗斯的鲍恰罗夫、德国的拉赫曼（Renate Lachmann）、意大利的蓬佐、加拿大的汤姆逊、美国的爱默生；五位中年学者十分活跃，引人注目：英国的吉汉诺夫、布兰迪斯特、加拿大的赫施考普、俄罗斯的波波娃、芬兰的拉赫汀马基。老一辈巴赫金研究者仍在耕耘不辍，中年一代的巴赫金学者风头正健。

　　应大会组委会邀请，中国社会科学院外国文学研究所周启超、复旦大学外文学院汪洪章、南京大学外文学院王加兴、北京师范大学外文学院夏忠宪、中华女子学院陈涛五位中国学者向瑞典年会提交了论文并前往斯德哥尔摩出席了这届年会。这是中国大陆学者首次组团出席国际巴赫金年会。年会期间，五位中国学者根据各自学术兴趣选择参加了相关圆桌讨论及其他分论坛交流。7月25日下午中国代表团集体出场，围绕"巴赫金与当代中国人文科学"主题在本届年会上作了专场报告。报告的题目有"'复调说''对话论'及'狂欢化'之后：当代中国巴赫金研究的最新进展""巴赫金著作中的读者之地位""巴赫金对俄文中间接引语理论所作的贡献""《红楼梦》与狂欢化及民间幽默诙谐文化之关系"等。

瑞典年会上，艺术家和艺术研究家联手举办了多场艺术活动，譬如"微观历史与影像叙事的尝试""狂欢的艺术""当代艺术与狂欢化""从殷红的鲜血到调味番茄酱：赫尔曼·尼彻和保尔·麦卡锡的艺术作品展映"等。这些活动试图将诸多与巴赫金学说有关的当代艺术理论问题与实践相结合，以现场展示的方式予以对话性探讨，这是本届年会的另一特色。7月25日晚间，由瑞典的巴赫金引介第一人——拉斯·克莱博格改编并导演的"巴赫金同志的学位论文《现实主义历史中的拉伯雷》答辩会"，对1946年11月15日巴赫金在高尔基世界文学研究所的答辩场景进行模拟再现。加林·吉汉诺夫等六位巴赫金学者分别扮演了当年的学位论文答辩会上的相关角色。

新世纪第7届国际巴赫金年会即第16届国际巴赫金学术研讨会于2017年9月6—10日在中国上海举行。本届年会由复旦大学外文学院主办，中国中外文艺理论学会巴赫金研究会、中国外国文学学会外国文论与比较诗学研究会、英国谢菲尔德大学巴赫金研究中心、英国伦敦大学玛丽女王学院比较文学系及俄罗斯科学院高尔基世界文学研究所协办。来自美国、加拿大、墨西哥、巴西、俄罗斯、白俄罗斯、哈萨克斯坦、英国、法国、挪威、芬兰、日本、印度、以色列、约旦、新加坡、澳大利亚、新西兰与中国19个国家的近80位学者与会。年会设立12个分论坛，与会专家围绕下列议题展开了广泛而深入的学术交流。分论坛的议题包括："巴赫金、哲学阐释学与艺术""巴赫金体裁理论与小说阐释""巴赫金的理论概念在教育中的文化意义""巴赫金的语境化与其理论在文学研究中的应用""重温巴赫金与狂欢化""巴赫金、阐释学与反科学主义""巴赫金、传记和自传写作与小说史""巴赫金和教育学：理论与实践""巴赫金、人文科学危机与生态对话""巴赫金、心理学、美学和政治学""教学及媒体语境中的巴赫金与文化研究"等。5天会议期间，与会学者听取了14位专家的大会报告。上海年会开幕式上有三个主旨报告：浙江大学周启超的报告《巴赫金文论轴心话语的中国之旅：回望与反思》，俄罗斯科学院世界文学研究所伊琳娜·波波娃的报告《米哈伊尔·巴赫金的"长远时间"》，伦敦大学玛丽女王学院加林·吉汉诺夫的报告《米哈伊尔·巴赫金与中国文学》；第二场大会上，复旦大学外文学院曲卫国作了题为"我们应该与谁交谈？跨文化语境下文化研究的巴赫金式批判"的大会发言，谢菲尔德大学巴赫金研究中心克雷格·布兰迪斯特作了题为"重新思考巴赫金及殖民遭遇"的大会发言，北京大学凌建侯作了题为"呼唤对话思维——论互文性与对话性之关系"的大会发言；第三场大会上，复旦大学汪洪章作了"巴赫金与中国小说批评"的大会发言，加拿大学者肯·赫契考普作了题为"巴赫金、欧洲与现代"的大会发言，南京大学王加兴作了题为"巴赫金语调理论阐析"的大会发言。上海年会闭幕式上，与会学者还听取了中国学者卢小合题为"人文科学中的'涵义'与'意义'——兼谈巴赫金的'涵义观'"的大会发言、俄罗斯科学院哲学研究所柳德米拉·戈戈基什维里题为"语言图像中的复调资源——米·巴赫金的现象学发明"的大会发言（由伊琳娜·波波娃宣读）。上海年会是三年一度的国际巴赫金年会首次在中国举办，来自世界各地的国际巴赫金专家在上海第一次有规模地见证了当代中国"巴赫金学"的实绩与气象，第一次有规模地同中国巴赫金学者进行广泛对话与充分交流。这在当代中国的巴赫金研究进程上，在国际"巴赫金学"历史上都具有里程碑意义。

新世纪第8届国际巴赫金年会（即第17届国际巴赫金学术年会）于

2021年7月5—10日在巴赫金当年执教的萨兰斯克举行。其主题为"巴赫金思想和21世纪的挑战：从对话想象到复调思维"。本届年会由莫尔多瓦大学主办，俄联邦科学与高等教育部以及英国谢菲尔德大学巴赫金研究中心协办。来自美国、中国、英国、加拿大、澳大利亚、日本、巴西、墨西哥、新西兰、挪威、俄罗斯等22个国家130位巴赫金研究者与会，提交了160份学术报告。年会采取线上线下相结合的方式，分为12个分论坛，举办了18场线下报告。墨西哥大都会自治大学、英国谢菲尔德大学、中国北京外国语大学、美国普林斯顿大学、加拿大滑铁卢大学、俄罗斯国立人文大学与莫尔多瓦大学等高校的专家学者围绕"社会文化背景下的巴赫金生平""世界哲学中的巴赫金""作为语文学家的巴赫金""当代世界中巴赫金思想的生命力""巴赫金思想与教育学和心理学"五个主题进行了大会交流，日本、新西兰、澳大利亚等国学者还发起"教学实践中的巴赫金对话思想""理解实践的对话方法：跨学科的对话交流""关于巴赫金对话思想中的爱与超视"三场线上研讨。与会专家对巴赫金学说核心范畴做出了更具时代性的阐释，呈现了巴赫金理论在促进新思想生成，推动新理论探索，实现科学、文化和教育创造性融合过程中的重要作用。萨兰斯克年会的主要成果体现为：

1. 对巴赫金理论核心范畴的再阐释

对话、复调、时空体是巴赫金学说中的核心范畴，成为本届年会上多位学者再阐释的论题。在题为"时空体的道德意义"的报告中，莫尔多瓦大学安德烈·奇西切夫（А. А. Сычев）通过对乌赫托姆斯基（А. А. Ухтомский）和巴赫金话语的分析，指出两者关于时空、行为和复调的思想可以作为道德时空体特征的研究起点，应在从道德伦理到行为伦理过渡的历史背景下考察时空体的发展；这种从抽象的规范向具体行为的转向，可与自然科学从牛顿力学到爱因斯坦物理学的转变相提并论。时空体不仅是理解现有事物的工具，更是对新的道德现实的一种建构。在题为"另一种小说：艺术中的复调与民主表现"的报告中，美国范德比尔特大学伊琳娜·杰尼森科（I. Denisenko）提出并论证民主艺术形式的另一种可能性。她根据巴赫金关于诗歌小说化的观点，从小说角度审视马雅可夫斯基诗歌，尝试从抒情诗中寻找民主艺术形式的另一种概念，为我们打开对艺术新模式的可能性理解。有学者从巴赫金小说理论出发，深入探讨元文本、元语言学和元小说的历史和现实意义。在题为"艺格符换——巴赫金元语言理论背景下的元文本"的报告中，白俄罗斯诺夫哥罗德大学塔季扬娜·奥图霍维奇（Т. Е. Автухович）认为，在巴赫金元语言理论背景下，"艺格符换"（экфрасис）的元文本功能是创造性主体、存在和文化之间的价值语义对话，其目的是作者的一种自我认知和创造性的自我决定。中国北京外国语大学刘淼文经由对巴赫金理论中两个重要范畴——"矛盾"与"戏仿"间关系的分析，来揭示巴赫金小说理论对元小说的贡献。俄罗斯人文大学瓦列里·秋帕（В. И. Тюпа）基于第一性作者与第二性作者概念，阐述巴赫金理论的叙事学价值，强调巴赫金对历史诗学——历时叙事学的贡献。

2. 对巴赫金生平传记的再勘查

为推进《巴赫金百科辞典》编写与巴赫金理论遗产数据库建设，巴赫金传记研究也被列为本届年会重要议题。莫尔多瓦大学斯维特兰娜·杜布罗夫斯卡娅（С. А. Дубровская）在报告中提出，有必要以一个多层次的体系来呈现巴赫金理论遗产，通过数据化为21世纪的"巴赫金学"注入新的活力。墨西哥大都会自治大学阿尔瓦拉多·拉蒙（Альварадо Рамон）多年坚持以外位性视角收集专门研究巴赫金创作和生平的资料，分析不同领域不同语言中巴赫金对话思想的研究方法。莫尔多瓦师范大学奥列格·奥索夫斯基（О. Е. Осовский）在题为"巴赫金与苏联文学的代表人物：一个神话的终结"的报告中梳理了巴赫金在彼得堡、莫斯科和萨兰斯克的学术和教育活动，回溯了巴赫金与苏联文论界代表人物之间的交往关系。奥索夫斯基主张打破"巴赫金学"中的一系列神话,还原真实历史中的巴赫金。莫斯科师范大学马赫林在题为"创造性意识:巴赫金作者身份问题"的报告中提出,可从两个方面探讨巴赫金学术遗产中的作者和作者身份问题,一是哲学和文学批评中的一般作者概念,一是20世纪社会文化背景下的作者身份。莫尔多瓦大学娜塔莉亚·瓦罗妮娜（Н. И. Воронина）通过对尤金娜（М. В. Юдина）的《音乐拯救人生》的解读,尝试在文学和音乐的基础上探析两位思想家创作的共同特征,揭示尤金娜对其终生好友巴赫金的崇拜与敬意。

3. 对巴赫金哲学理论的再探索

巴赫金哲学思想成为本届年会的一个重点主题,多位学者从行为哲学的跨学科特征、建构论的崇高性、它对现代哲学的方法论意义等层面对巴赫金哲学理论进行再探索。以色列学者桑德勒·谢尔盖（S. Sergeiy）在"论对话中的死亡与交替:巴赫金晚期哲学中的替换（SMENA）概念"的报告中认为,巴赫金并未将个性和个体存在置于集体主义之下,但他也并不否认集体主义本身的价值。晚期的巴赫金将存在整体设想为一场大型对话,SMENA（替换）概念即是他将存在描述为整体的核心要素。俄罗斯社会科学院新西伯利亚哲学与法律研究所谢尔盖·斯米尔诺夫（С. А. Смирнов）立足哲学人类学观点,采用巴赫金对自传的概念化和客体化观点,阐释书面自传和自述独白之间的关系。圣彼得堡高等经济学院格里高利·图尔钦斯基（Г. Л. Тульчинский）在"行为、责任和自我意识:作为不在场叙述的自我"的报告中指出,巴赫金对行为的分析揭示了内在动机向作为实现意志和自由的外在方面的转变机制。在这种情况下,第一人称叙述中的"责任"具有重要作用,而这种责任是个体在社会化和个体化过程中形成的。莫尔多瓦大学伊琳娜·埃米尔金娜（И. В. Емелькина）在"巴赫金的行为哲学及其对现代性的意义"的报告中认为,巴赫金的行为哲学及其关于行为和"参与性存在"的思想对考察实际道德行为具有严肃和负责任的态度，通过对现实世界、人类行为世界、事件和行为的研究，巴赫金的思想为克服21世纪的危机提供了巨大的可行性。雅罗斯拉夫尔师范大学塔蒂亚娜·叶罗希娜（Т. И. Ерохина）从神话学和英雄主义的角度分析巴赫金"行为现象学"在俄罗斯文化中的跨学科取向；莫尔多瓦大学玛丽娜·罗吉诺娃则在现代艺术哲学背景下探讨巴赫金思想的方法论意义，认为现代艺术哲学的概念化是由于积极使用巴赫金的方法论而发生的。还有学者考察巴赫金行为哲学的社会控制和自我控制问题、"爱"作为对话的最高形式在巴赫金对话关系中的基础作用。

4. 巴赫金理论与文化研究的新视角

许多与会学者对巴赫金的思想遗产进行跨学科、跨文化研究，彰显巴赫金思想的包容性、开放性和普适性。中国河北省社会科学院卢小合在题为"巴赫金创作中的文化意义特征"的报告中指出，巴赫金对意义的研究不仅是为了维护其客观性，更是为了批判当时的哲学，我们不能对意义进行"物化"。有学者将巴赫金思想置于当代社会文化现象中来审视，将其与网络、电影、表演研究相结合，不断拓宽理论边界，创新理论应用。莫尔多瓦大学人文科学研究院伊琳娜·拉普杰娃（И. В. Лаптева）在"巴赫金理论视域下的博客"的报告中认为，巴赫金的对话理论可以揭示博客作为对话平台和自我认知工具的潜力。莫尔多瓦大学尤里·孔德拉坚科（Ю. А. Кондратенко）、巴西圣保罗大学保拉·德·卢西安（Paula de Luciane）、萨马拉医科大学尤利娅·库佐文科娃（Ю. А. Кузовенкова）、埃琳娜·布丽娜（Е. Я. Бурлина）的报告也属于这类探讨。

5. 巴赫金理论与教育学、心理学的新路径

在推动巴赫金研究的边界不断拓展的过程中，对话、复调等理论在新时代的教育和心理学研究方面的作用日益凸显。与会学者从巴赫金理论学说出发阐释当代教育学和心理学相关问题，为回应21世纪面临的挑战寻求新视角和新路径。美国特拉华大学马图索夫·尤金、英国谢菲尔

德大学克雷格·布兰迪斯特、莫尔多瓦大学尤利娅·博卡蒂娜（Ю. И. Бокатина）、日本滨松学院大学渡边凉子（Ватанабэ Рёко）、澳大利亚墨尔本大学詹法达·马赫塔布（Джанфада Махтаб）等多位学者分别就巴赫金对话思想、复调理论在教学课程设计、公立学校制度、外语教学理念甚至痴呆症理疗实践等方面的重要启示与具体运用，展开了深入的讨论。

萨兰斯克年会紧紧围绕对话想象和复调思维，在哲学、文学、语言学、社会学、教育学、心理学等领域深入探讨巴赫金思想的启示，为当代人文科学提供了新视野、新路径。与会学者积极营造巴赫金式的对话氛围，充分展示巴赫金思想持久的生命力。萨兰斯克年会为国际"巴赫金学"的发展提供了广阔平台，更为倡导以对话精神与复调思维来应对21世纪全人类所面临的挑战做出了积极努力。

路径2：从几种《巴赫金研究文选》来看新世纪以来国际"巴赫金学"成果的梳理与集成。

新世纪伊始，彼得堡俄罗斯基督教人文学院出版社在"俄罗斯之路"丛书里推出俄文版两卷本《巴赫金研究文选，巴赫金：赞成与反对，俄罗斯与世界人文思想界评价中的巴赫金的个性与创作》，由康斯坦丁·伊苏波夫（Константин Исупов）编选，这部文选共有1264页。

第一卷，《巴赫金：赞成与反对，俄罗斯与世界人文思想界评价中的巴赫金的个性与创作》，552页；该卷分为三编。第1编："在志同道合者的圈子里"，收入"Л. В. 蓬皮扬斯基笔记中巴赫金1924—1925年间的讲座与发言""不是我们那个年代的人们"（Ю. М. 卡甘）、"艺术的两种追求"（М. И. 卡甘）、"帕乌尔·纳托尔普与文化危机"（М. И. 卡甘）、"涅维尔学派：巴赫金小组"（В. Л. 马赫林）、"离去者之一：尼古拉·巴赫金的生涯与命运"（О. Е. 奥索夫斯基）；第2编："思想的命运：对话，复调，时空体"，收入"论陀思妥耶夫斯基的'多声部性'：由巴赫金的

《陀思妥耶夫斯基创作问题》谈起"（А. В. 卢纳察尔斯基）、"（评）巴赫金的《陀思妥耶夫斯基创作问题》"（Н. Я. 别尔科夫斯基）、"（评）巴赫金的《陀思妥耶夫斯基创作问题》"（П. М. 比兹伊里）、"（评）巴赫金的《陀思妥耶夫斯基创作问题》"（А. Л 贝姆）、"（评）米·巴赫金的《陀思妥耶夫斯基创作问题》"（Р. В. 普列特涅夫）、"陀思妥耶夫斯基笔下的空间与时间"（节选）（Г. 沃罗申）、"陀思妥耶夫斯基研究的新课题. 1925—1930. 第2部分"（节选）（В. Л. 柯马罗维奇）、"陀思妥耶夫斯基研究新书"（Д. И. 契热夫斯基）、"巴赫金，话语，对话与小说"（Ю. 克里斯特瓦）、"陀思妥耶夫斯基的诗学与神话思维的远古模式"（В. Н. 托波罗夫）、"巴赫金论符号、表述与对话的思想对于当代符号学的意义"（Вяч. Вс. 伊万诺夫）、"巴赫金的对话诗学"（К. 汤姆逊）；第3编：思想的命运：狂欢文化。"世界文学研究所学术委员会会议速记稿：1946年11月15日巴赫金以《现实主义历史上的拉伯雷》为题的学位答辩""对巴赫金的《拉伯雷的创作与中世纪及文艺复兴时期的民间文化》一书的鉴定"（Л. Е. 平斯基）、"庞努尔格的笑与哲学文化"（Л. М. 巴赫金）、"弓上的弦·论相似中的不相似，弗朗索瓦·拉伯雷与米·巴赫金的书"（В. Б. 什克洛夫斯基）、"古罗斯的笑"（Д. С. 利哈乔夫）、"巴赫金，笑，基督教文化"（С. С. 阿韦林采夫；卷本附录："米·米·巴赫金的生平与活动编年"（В. И. 拉普图恩编）。

第二卷《世界文化语境中巴赫金的创作与遗产》，康斯坦丁·伊苏波夫编选，712页；该卷收录俄罗斯本土与域外的研究者围绕巴赫金遗产的多方面论争；该卷的任务——展示巴赫金的思想对于当代人文思想界的世界性意义。有关巴赫金理论之接受的系列概述——在俄罗斯、在法国、在英国、在西班牙、在波兰、在意大利、在以色列、在美国、在加拿大、在日本——就是服务于这一目标的材料。该卷附有体量很大的文献书目（俄语的巴赫金研究论著书目1465条，外语的巴赫金研究论著书目1160条）

以及带有简介的人名索引。人名索引对国际"巴赫金学"的重要人物都有简介。第二卷也分为三编，其序列与第一卷对接。第4编"在当代背景中"，收入"诗学的毁灭"（茱莉亚·克里斯特瓦）、"20世纪俄罗斯文化中的巴赫金"（米·加斯帕罗夫）、"应答性的构造学"（节选）（K.克拉克、M.霍奎斯特）、"米哈伊尔·巴赫金：一种小说学的创建"（节选）（G.莫尔逊、C.爱默生）、"巴赫金之变体与常量"（柳德米拉·戈戈基什维里）、"20年代的巴赫金"（纳塔莉娅·鲍涅茨卡娅）、"巴赫金与我们当下"（G.莫尔逊）、"历史与诗学的对话"（节选）（M.霍奎斯特）、"存在之事件"（谢·鲍恰罗夫）；第5编"在巴赫金研讨会上"，收入"巴赫金的对话学与当代精神境况的多范式性"（弗拉基米尔·哈里东诺夫）、"非绝对同情之镜"（维塔里·马赫林）、"第二个与相遇哲学"（阿列克谢·格利亚卡洛夫）、"他者的推定"（三人谈）（T.戈利乔娃、Д.奥尔洛夫、A.谢卡茨基）；第6编"巴赫金思想的世界性意义"："在意大利被阅读的巴赫金"（苏珊·彼得里里）、"巴赫金在法国与在魁北克"（克莱夫·汤姆逊）、"巴赫金在以色列"（鲁特·金兹堡）、"波兰对巴赫金的接受"（博古斯拉夫·祖尔科）、"巴赫金在德国之管窥"（安东尼·沃尔）、"与别样的世界相沟通……俄罗斯与西方最新的巴赫金研究中在狂欢观上的对立"（大卫·谢泼德）、"巴赫金评论在西班牙"（多明戈·桑切斯—梅扎·马尔金涅斯）、"日本对巴赫金的接受"（库瓦诺·塔卡西）。卷末附有巴赫金研究书目：1.用俄语刊发的研究书目；2.用英、法、德、意、西班牙等语种刊发的研究书目。

俄文版两卷本《巴赫金研究文选》启动于1997年。所收入的研究成果始于20世纪20年代末，直至巴赫金诞辰百年前后国际"巴赫金学"的巅峰时刻，时间跨度大，资料丰富。

英语世界的巴赫金研究，较俄语世界的巴赫金研究在时间上要短得多：它起步于20世纪80年代，但英语世界的"巴赫金学"的发展十分迅猛,有关巴赫金的研究论著的数量之大令人惊讶。2003年,英文版四卷本《巴赫金研究文选》由 SAGE Publications Ltd 作为"现代社会思想大师传奇"丛书之一推出。这部1624页的文选,由加拿大巴赫金专家米歇尔·伽玎勒(Michael E. Gardiner)编选。这部文选内容丰富,旨在覆盖作为"俄罗斯著名社会学家与文化学理论家"的巴赫金之贡献与重大意义的研究,也包括"巴赫金小组"其他核心成员,尤其是沃罗希诺夫与梅德韦捷夫。这部文选收录85篇论文,按主题进行组编,以期为对巴赫金思想及其核心话语的解读提供语境基础,包括对于巴赫金著作中核心话语(狂欢、对话、时空体)以及美学与伦理学思想的考察;围绕巴赫金著作而展开的重要争论与阐释;巴赫金与其他重要的社会文化理论家,与福柯、德里达、哈贝马斯以及葛兰西的比较;在诸如人类学、地理学、文化研究与心理学这些不同的领域里对于巴赫金思想的解读与应用。这部文选,立意"为读者提供关于巴赫金理论之最好的解读,以丰富我们对这位多产而多面的人物的理解,这个人物的贡献延伸覆盖到文化研究、语言学、社会哲学、社会学以及其他领域"。

英文版四卷本《巴赫金研究文选》有六个部分。

第一部分:巴赫金与他的小组(Bakhtin and His Circle)。这部分包括对巴赫金生平的探讨、对巴赫金之意义的评价。收录在这里的有"与巴赫金的交谈"(Sergey Bocharov)、"巴赫金的生平"(Michael Holquist)、"透视:瓦连京·沃罗希诺夫"(John Parrington)、"巴赫金/梅德韦捷夫:社会学诗学"(Maria Shevtsova)。

第二部分:思想影响与语境(Intellectual Influences and Context)。这里收录的文章有"柏格森主义在俄罗斯"(Larissa Rudova)、"米哈伊尔·巴赫金与马丁·布伯:对话性想象的问题"(Nina Perlina)、"巴赫金与卡西尔:巴赫金的狂欢弥赛亚主义的哲学根源"(Brian Poole)、"巴赫金小组里的弗洛伊德:从实证主义到阐释学"(Gerald Pirog)、"巴赫金早期著作中康德的影响"（James M. Holquist & Katarina Clark）、"文化、形式与生命：早期的卢卡契与早期的巴赫金"（Galin Tihanov）、"巴赫金、尼采与俄罗斯大革命前的思想"（James M. Curtis）、"巴赫金：在现象学与马克思主义之间"（Michael Bernard-Donals）、"体裁话语观念：巴赫金与俄罗斯形式论学派"（Igor' Shaitanov）、"狂欢与化身：巴赫金与东正教神学"（Charles Lock）、"结构主义、语境主义、对话主义：沃罗希诺夫与巴赫金对意义'相对性'之争论的贡献"（Galin Tihanov）、"沃罗希诺夫、意识形态与语言：诞生于生命哲学精神中的马克思主义社会学"（Galin Tihanov）、"外在的词语与内在的言语：巴赫金、维戈茨基以及语言的内化"（Caryl Emerson）、"20世纪俄罗斯文化中的巴赫金"（M. L. Gasparov, translation, commentary, and notes by Ann Shukman）、"对话主义与美学"（Michael Holquist）。

第三部分：核心观念（Key Concepts）。巴赫金的声望一部分源自他所获得的一系列观念创新。这里收录的有："修正康德：巴赫金与跨文化互动"（Wlad Godzich）、"巴赫金的'青年黑格尔'美学"（Peter V. Zima）、"巴赫金与俄罗斯人对待笑的态度"（Sergei S. Averintsev）、"巴赫金、马克思主义与狂欢化"（Dominick La Capra）、"巴赫金与狂欢：作为反文化的文化"（Renate Lachmann）、"当话语从现实中剥离的时候：巴赫金与时空体性原理"（Stuart Allan）、"巴赫金的'时空体'观念：与康德的关联"（Bernhard F. Scholz）、"杂语变异与公民社会：巴赫金的公共广场与现代性的政治学"（Ken Hirschkop）、"作为作者性的应答：米哈伊尔·巴赫金的超语言学"（Michael Holquist）、"巴赫金关于符号、言谈以及对话的思想对于现代符号学的意义"（Viach. Vs. Ivanov）、"从道德哲学到文学哲学：1919—1929年间的巴赫金"（Augusto Ponzio）、"人文科学的认识论"（Tzvetan Todorov）、"百年巴赫金：艺术、伦理学与（知识）构造性的自我"（Caryl Emerson）、"从现象学到对话：马克斯·舍勒的现象学传统与米哈伊尔·巴赫金从《论行为哲学》到陀思妥耶夫斯基研究的发展"（Brian Poole）、"巴赫金：对他的人类哲学的注解"（Ann Shukman）、"小说学：通向人文学的一条途径"（Gary Saul Morson）。

第四部分：争论与解读（Debates and Interpretations）。巴赫金的影响覆盖了如此多的跨学科领域，评论家很难对巴赫金的影响之散播进行评价。本部分汇聚的是能阐明巴赫金理论之意义的一些至关重要的论文。这里有论"巴赫金产业"（Ken Hirschkop, Gary Saul Morson），也有分析环绕巴赫金的神话（Ken Hirschkop），还有论巴赫金与女性主义（Wayne G. Booth, Caryl Emerson, Mary Russo, Clive Thomson）、论巴赫金与后现代主义和后结构主义（Barry Rutland, Allon White, Iris M. Zavala）、论巴赫金与话语政治学（David Carroll）、论巴赫金的狂欢——作为批评的乌托邦（Michael Gardiner）、论巴赫金与话语与民主（Ken Hirschkop）、论巴赫金与当代人文科学的地位（Gary Saul Morson）、论巴赫金与思想史（Graham Pechey）、论左翼文化批评与巴赫金（Robert Stam）、论巴赫金与其读者（Vadim Kozhinov）、论俄罗斯的与非俄罗斯的巴赫金解读——正在形成的一个对话的轮廓（Subhash Jaireth）、论对话主义之伦理的与政治的潜能（Craig Brandist）、论对话与对话主义（Paul de Man）、论对话中的多元性（Zali Gurevitch）。

第五部分：巴赫金与其他理论家（Bakhtin and Other Theorists）。巴赫金的确是一个创新的思想家，他对20世纪思想家的影响范围是令人惊讶的。这里收录的论文有：关于巴赫金与本雅明的平行研究（Barry Sandywell）、论巴赫金与德·曼笔下的对话之挫折（Lucy Hartley）、论巴赫金与德里达笔下的作为他性的笑（Dragan Kujundzic）、以"福柯、伦理学与对话"为题来考量巴赫金思想与福柯之间的关系（Michael Gardiner）、论巴赫金、葛兰西与霸权符号学（Craig Brandist）、"哈贝马斯话语伦理学的巴赫金式分析"（T. Greory Garvey）、论克里斯特瓦与巴赫金

（Daphna Erdinast-Vulcan），论巴赫金与列维纳斯的对话伦理学（Jeffrey T. Nealon）。

第六部分：借道巴赫金：应用与延伸（Working with Bakhtin: Applications and Extensions）。该文选最后一部分旨在追踪巴赫金的跨学科影响。这里收录的论文有论巴赫金与当代美国文化研究（Irene Portis-Winner），论巴赫金与大众文化（Mikita Hoy），论巴赫金与媒体研究：巴赫金与未来技术资本与赛博—封建主义（Lauren Langman），论巴赫金与地理学："地点、声音与空间：米哈伊尔·巴赫金的对话景观"（M. Folch-Serra），论巴赫金对于历史学的重要意义：历史学家心目中的巴赫金（Peter Burke）、"解读狂欢：走向历史符号学"（Peter Flaherty），论巴赫金对于交际研究与多元文化主义的重要意义（Fred Evans），甚至有论巴赫金与自然科学"进入时空体核心的核心：对话主义，理论物理学与灾难理论"（D. S. Neff），论"巴赫金式心理学"（John Shotter& Michael Billig），论巴赫金与精神分析（Allon White），论巴赫金对于社会学家的重要意义"没有边界的巴赫金：社会科学中的参与性行为研究"（Maroussia Hajdukowski-Ahmed）。

从这套英文版四卷本《巴赫金研究文选》最后一部分所选论文的题目来看，巴赫金理论之跨学科的影响已然是无处不在，国际学界对巴赫金理论的应用已然进入无边无界的状态。

在两卷本俄文版《巴赫金研究文选》与四卷本英文版《巴赫金研究文选》问世若干年之后，俄文版一卷本《米哈伊尔·米哈伊洛维奇·巴赫金（评论文选）》2010年在莫斯科面世。这部评论文选440页，是"20世纪下半期俄罗斯哲学"丛书之一，由 В. Л. 马赫林编选，由"俄罗斯政治百科"出版社推出。编选者声明，这部评论文选的旨趣并不是要全面展示20世纪俄罗斯思想家、文学理论家与人文科学"知识型构者"巴赫金的创作接受史，而是说要显示20世纪前半期产生、后半期被消费的巴赫金那些思想之动态的接受进程。因而，历史的流变成为这部文选的基本维度。

基于这一维度，这部文选分为 5 编。第 1 编："不是我们那个年代的人们"收录 3 篇文章："巴赫金与 B. 杜瓦金 1973 年的交谈"，尤·马·卡甘的文章"不是我们这个年代的人们"，谢·鲍恰罗夫的文章"关于一次谈话以及围绕它的回忆"；第 2 编："在我们之前与之后（20 世纪 70 年代）"收入 2 篇文章：法国学者克洛德·弗里乌的文章"在我们之前与之后的巴赫金"，俄罗斯学者谢尔盖·阿韦林采夫的文章"学者的个性与才华"；第 3 编：理论热（20 世纪 80 年代）收入 6 篇文章：意大利学者维托尼奥·斯特拉达的文章"在小说与现实性之间：批评反思的历史"，美国学者堂·比亚洛斯托茨基的文章"对话性的、语用学的与阐释学的交谈：巴赫金、罗蒂、伽达默尔"，德国学者汉斯·罗伯特·尧斯的文章"论对话性理解问题"，美国学者迈克尔·霍奎斯特的文章"听而不闻：巴赫金与德里达"，美国学者保罗·德·曼的"对话与对话主义"，美国学者马修·罗伯茨的文章"诗学、阐释学、对话学：巴赫金与保罗·德曼"；第 4 编："迟到的交谈之尝试（20 世纪 90 年代）"，收入鲍里斯·格罗佐夫斯基的文章"作为 Causa Sui 之人，抑或'文化中的生活'之诱惑"，安纳托里·阿胡金的文章"尝试将某一点弄准确"——这是围绕 B. C. Библер 的专著《米哈伊尔·米哈伊洛维奇·巴赫金：抑或文化诗学》（莫斯科，1991）进行争鸣的两篇文章，凯瑞·爱默生的"被理解的巴赫金，往右，可是往左"，康斯坦丁·伊苏波夫的文章"他者之死"；第 5 编："延缓（21 世纪第一个十年）"收入瓦吉姆·里亚普诺夫的文章"给巴赫金著作阅读者的几条并不过分的推荐"，尼古拉·尼古拉耶夫的文章"涅维尔哲学学派与马克思主义：列·蓬皮扬斯基的报告与巴赫金的发言"，伊琳娜·波波娃的文章："作为巴赫金的一个术语的梅尼普体讽刺"。

这部一卷本俄文版巴赫金研究文选附录中，有"巴赫金生平与活动主要事件编年"（谢·鲍恰罗夫、弗·拉普图恩、塔·尤尔钦科编），还有文献书目——分为巴赫金及其小组的主要学术著作与研究巴赫金的学术著作。后者分为俄语部分与外语部分（英语、法语、德语、意大利语、西班牙语、芬兰语）。

不难看出，新世纪以降这20多年来，国际"巴赫金学"在学术交流、巴赫金文本的系统开采与注疏、巴赫金研究成果之全面清理与集成这几个方面的收获，都是十分丰硕的。

进入21世纪以来，中国的巴赫金研究一直处在国际"巴赫金学"前沿。以巴赫金为主题的国际学术研讨会在中国定期举行：2004年6月，中国社会科学院文学理论研究中心与湘潭大学联合举办"巴赫金学术思想国际研讨会"，来自俄罗斯的三位著名巴赫金专家应邀与会。2007年10月，中国社会科学院文学理论研究中心与北京师范大学联合举办"跨文化视界中的巴赫金"研讨会，来自法国、意大利、俄罗斯的巴赫金专家应邀与会；在中国中外文艺理论学会会长、著名巴赫金专家钱中文先生亲自指导下，这次会上成立了"全国巴赫金研究会"。2012年5月，全国"外国文论与比较诗学研究会"与北京外国语大学联合举办首届现代斯拉夫文论国际学术研讨会，会议主题为"现代斯拉夫文论与比较诗学：新空间、新课题、新路径"，来自俄罗斯、乌克兰、爱沙尼亚、波兰、捷克5国的7位专家应邀与会，巴赫金文论成为会上重要议题。2014年11月，"全国巴赫金研究会"与南京大学联合主办了主题为"跨文化话语旅行的巴赫金文论"国际学术研讨会，来自俄罗斯科学院世界文学研究所、俄罗斯国立人文大学与《文学问题》编辑部的三位著名巴赫金专家应邀与会并作大会报告。2016年6月，全国"外国文论与比较诗学研究会"与广东外语外贸大学联合主办第二届现代斯拉夫文论国际学术研讨会，会议主题为"跨语言·跨学科·跨文化的现代斯拉夫文论"，来自俄罗斯、捷克、波兰、爱沙尼亚、瑞士、意大利、美国7国的10位著名学者应邀与会，巴赫金文论仍然成为这届会议重要议题。2017年9月,"全国巴赫金研究会"与复旦大学联合主办了第16届国际巴赫金学术年会。2017年11月18日,全国巴赫金研究会与北京大学在未名湖畔联合举办"全国巴赫金研究会成立十周年座谈会"。来自中国社会科学院、北京大学、浙江大学、复旦大学、南京大学、山东大学、北京师范大学、南京师范大学、山东师范大学、黑龙江大学、北京外国语大学、广东外语外贸大学、上海交通大学、中华女子学院等校的巴赫金学会骨干30人与会,回顾中国巴赫金研究历程,交流国际巴赫金研究动态,展望"巴赫金学"新课题,讨论未来几年中国巴赫金研究的空间与路径。

席卷全球的新冠疫情也严重地影响了全国巴赫金研究会的学术交流活动。然而,研究会一直在努力克服困难,恢复学术交流。2022年7月,全国巴赫金研究会与黑龙江大学俄罗斯语言文学与文化研究中心联手,以线上线下相结合方式举办主题为"巴赫金与21世纪:跨文化阐释与文明互鉴"学术研讨会。来自北京大学、浙江大学、复旦大学、南京大学、中山大学、四川大学、吉林大学、北京师范大学、华东师范大学、南京师范大学、北京外国语大学、黑龙江大学以及中国社会科学院大学等三十多所高校和研究机构的70多位学者与会。中国社会科学院荣誉学部委员、著名巴赫金专家、90岁高龄的钱中文先生向大会发来贺信,并提交了题为"文本规范与思想共享"的论文。会议设立"巴赫金理论的跨学科阐释""巴赫金文论与批评、翻译实践""巴赫金与文化诗学"三大议题。25位专家的大会报告从新的角度阐释巴赫金的"对话""复调""狂欢""外位性"理论学说的思想价值,强调在深化改革开放的新时代巴赫金思想对于构建中国人文科学话语体系的现实意义。

2023年7月,全国巴赫金研究会与黑龙江大学俄语学院联合举办"多声部对话与跨文化建构——第3届现代斯拉夫文论与比较诗学国际学术研讨会"。这次会议有俄罗斯、白俄罗斯、波兰、爱沙尼亚、德国、奥地利、意大利、斯洛伐克、英国、美国 10 个国家的 15 位专家与会，现代斯拉夫文论资深专家——伦敦玛丽女王学院 G. 吉汉诺夫（Galin Tihanov）院士、慕尼黑大学 A. 汉森（Aage Hansen-Love）院士、俄罗斯人文大学 C. 森津（С. Н. Зенгин）院士、波兰著名巴赫金专家 Б. 祖尔科（Б. Жилко）教授、俄罗斯权威期刊《文学问题》主编 И. 沙伊塔诺夫（И. О. Шайтанов）教授、俄罗斯科学院世界文学研究著名巴赫金专家 И. 波波娃（И. Л. Попова）研究员等学者做大会报告，来自北京大学、浙江大学、复旦大学、南京大学、北京师范大学、中国人民大学、中国社会科学院、武汉大学、中山大学、四川大学、北京外国语大学、华南师范大学、黑龙江大学等高校及研究机构的 80 多位专家线下与会，线上参会的学者也有 50 多位，可谓盛况空前——巴赫金理论学说及其核心话语再次成为这次规模盛大、规格很高、成效甚佳的国际学术盛会的基本议题之一。

2023 年 10 月，为纪念俄文版《陀思妥耶夫斯基诗学问题》一书问世 60 周年，纪念钱中文先生发表《"复调小说"及其理论问题》一文 40 周年暨巴赫金理论登陆中国 40 周年，全国巴赫金研究会与中山大学国际翻译学院联合举办"巴赫金与当代人文科学：对话、互通与共融"国际学术研讨会。会议以"巴赫金与当代人文科学"为主题，探讨巴赫金的核心理论话语、巴赫金学术思想与现代斯拉夫文论发展、巴赫金理论在中国的接受、巴赫金理论与艺术文本的阐释等核心议题。来自北京大学、复旦大学、浙江大学、南京大学、中山大学、四川大学、武汉大学、四川省社会科学院、黑龙江大学、莫斯科大学、俄罗斯人文大学、俄罗斯巴赫金研究中心、德国哥廷根大学等高校及研究机构的专家，线上及线下共计 60 余位学者参与研讨。中国社会科学院荣誉学部委员、中国中外文艺理论学会创会会长钱中文先生在给大会的贺信中指出："四十年来，我国有关巴赫金思想的研究论著，取得了极大的成绩，不仅数量众多，而且有的很有水平，它们吸收了巴赫金思想中积极进步的一面，融入了我们自己的文论创新。可以这样说，中国的巴赫金研究，说得上是戛戛独创，独树一帜，已成为一门中国式的巴赫金学。对话、互通与共融，是巴赫金思想的体现、国际社会生活的需要，也是我们学术界共同创新的旗帜！"中国中外文艺理论学会副会长周启超在致辞中指出，自1963年《陀思妥耶夫斯基诗学问题》面世，世界人文学界对巴赫金的发现与研究已经走过整整一个甲子，自1983年中美双边比较文学研讨会在北京提出"巴赫金学"，世界性的巴赫金研究也已经走过四十个春秋。国际"巴赫金学"一线专家一直在持续深耕巴赫金理论遗产。不断推进"超语言学视界"的贯彻，不断推进"多声部对话"实践，已然成为跨文化跨学科的国际"巴赫金学"界的共同心声，已然成为以多元文化互识互动构建"人类文化共同体"的世界人文学者的共同行动。本次国际学术研讨会会议手册以中、俄、英三种语言呈现，德国著名巴赫金专家 M. 弗莱泽（M. Freise），俄罗斯著名巴赫金专家 B. 秋帕（B. Тюпа）、B. 诺维科夫（B. Новыков）、O. 克林格（O. Клинг）、O. 奥索夫斯基（O. Осовский）等国外学者与国内40多位学者分别作了大会报告和分论坛发言。中外学者们围绕狂欢化、时空体、复调、对话性、言语体裁等理论，从跨文化、跨学科、中外文论比较、中外文学批评实践等视角进行了纵深挖掘和多维度阐释，创造性地将巴赫金的理论学说与文本研究相结合，积极拓展了在当代中国文学理论建设与文学批评实践中应用巴赫金理论的路径与空间。

进入21世纪的二十来年，中国学界对巴赫金文本系统的有规模的翻译工作又有新的成果——7卷本《巴赫金全集》2009年如期面世；老骥伏枥的钱中文先生这几年主持重新修订的6卷本《巴赫金文集》于2024年面世；中文版多卷本"巴赫金研究文选"——"跨文化视界中的巴赫金丛书"，2004年开始酝酿，2009年全面启动，2011年基本完成各卷编选与翻译，2012年又增补了个别重要译文，2014年11月由南京大学出版社推出。

"跨文化视界中的巴赫金丛书"分为5卷,由《俄罗斯学者论巴赫金》《欧美学者论巴赫金》《中国学者论巴赫金》《访谈与笔谈:对话中的巴赫金》《剪影与见证——当代学者心目中的巴赫金》组成。

《俄罗斯学者论巴赫金》选收文章28篇,其时间跨度为八十年(1929—2009),以卢纳察尔斯基的"论陀思妥耶夫斯基的'多声部性'"开篇,以波波娃的"狂欢"作结。

《欧美学者论巴赫金》选收文章20篇。时间跨度为四十年(1967—2007)。收入的译文按照时间顺序排列,包括译自法文的茱莉亚·克里斯特瓦的文章"巴赫金:词语、对话与小说",克洛德·弗里乌的文章"巴赫金:在我们之前与之后";译自德文的汉斯·罗伯特·尧斯的文章"论对话性理解问题";译自英文的保罗·德·曼的文章"对话与对话性",等等。

《中国学者论巴赫金》原计划出两卷。因篇幅有限后来压缩为一卷,且限定为学外文出身、以外国文学研究为专业(主要是俄苏文学、英美文学、法语文学)的学者所写的巴赫金研究论文。时间跨度为三十年(1981—2011)。这些论文,从不同视界不同层面展开巴赫金研究,体现了当代中国的外国文学研究界对巴赫金文论开采的水平与深度。体量更大的中国文学界、语言学界、哲学界、美学界的巴赫金研究论文,由于篇幅有限,不得不割爱,而未能收录。

中文版《巴赫金研究文选》,还以一卷《对话中的巴赫金:访谈与笔谈》、一卷《剪影与见证:当代学者心目中的巴赫金》来多角度呈现相关史料与资料,力图建构出鲜活的、立体的巴赫金形象,其立意在于努力重构出巴赫金的思想学说在其中得以孕生的历史氛围、时代语境、文化场。

进入历史语境,才能将巴赫金理论的解读与应用不断推向纵深。

面对立体的巴赫金形象,才能使"巴赫金学"的发展行进在守正创新的大道上。

第二章　国际"巴赫金学"现状

第一节　"巴赫金学"的新起点

红红火火的"巴赫金学"堪称20世纪下半期国际人文学界的一道令人瞩目的景观,堪称当代文论"跨文化旅行"一道引人驻足的风景。但后来"巴赫金学"在达到其波峰之后有没有跌入波谷?通俗些说,巴赫金去世已近50年了,现如今巴赫金有没有像一些人所想象的那样已然不再"时兴"?

"巴赫金学"在文本建设上不断推进的实绩在回答这一质疑。2024年,年逾九十的钱中文先生主持修订的中文版《巴赫金文集》6卷本(中文版"巴赫金文集"的第三个版本)与读者见面。诚然,相对于原著这个"源",翻译毕竟还是"流"。在"巴赫金学"文本建设中,被各种文字的译本之"流"据为本的"源",即出之于巴赫金手笔的俄文原著的开采整理,有没有新的进展?

俄罗斯《文学问题》2013年第4期的报道称:俄罗斯哲学家与语文学家米哈伊尔·米哈伊洛维奇·巴赫金的科学院版文集[1]出版了。在长达

---

[1] *Бахтин М. М.* Собрание сочинений в 7 томах.- М.: «Русские словари», «Языки славянских культур», -1996 - 2012.

15年（1996—2011）的时间里，谢尔盖·鲍恰罗夫（С. Г. Бочаров）领衔的团队——С.阿韦林采夫（С. С. Аверинцев）、Л. 戈戈基什维里（Л. А. Гоготишвили）、Л. 杰留金娜（Л. В. Дерюгина）、В. 柯日诺夫（В. В. Кожинов）、В. 里亚普诺夫（В. В. Ляпунов）、В. 马赫林（В. Л. Махлин）、Л. 梅里霍娃（Л. С. Мелихова）、Н. 尼古拉耶夫（Н. И. Николаев）、Н 潘柯夫（Н. А. Паньков）、И. 波波娃（И. Л. Попова）这些著名的巴赫金专家，在对巴赫金哲学、语言学、文学学诸学科进行穿越性研究，在学界不知不觉之中坚守在巴赫金遗产园地耕耘不辍，精耕细作，对巴赫金的全部文本进行仔细核校、精细注疏。从今往后，人们不仅可以阅读巴赫金，而且可以真正地"研究"巴赫金了，也就是说，可以新的视界去理解去"运用"巴赫金的遗产了。人人竞相征引巴赫金的时髦是不是已经过去了？今天我们甚至可以带着比过去的年月里更多的信心来重复谢尔盖·阿韦林采夫几乎是在40年前表达的一个见解：巴赫金从来就不曾是一个赶时髦的人，他又从哪里会变成不再时兴的呢？[1]

俄罗斯科学院版《巴赫金文集》分为6卷7册。

卷一：《20世纪20年代的哲学美学》，С. 鲍恰罗夫与Н. 尼古拉耶夫主编，2003年出版，957页。这一卷呈现思想家之路的开端。该卷收入巴赫金早年写下但在生前不曾刊发的哲学论著。这些论著在巴赫金去世之后的那几次刊发（1975, 1979, 1986）在版本学上是不完备的。6卷本第一卷采用的文本，增补了一些新发掘的片断。巴赫金早年的3部论著《艺术与应答》《论行为哲学》《审美活动中的作者与主人公》在这里以修复的版本——其实已是新的文本得以呈现；该卷的文本附有详尽的逐页注释。正文237页，注释则有535页！

---

[1] См: «Вопросы литературы» 2013, №4.

卷二：《陀思妥耶夫斯基创作问题·论托尔斯泰·俄罗斯文学史讲座笔记》，С. 鲍恰罗夫与 Л. 梅里霍娃主编，2000 年出版，799 页。收录 20 世纪 20 年代巴赫金有关俄罗斯文学的论著：《论陀思妥耶夫斯基创作》那部专著的第一版——《陀思妥耶夫斯基创作问题》（1929）；论列夫·托尔斯泰创作的两篇文章：为《列夫·托尔斯泰文学作品全集》撰写的 2 篇序言——"剧作家列夫·托尔斯泰""列夫·托尔斯泰的思想小说"（1929）；该卷附录里刊布了 Р. М. 米尔金娜的"巴赫金的俄罗斯文学史讲座"笔记（1922—1927）——涉及 19 世纪俄罗斯文学与 20 世纪苏俄文学；还刊布了巴赫金当年为其《论陀思妥耶夫斯基创作》那部专著的写作而准备的对德国哲学与语文学著作（М. 舍勒、L. 施皮策）所做的摘录、翻译、注释。

卷三：《长篇小说理论》（1930—1961），С. 鲍恰罗夫与 В. 柯日诺夫主编，2012 年出版，880 页。该卷首次全面地收录 20 世纪 30 年代巴赫金所写的长篇小说理论方面的论著，从长篇小说的文体修辞问题到这一体裁的基本哲学问题，包括《长篇小说的文体修辞问题》《长篇小说的话语》《教育小说及其在现实主义历史上的意义》《论情感小说与家庭传记小说》《长篇小说中的时间形式与时空体形式》《小说话语的史前史》《长篇小说的理论问题》《作为文学体裁的长篇小说》《小说理论与小说史问题》。巴赫金论长篇小说的 4 篇主要论著，最早曾于 1960 年代与 1970 年代发表过，现在收录在第 3 卷里的则是"已知著作的新文本"——这些文本根据巴赫金文档里的手稿——作了核校；这一卷还刊布了与长篇小说这一主题相关的大量的文献资料。

卷四：巴赫金论拉伯雷一书及其相关史料，由 Л. 波波娃主编。该卷分为两册。

卷四第 1 册：《现实主义历史上的弗朗索瓦·拉伯雷（1940）·论拉伯雷一书的材料（20 世纪 30 年代—50 年代）·注释与附录》，2008 年出版，1120 页。这一册刊布了 1930—1950 年代的文本与资料：文本与资料各占全书篇幅的一半。文本有两部分：论拉伯雷一书第 1 个版本《现实主义历史上的弗朗索瓦·拉伯雷》（1940）；对第 2 个版本《拉伯雷的创作与中世纪及文艺复兴时期民间文化问题》的补充与修订（1949—1950）、早期版本的资料（1938—1939）、对《现实主义历史上的弗朗索瓦·拉伯雷》的补充与修订（1944）、相关的准备性材料与提纲。除了 1944 年的那篇文章，巴赫金的这些文本在这里都是第一次刊布。注释部分有《拉伯雷》的写作史：1930—1950。附录部分有四种：围绕《拉伯雷》的命运 20 世纪 40 年代里巴赫金的通信；Б. В. 托马舍夫斯基与 А. А. 斯米尔诺夫当年为巴赫金的《拉伯雷》一书给国家文学出版社写的鉴定意见（1944）；巴赫金当年以《现实主义历史上的拉伯雷》进行学位答辩的材料（1946 年 11 月 15 日）；苏联最高学位委员会对巴赫金学位论文的审查材料（1947—1952）。

卷四第 2 册，《弗朗索瓦·拉伯雷的创作与中世纪以及文艺复兴时期的民间文化·拉伯雷与果戈理（话语艺术与民间笑文化）》，2010 年出版，752 页。第 2 册刊布的是巴赫金论拉伯雷那部书的第 3 版《弗朗索瓦·拉伯雷的创作与中世纪以及文艺复兴时期的民间文化》（1965）；由该书第 1 版结尾衍生出的文章《拉伯雷与果戈理》（1940, 1970）；注释与附录部分有这个第 3 版在 20 世纪 60 年代的写作史，有对这部书自 20 世纪 30 年代的草稿直至 1965 年的版本中基本思想与概念史的梳理。这部书的写作所采用的那些资料、它的"对话化的背景"、它的基本术语（"狂欢""梅尼普""哥特式（怪诞的）现实主义""笑文化"）的起源与意义，在这里均得以重建与复原。

该卷主编 Л. 波波娃提出："不仅是思想史，基本概念史都应该透过文本史——从 30 年代里最初的底稿、草稿、手稿到 1965 年版书稿——来加以梳理。"[1] 狂欢这一概念是论拉伯雷一书里的中心概念，也是建构得最

---

[1] Попова И.Л. Книга М.М. Бахтина о Франсуа Рабле и её значение для теории литературы. -М.: ИМЛИ РАН. 2009, С7.

为充分的概念。巴赫金是在狭义与广义两个层面上使用"狂欢"的；狭义的狂欢——节日，大斋期禁止食肉之前那一周里的节日。广义的狂欢——这是一个思想—形象体系，其基础是一种特别的生活感与历史感。广义的狂欢之普遍性的形式，是原本意义上的"节庆"生活，那种在其整体上的、在其全部存在之中的、在其各种关联与关系之中的上帝与人的关系、空间与时间的关系、肉体与心灵的关系、食物与饮料的关系、笑谑与庄严的关系。在"狂欢思想"草稿中，"狂欢"这一概念的语义得到了广义的界说。它既涵盖语言、作家的"文体面貌"（作为"话语的狂欢"的拉伯雷的文体面貌），也涵盖现实主义的特征，后来巴赫金将这一现实主义称为"哥特式的"，再后来易名为"怪诞的"。"狂欢的现实主义"思想，恰恰是狂欢的、乌托邦的现实主义，在文艺复兴时代（薄卡丘、莎士比亚、塞万提斯、拉伯雷）堪为典型的那种现实主义。狂欢节的"自由与平等"具有乌托邦性。"狂欢的广场"，"狂欢的自由"，"狂欢的任性"，"狂欢的身体"，"对时间之狂欢式的接受"，"对世界之狂欢式的思索"，"对历史之狂欢式的思索"，巴赫金曾不停地提醒这些术语自身具有"假定性"："我们的术语——'怪诞'与'狂欢'——之有条件性。"[1] 及至1949/1950"拉伯雷"第2稿本里，巴赫金引进"狂欢化"这一概念，它一直保存到1965年论拉伯雷的那部书稿里，并被吸纳到论陀思妥耶夫斯基诗学那本专著被修订的第四章之中。"意识的狂欢化"，"世界的狂欢化"，"思想的狂欢化"，"话语的狂欢化"，"地狱、炼狱、天堂的狂欢化"，"言语的狂欢化"，从官方的世界观那种充满敌意的、阴沉的严肃性之中解放出来，同样也从流行的真理与流俗的见解之中解放出来。

卷五：《20世纪40年代—60年代初论著》，С.鲍恰罗夫与Л.戈戈基什维里主编，1996年出版，732页。这是俄罗斯科学院版《巴赫金文

---

[1] *Попова И.Л.* Книга М.М. Бахтина о Франсуа Рабле и её значение для теории литературы. -М.: ИМЛИ РАН. 2009, С.134, 142.

集》中出版最早的一卷，收录巴赫金学术生涯中最鲜为人知的一段岁月即 1940—1960 年代初的论著。其中许多文本在这里是首次刊布；那些之前已经刊发的文章，编者在这里也根据巴赫金文档里的手稿，对之进行了重新校核，它们得以新的文本结构在这里呈现出来。整卷文本拥有高度文献性。在这一卷的材料里，巴赫金学术探索的一些基本主题——哲学人类学、语言哲学、人文学科的哲学基础、言语体裁理论、陀思妥耶夫斯基与拉伯雷，还有莎士比亚、果戈理、福楼拜、马雅可夫斯基的诗学，感伤主义问题与讽刺问题，均得以呈现。这里的文本（除了 1954 年刊发在报纸上的一篇短文《玛尼娅·都铎》）在作者生前均未刊发。其中的一半是作者去世后才刊发的；有 2 个文本只是片断，12 个文本在这里首次刊发。例如，"论人文学科的哲学基础"，之前发表的只是其片断"论人文学科的方法论"，现在这里得以全文刊布；第五卷中，巴赫金的文本 378 页，注释竟达 354 页。例如，对巴赫金的"文本问题"一文，Л. 戈戈基什维里所作的注释竟有 83 条！

卷六：《陀思妥耶夫斯基诗学问题·20 世纪 60 年代—70 年代论著》，也由 С. 鲍恰罗夫与 Л. 戈戈基什维里主编，2002 年出版，800 页。该卷收录巴赫金晚年的论著。其主体是论陀思妥耶夫斯基创作那部专著的增订版（1963）与 20 世纪 60—70 年代初巴赫金的 4 本工作笔记。这几本笔记在这里首次得以全部刊发，而在 1979 年面世的《话语创作美学》里只是刊发了这些笔记的部分手稿。这些晚年的笔记，提供了巴赫金一生都在思索的那些论题的具体语境——在那个对于苏联人文科学是个转折的年月里，巴赫金在哲学与语文学（文学学与语言学）思想之现实的语境中，对这一现实境况的反应、对新的学术趋向与运动（其中包括对苏联当时最新的结构主义）的反应。这一卷收录的基本文献，部分是作者晚年发表的论著，部分是作者晚年留下的手稿：1963 年那部书的手稿，一则札记的手稿（"谈唯灵论"）；两个已刊文本的手稿，一是"答《新世界》编辑部"

的笔谈，对苏联文学学现状进行评价，一是波兰记者对晚年巴赫金的"访谈"，谈陀思妥耶夫斯基小说的复调性。

值得特别关注的是，该卷主编 C. 鲍恰罗夫在其对《陀思妥耶夫斯基诗学问题》的注释里，披露了这部著作 1963 年面世时在苏联学界所引起的那些反响的具体细节。鲍恰罗夫指出，《陀思妥耶夫斯基诗学问题》1963 年面世后，在学界引起的"震惊"是双重意义上的：一是意识形态上的，一是与学术研究上的。A. 迪米什茨的文章"独白与对话"，И. 瓦西列夫斯卡娅与 A. 米亚斯尼科夫针对 A. 迪米什茨的文章而为巴赫金的新书进行辩护的文章"让我们来弄清实质"，B. 阿斯穆思、B. 叶尔米诺夫、B. 皮尔佐夫、M. 赫拉普钦科、B. 什克洛夫斯基 5 人给《文学报》编辑部的联名信，以及 A. 迪米什茨对这两篇文章的回应"夸奖还是批评？"——这些文章大多是意识形态层面上的"反应"；研究陀思妥耶夫斯基创作的专家们的反应则大多是学术性的。Г. 弗里德连捷尔在"论陀思妥耶夫斯基的几本新书"中指出，复调性长篇小说这一学说本身是"经不起批评的"；Б. 布尔索夫在"回到争鸣上来"一文里认为，巴赫金这本书从其第一页就惹起争议，在另一些场合下甚至是要挑起人家对之反击。反击点不再是作者的"形式主义"，而是其总体上文学史元素的缺失。Ф. 叶甫林在"关于陀思妥耶夫斯基的文体与诗学的几个问题"一文里中写道，复调性长篇小说这一学说妨碍着对陀思妥耶夫斯基的遗产进行思想上丰满的、历史上真实可信的研究；Д. 利哈乔夫在"内容与形式相统一的文学研究中的历史主义原则"一文里认为，沉醉于自己的发现之中的巴赫金，将"复调主义"摆在"独白主义"之上，这是个错误。没有一个方法可以被置于另一个方法之上。总体而言，巴赫金这部书的基本"纲领"不曾获得最早对它发表评论的这批批评家当中任何一个人的接受，尽管这些人对之予以高调评价。理论家 Г. 波斯佩洛夫在其"由于沉醉而夸大"一文里甚至断然指出：复调思想与"艺术创作的基本原理与规律"本身就是不可能兼容的。

巴赫金当年对所有这些批评不曾有什么回应。在其一生最后10年里，他坚持自己的陀思妥耶夫斯基观念，在复调理论上一往无前、义无反顾地继续思考；他对这一理论没有放弃，且也不曾尝试去寻找与其论敌进行缓和性的妥协。1971年接受波兰记者波德古热茨访谈时，巴赫金完全肯定自己的见解。在巴赫金1970年代初的笔记里，会发现他对"复调说"的潜在能量加以尖锐化，会发现其理论的激进主义在晚年更为剧烈，甚至出现有关艺术家—作者笔下的"自身话语""原则上就是缺失的"这一最为激进的提法。1970年8月26日，巴赫金在莫斯科郊外克里莫夫卡小镇敬老院里为波多尔斯基区教师做过一次讲座。鲍恰罗夫出席了这次讲座且当时就做了笔记。这份笔记佐证了巴赫金晚年对其复调理论的坚持[1]。

同样值得我们深思的是，在第6卷里，Л.戈戈基什维里在其对巴赫金第3本笔记的注释中，梳理了1960—1970年代苏联学界对巴赫金的"复调说"进行批评的具体细节。Л.戈戈基什维里指出，整体上可以说，及至1970年代初，"复调"范畴已被接受且牢固地进入了术语流通，但在那个年月的文学学界，它已失去巴赫金本人赋予"复调"这一范畴之实体性概念的地位，转而进入文学文本之偶然属性的领域。人们开始将"复调主义"作为文学文本的品质之一，但没有什么地方将之作为形式构建的实质性品质。这种降低复调之观念性意义的评价，在Г.弗里德连捷尔、Б.梅拉赫、В.日尔蒙斯基三人合写的文章"巴赫金著作中的小说诗学与小说理论问题"（1971）中得到了最清晰的体现[2]。这三位作者明确表态：不存在纯粹的"独白小说"，也不存在纯粹的"复调小说"。在任何一部小说中都（在陀思妥耶夫斯基的小说中则甚至比起许多前辈与同时代人更强烈地）响起作者的"声音"；甚至在巴赫金之积极的追随者口中，也出现了

---

[1] *Бахтин М. М.* Собрание сочинений в 6-ти томах. т7. «Проблемы поэтики Достоевского», 1963; Работы 1960-х –1970-х гг.-М.:. «Русские словари», «Языки славянских культур», 2002, С.499-505.

[2] 格·弗里德连捷尔等："巴赫金著作中的小说诗学与小说理论问题"，周启超译，载周启超编选：《俄罗斯学者论巴赫金》，南京大学出版社，2014年，第25—48页。

针对巴赫金之复调性长篇小说中作者的立场学说而提出的批评：指出巴赫金对"作者"这一术语的使用上有些"不加区别"（柯日诺夫）；巴赫金则在1970年代初的笔记里继续思考"复调"，认为它不是这一或那一小说片断的局部性品质——在那种情形下，作者只是出于现时的策略性目标，而将意义的生发源头交到"不同人的手里"（赋予不同的声音）；巴赫金的"复调"已成为作者著述之新的体裁样式的学说。[1]

同样精细而到位的注疏，还见于对"外位性"（Л. 戈戈基什维里）、"构造学"（В. 里亚普诺夫）、"参与性"（应分的参与，有分担的参与、参与而应分的自由，B. 马赫林）等核心话语的解读。

可以看出，今日俄罗斯新一代巴赫金学者在老一代巴赫金专家（鲍恰罗夫、阿韦林采夫、柯日诺夫等）的带领下，以巴赫金文本为据点，致力于重构巴赫金思想所由生成的那个时代的学术语境，而进入巴赫金学说的思想史、概念史、话语史的建构，使得巴赫金理论遗产的开采与整理进入成果丰硕的收获季。

正是在这个意义上，我们才可以理解：《文学问题》的编辑何以怀着兴奋的心情祝贺科学院版《巴赫金文集》6卷7册终于出齐，而耐人寻味地提出：从今往后，不仅可以阅读巴赫金，而且可以真正地研究巴赫金了，也就是说，可以新的视界去理解去"运用"巴赫金了；正是在这个意义上，我们才可以理解：多年研究巴赫金的塔马尔钦科何以在其最后一部著作里声称：我们正处于巴赫金遗产研究新阶段的前夕——摆脱过分的评价性与文学学、哲学思想领域里时髦风气的影响，而去"深思熟虑而客观地"考量巴赫金的文本[2]。

可以相信，俄罗斯科学院版多卷本《巴赫金文集》以其对巴赫金文本

---

[1] *Бахтин М. М.* Собрание сочинений в 7-ти томах. т6. «Проблемы поэтики Достоевского», 1963; Работы 1960-х –1970-х гг.-М.:. «Русские словари», «Языки славянских культур», 2002, C.628-651.

[2] *Тамарченко Н.Д.* Эстетика словесного творчества М.М.Бахтина и русско-филологическая традиция.-М.: Изд-во Кулагина, 2011, С.337.

精细的注疏，以其对巴赫金思考的语境有深度的开采，使得国际"巴赫金学"拥有了一个新的起点，也会有助于我国的巴赫金研究走向纵深。[1]

"巴赫金学"的新起点也体现为当代中国学界巴赫金文论汉译的最新进展。

巴赫金著作文本的汉译也在与时俱进。钱中文先生的中文版《巴赫金全集》已经出过两版，现在经过重新编辑、校订、增补的新的 6 卷本《巴赫金文集》文稿，与先前的版本的不同之处，一是将"全集"改为"文集"，名实相符。二是新编文集，增加了一些新的译文，特别是巴赫金关于长篇小说的著作和一些发表过而后又经俄罗斯学者修订的文章，还有作为附录的巴赫金论文答辩时的速记记录。三是全面修订了原有译文以及改正了出版社在二版编排中的失误。四是对原有的编排形式做了一些调整。但最为重要的是将原来收入"全集"第 1 卷、第 2 卷中署名瓦·沃罗希诺夫与巴·梅德韦捷夫的 3 本著作与一些论文，即《弗洛伊德主义——批判纲要》《马克思主义与语言哲学》《文学学中的形式论方法》以及《生活话语与艺术话语》等著作分离出来。这涉及巴赫金著作文本的基本面貌与规范，也涉及这些著作的原有作者著作权问题。这些著作在 20 世纪 70 年代开始，被归入巴赫金的名下，或称"巴赫金小组"著作，后称"有争议的文本"。[2]

中文版最新版《巴赫金文集》之所以要将"有争议的文本""分离出去"，主编钱中文对此举有充分的理据。"俄罗斯出版的《巴赫金文集》不再将沃罗希诺夫与梅德韦捷夫的著作收编其中，具有原则性的意义，这一措施对于巴赫金的著作无疑做了规范化的规定，明确了巴赫金著作的文

---

[1] 耐人寻味的是，这部俄罗斯科学院版 6 卷本《巴赫金文集》没有收入其著作权"颇有争议的"那几部书——《弗洛伊德主义——批判纲要》《文学学中的形式论方法》与《马克思主义与语言哲学》。也许，正是由于不收录这 3 部著作，原计划出 7 卷的俄罗斯科学院版《巴赫金文集》最后以 6 卷竣工了。

[2] 钱中文："文本规范与思想共享"，载《巴赫金与 21 世纪：跨文化阐释与文明互鉴"学术研讨会会议手册》（哈尔滨，2022 年 7 月 13 日—15 日）第 9 页。

本范围，它使巴赫金的研究回归巴赫金自身，这正是国际巴赫金研究界所期待的。这一举措，必然有利于推动巴赫金研究的深入，为未来巴赫金思想的探讨，展现了一个新的前景。……所以，我们这次不再将梅德韦捷夫等人的著作收入新编的中译本《巴赫金文集》。"[1]

第二节 "巴赫金学"最新进展

第18届国际巴赫金学术年会原本拟于2020年7月在俄罗斯的萨兰斯克莫尔多瓦大学举办。新冠疫情的肆虐，迫使国际"巴赫金学"自1983年坚持的每隔三年举办一届年会的惯例被打破了。萨兰斯克年会延期至2021年7月且以线上线下相结合的方式举办。尽管学术交流方式严重受限，我们还是观察到国际"巴赫金学"的一些最新进展。至少俄语学界、英语学界、德语学界和汉语学界的巴赫金研究者近几年来在"巴赫金学"园地的耕耘还是完成了一些可圈可点的作业。

一、巴赫金对当代叙事学的三点贡献

俄罗斯著名巴赫金专家，国立人文大学"理论诗学与历史诗学"教研室主任，"叙事学与比较文学研究中心"主任瓦列里·秋帕教授在主题为"巴赫金思想与21世纪的挑战：从对话想象到复调思维"第18届国际巴赫金学术年会（萨兰斯克）上做了以"巴赫金与叙事学"（Бахтин и нарратология）为题的大会报告，聚焦巴赫金理论遗产对于叙事学发育发展的贡献。秋帕看到，如今的"叙事学"显然要比文学叙述理论宽泛得多，它已超越法国结构主义者托多罗夫当年所提出的"叙述的语法"。如今举凡谈论"叙事学"，首先要区分是"经典叙事学"还是"后经典叙事学"。

---

[1] 钱中文："文本规范与思想共享"，载《巴赫金与21世纪：跨文化阐释与文明互鉴"学术研讨会会议手册》（哈尔滨，2022年7月13日—15日），第11页。

从文学叙述理论这一襁褓中生长出来的"叙事学",超越其文学研究的领土而不断拓展,出现了跨学科的特征。现在的"叙事学"已然是一个大人文的知识领域,它定位于认知机制与事件性经验的形成与对传播之多媒介的(不仅仅是口传的)潜能的考察。在秋帕看来,"叙事学"的人类学的广度,与当年将自己的专业定位为"哲学人类学"的巴赫金本人的学术气度实则是十分相投。[1]

早年在巴黎,在克里斯特瓦那儿做过访问学者的秋帕,十分熟悉"法国理论"与"俄罗斯理论"之间的亲密互动。秋帕在其对叙事学发展进程与巴赫金理论遗产之关联的梳理中发现:1980年代中期,保罗·利科曾经对作为事件性经验之形成与传播的叙事学实践进行哲学思考。利科在《时间与叙事》中声称,他遵循了"巴赫金的教导"。这些教导对于整个当代叙事学的发展具有重大意义,它们被当代叙事学所吸收而成为其观念核心的组成部分。秋帕认为,巴赫金思想的启迪在叙事学之旨趣的以下三个层面尤其可以被感觉到:

其一:事件和事件性问题;其二:作者形象与叙述者形象(在巴赫金那里,则是"第一性"和"第二性"作者)之间的相关性;其三:考察叙事话语特性的超语言学视角。[2]

诚然,巴赫金不曾使用现如今我们已经习惯的术语"叙述""叙述者""叙事学",但巴赫金对叙事学的问题一直有思考与探讨。秋帕注意到,20世纪20年代,巴赫金非常珍视在俄罗斯学界未曾引起关注且至今也未译成俄语的一本新康德主义著作——K.弗里德曼的《史诗中叙述者的作用》(1910),从学术史角度来看,这是以叙事学视角研究文学的一个起点。20世纪70年代初,巴赫金曾对刚刚起步的德国学者沃尔夫·施

---

[1] 瓦列里·秋帕:《巴赫金思想智识遗产的叙事学意义》,刘锟译,《外国文论与比较诗学》第8辑,浙江文艺出版社,2022年,第47页。
[2] 同上。

密特的一篇书评——对鲍里斯·乌斯宾斯基的《结构诗学》（1970）的书评——颇感兴趣，并对之作了回应。1973年，巴赫金为他本人在20世纪30年代所写的《长篇小说中的时间与时空体形式》增补了"结语"。这个结语很大程度上已带有叙事学性质，它是对于早一年刊发的热奈尔·热奈特那篇经典性研究《叙事话语》的回应。在巴赫金1973年写的"结语"中，叙事话语的"双重事件性"已得到清晰表达，叙事话语能将所指称的事件性与交际的事件性统一予以实现。秋帕提示我们，巴赫金在那里所作出的论断可谓当代叙事学的基础：

"我们面对两种事——作品中所讲述的事件，与讲述本身这一事件（我们作为听者/读者参与后一种事件）；这些事件发生在不同的时间（在持续的长短上也不同）和不同的地点，同时它们又被连结成不可分割的、统一的但复杂的事件，我们可以称之为作品——拥有其事件上之充分性的作品……我们接受它具有整体性和不可分割性，但同时也理解其构成因素的所有差异"[1]。

在秋帕看来，巴赫金以整一的话语，以那些"既不相融合也不相分割的层面之共轭"来界说叙事，比茨维坦·托多罗夫所提出而由热奈特加以发展的"故事/话语"二分法，要更为准确[2]。

我们知道，"故事/话语"这种二分法原本是俄罗斯形式论学派的遗产。俄罗斯形式论学派首先区分了"本事"（仿佛是先于讲述的"手法"而存在的惰性的生活材料）与作为这些手法之总和的"情节"。后来热奈特发展了这种二分法，把"故事"界定为"现实的或虚构的连续性事件，

---

[1] Бахтин М. М. Вопросы литературы и эстетики. -М.: Художественная литература, 1975. С.403-404.
[2] 瓦列里·秋帕：《巴赫金思想智识遗产的叙事学意义》，刘锟译，《外国文论与比较诗学》第8辑，浙江文艺出版社，2022年，第48页。

它们构成给定的话语之客体"[1]。接下来，热奈特直言，即使原则上在叙事行为之外的"现实的"事件性内容也是可能的，"没有叙事行为……有时也不会有叙事内容"[2]。熟悉巴赫金思想遗产的秋帕观察到，巴赫金对叙述事件性的理解并不提供热奈特所说的这种可能性。早在20世纪20年代，巴赫金对"本事"和"情节"这两个范畴的诠释就与形式论者不一样：巴赫金是将"本事"与"情节"看成叙事整体中相互补充的两个方面。上文援引的巴赫金1973年的论断十分明显地说明了这一点。对叙事学中"故事"的当代诠释同巴赫金当年的这种理解是一致的，例如后来成为汉堡大学叙事学中心主任、欧洲叙事学会主席的沃尔夫·施密德教授就把"故事"界定为"对一些已发生之事进行意义生成选择的结果，这一选择将已发生之事的无限性变成有限的、有意义的形态"[3]。换言之，所讲述的故事——这是讲述的话语之指称功能，是叙述行为的产物，而不是为它准备的材料。况且当代叙事学——在利科之后——正在像巴赫金说的一样以"纠葛冲突"这一范畴取代形式论的二律背反。对"本事"和"情节"这类概念的需求正在降低。

秋帕对巴赫金视域中的"事件"与"事件性"的内涵进行了一番清理。秋帕认为，巴赫金曾从词源学上来诠释"事件"：诸如共在、互动、两种现实性之相遇[4]。至少在这种情况下，两种现实性中的一种是人的意识的现实性[5]。"随着意识在这世上出现"——巴赫金写道，——"存在这一事件……就变得完全另样，因为事件中新的、主要的人物——见证者

---

[1] *Женетт Ж.* Повествовательный дискурс//Ж. Женетт. Фигуры. Т. 2. / Пер. с фр. М.:-Изд. им. Сабашниковых, 1998. С.63.
[2] Там же.
[3] *Шмид В.* Нарратология. -М.: Языки славянской культуры, 2008. С.154.
[4] *Бахтин М. М.* Собрание сочинений в 7 т. 6. М.: -.М.: Языки славянской культуры, 2002. С.29, 85, 99, 106 и т.д.
[5] 巴赫金文本的优秀注释者 Л.А. 戈戈基什维里把处于巴赫金"关注中心"的"对象和意识相遇的点"解读为"现代叙事学最富于意义"的层面之一，这是非常正确的。(*Гоготишвили Л.А.* Непрямое говорение. -М.: Языки славянских культур, 2006. с.261.)

和评判者会登上世间存在的舞台"[1]。巴赫金所说的"事件"具有意向性，其事件性地位取决于意识的价值取向，这个价值取向"不能改变存在，这么说吧，不能物质地改变……它能改变的只是存在的意义……真理，真相并不为存在本身所具有，而只是为被认知的和被说出的存在所具有"[2]。事件性——就像真理性一样——并不是我们周围发生之事的"天然的"品质，这是人的意识之于存在的关系的一种特殊（叙述）方式——对过程性和仪式性二者必择其一的选择方式。这个视域中的"事件"呈现我们经验中生活的某一片断的叙述地位。没有来自意识的那种叙述（复制般的）的构形，任何"事件"都是不可思议的，而只是对发生于我们周围的一切连续不断地流动进行观照。[3]

秋帕强调，尽管巴赫金所说的事件性依附于意识，但它不具有主观性，而具有主体间性，这一点非常重要。事件性由"见证者和评判者"的叙述意向所决定，他们是进行叙述的主体（叙事者），这个叙事者通过自己对复杂情节的讲述来激发来策动听者/读者的接受意向。叙事对接受一方的关注，使新叙事学转向"风尚"这一修辞范畴。西方叙事学已对这个范畴发生兴趣[4]。根据利科的深刻见解，"不存在伦理上中立的叙述"，因为"对伦理考量的那些预料被包含在叙事行为的结构本身"[5]。这促使我们去关注青年巴赫金的这一见解：在审美活动的创作结果（作品）中，它的"伦理因素"总是会被"转写"下来。[6]

秋帕由此对叙事这一话语实践的文化功能进行阐发：叙事话语的主体

---

[1] *Бахтин М. М.* Эстетика словесного творчества. -М.: Искусство, 1979. С.396.

[2] Там же, С.396-397.

[3] 瓦列里·秋帕：《巴赫金思想智识遗产的叙事学意义》，刘锟译，《外国文论与比较诗学》第8辑，浙江文艺出版社，2022年，第49页。

[4] *Шмид В.* Нарратология. -М.: Языки славянской культуры, 2008. С. 304.

[5] *Рикёр П.* Я-сам как другой. -М.: Изд. гуманитарной литературы, 2008. С.144.

[6] 瓦列里·秋帕：《巴赫金思想智识遗产的叙事学意义》，刘锟译，《外国文论与比较诗学》第8辑，浙江文艺出版社，2022年，第49—50页。

间性不是主体性的游戏，而是文化之最为重要的本体论机制之一。一些不可重复、不可预料、不可逆转（即事件性）的变化时常在世界上发生，叙事实践乃人在世界上的在场之事件性经验的形成和传播的社会文化工具。在文化中与之平行地发挥功能的，是人类的先例性经验——自然存在的过程性与人类行为的仪式性之经验——的对立机制。从这种二分法来看，应该将当代叙事学界定为研究人类之事件性经验的一门科学。[1]

我们知道，巴赫金关于艺术作品的"作者身份"概念基本上形成于其早期哲学论著《审美活动中的作者和主人公》。在20世纪50年代至70年代的札记里，巴赫金仍然忠于自己这一初始性的观点：将作者形象视为统摄作品之艺术整体的审美主体。巴赫金在其《文本问题》（1959—1960）中认为文学乃"非直接言说"的艺术[2]。在这里"第一性的作者注定要保持沉默状态。但这种沉默可采取不同的表现形式"[3]。这样的"作者"，实则完全等同于当代叙事学中的"隐含的"作者，尤其是等同于沃尔夫·施密特所说的"抽象的"作者。具体的人之主体（按巴赫金的说法即"我本人"）可以成为"仅仅是人物，但不是第一性作者"[4]。

在这种情况下，巴赫金强调了艺术叙事的特征。对于艺术叙事而言，具有根本性的与其说是所叙述世界之虚构性，不如说是作者同叙述者之非等同性：如果作者"直接地言说"，他就会"变成政论家、道德家、学者，等等"[5]。按巴赫金的简述来推论，卡拉姆津之《苦命的丽莎》之真正的"第一性作者"是一个人的形态的位格……"乃作品意向性的化身"[6]，而《俄罗斯国家史》的叙述者——则是在生平传记上实在而具体的一个人：

---

[1] 瓦列里·秋帕：《巴赫金思想智识遗产的叙事学意义》，刘锟晖，《外国文论与比较诗学》第8辑，浙江文艺出版社，2022年，第50页。

[2] *Бахтин М. М.* Эстетика словесного творчества. -М.: Искусство, 1979. C.89.

[3] Там же, C.353.

[4] Там же, C.354.

[5] Там же, C.353.

[6] *Шмид В.* Нарратология. -М.: Языки славянской культуры, 2008. C.57.

尼古拉·米哈依洛维奇·卡拉姆津。根据巴赫金的"俄罗斯文学史讲座笔记（1922—1927）"，第一个文本的意义由自然同文化的内在冲突而决定，第二个文本的意义则由卡拉姆津献给亚历山大一世的《"古老和新兴的俄罗斯"札记》所揭示。[1]

对于当代叙事学而言，作者同叙述者之级位的分离已是它的一个基本公理。

然而，应当注意到，后来被构建的这一套叙事学术语在巴赫金那个时代尚不存在。巴赫金本人也并不总是根据自己的观念来使用"作者"一词。

秋帕进入了巴赫金视域中"作者"与"叙述者"之复杂纠结关系的清理与辨析：

在撰写《论陀思妥耶夫斯基创作》那部专著期间——这既与他早期的美学论著有别，也与其他晚年的理论札记不同——巴赫金经常将"叙述者"——用巴赫金的话语来说，即"第二性作者"——称为"作者"。在阐明主人公的"视野"相对于这样的（第二性的）作者的"视野"具有某种类型的独立性之际，巴赫金实际上聚焦于陀思妥耶夫斯基的叙事艺术手法，对之进行了深度考察，这预示了后来热奈特叙事学探索的路向。陀思妥耶夫斯基身为第一性作者，乃审美活动的主体，而不是叙事的主体。身为第一性作者的陀思妥耶夫斯基所持的立场，完全符合19世纪经典现实主义的实践。巴赫金所谈论的"复调"，乃陀思妥耶夫斯基创作中得以定型的创新性的叙事策略。[2]

应该予以特别肯定的是，秋帕对巴赫金视域中的"作者"与"叙述者"之关系的这番清理与辨析，不仅有助于我们理解巴赫金当年的这些理论探索对于叙事学的贡献，也有助于我们理解巴赫金提出的复调小说中

---

[1] Бахтин М. М. Собрание сочинений в 7 т. Т. 2. -М.: Языки славянской культуры, 2000. С.413.

[2] 瓦列里·秋帕：《巴赫金思想智识遗产的叙事学意义》，刘锟译，《外国文论与比较诗学》第8辑，浙江文艺出版社，2022年，第51页。笔者在这里对译文中的个别词语与表述做了一些调整。

"作者与主人公平起平坐"这一时常令人困惑甚至想去否定的观点。这样的清理与辨析,已经是在巴赫金的概念场中来理解巴赫金,在巴赫金的话语系统中来把握巴赫金的话语蕴涵;这样的理解与把握,是"巴赫金学"进入深耕阶段才会出现的。

巴赫金对于叙事学的贡献,不仅体现在对于"事件"与"事件性"之关联、"作者形象"与"叙述者形象"之关系这些叙事学的核心论题上,还体现为巴赫金的超语言学视界对叙事话语特质的精辟阐说。

巴赫金的"超语言学"重视话语的交际性功能。这种"超语言学"是古典修辞学的一种独特发展。一如德国著名巴赫金专家莱纳塔·拉赫曼所指出的那样,巴赫金的智识探索与修辞学传统是紧密关联的。[1] 在巴赫金的著述中,"超语言学"一词最初是在《文本问题》这篇论文中出现的,虽然《言语体裁问题》(1952—1953)已经整个儿在探讨超语言学问题。"超语言学"这一术语是由巴赫金从西方学术话语中引进的。1952年,本杰明·沃尔夫推出《超语言学论文集》,巴赫金在其50年代著述的参考书目中曾提及该书。巴赫金将他自己的学术意向填进沃尔夫的这一术语之中,运用它来指称"尚未得以定型为特定的、单独的学科之研究"[2]——研究由他发现的这样一些叙事结构之语言转换现象,诸如"长篇小说中的杂语"(当代叙事学的多语性)、"诸声音"系统(对应于"诸视野"系统,即对应于"聚焦")、非直接引语的"双声语",以及总体上——"话语间的对话关系,这些对话关系也贯穿于话语内部与单个的话语"[3]。

巴赫金研究者一般都以为,巴赫金是在20世纪60年代开始思考"超语言学"。秋帕更细致地考察到,其实早在1929年,巴赫金就已经基于陀思妥耶夫斯基长篇小说材料提出叙事学的一个关键问题——叙事再现之语

---

[1] *Лахманн Р.* Риторика и диалогичность в мышлении Бахтина//Риторика, № 1 (3). М., 1996.
[2] 叙事学恰恰可以被认为是这种学科之一。
[3] *Бахтин М. М.* Эстетика словесного творчества. М.: Искусство, 1979. С.293.

言转换问题：在其相互作用之中的"主人公的话语与讲述人的话语"。与此同时，在巴赫金当年与В. Н.沃罗希诺夫合著的——我们姑且这样来指称——《马克思主义与语言哲学》（1929）那本书里，一个对于当代叙事学具有能产性的概念——"非直接引语"被提出来了。后来，在对他论陀思妥耶夫斯基那本书进行修订时，巴赫金将"超语言学"同语言学相对立，二者"研究同一个具体的、非常复杂与多层面的现象——话语，但它们是从不同的方面、不同的视角进行研究。二者应该相互补充，但不能混淆"[1]。

有一个对于当代叙事学具有现实性的一个术语——"多语性"（гетероглоссия），它是美国著名巴赫金专家加里·莫尔逊和凯瑞·爱默生对巴赫金创造的一个新词"杂语"（разноречие）进行英译而产生的[2]。20世纪30年代里，巴赫金在《长篇小说的话语》这篇论著中研究了长篇小说叙事的"多语性"。"多语性"的要义就在于："社会的人""会言说的人"并不是同作为抽象的具有一定规则与标准的语言在打交道，也不是同代码在打交道，而是同众多的话语实践在打交道。这些话语实践在集合之中形成这个社会动态的口传文化："语言，作为杂语的生成，具有历史现实性，这种杂语生成充斥于未来的与过去的语言之中，包括渐渐退化的拘谨的贵族语言，无数试图占有一席之地的语言，或多或少获得成功的、具有一定社会覆盖面的语言，具有这种或那种意识形态使用范围的语言"[3]。巴赫金在这种社会文化的流动机制的基础上看出了对话关系内部的超语言学现象："几乎在每一个话语的领土上都在发生着自己的话语同他人的话语之间紧张的互动和斗争，发生着二者的疏离分野或对话性的相互阐明的过程。"[4]

---

[1] *Бахтин М. М.* Собрание сочинений в 7 т. Т. 6. М.: Языки славянской культуры, 2002. С.203.

[2] *The dialogic imagination: Four essays* / by M. M. Bakhtin ; edited by Michael Holquist ; translated by Caryl Emerson and Michael Holquist.-Austin: University of Texas Press, 1981. p. 444.

[3] *Бахтин М. М.* Вопросы литературы и эстетики. М.: Художественная литература, 1975. С.168-169.

[4] Там же, С.166-167.

秋帕敏锐地看到，对于当代叙事学，"多语性"现象具有现实性。在多数情况下——用沃尔夫·施密德的话来说，"叙事文本由两种文本组成：叙述者的文本和人物的文本"[1]。巴赫金的"超语言学"其实隐含着叙事学之往前发展的一些具有启发性的推力，其中就包括走向另一个修辞性概念——叙事之逻各斯。

然而，秋帕认为巴赫金理论遗产对于当代叙事学最主要的教益乃在于，巴赫金将自己的长篇小说体裁理论建构成了长篇小说的历史诗学，《长篇小说中的时间和时空体形式》这篇专论的副标题已对这一点给予明示。

在这位投身"叙事学与比较文学"园地耕耘多年，已经卓有成就的当代俄罗斯学者看来，从俄罗斯形式论学派获益良多的西方叙事学，其实并不了解历史诗学。

秋帕坦言："就在不久前，本人曾有机会参与一部用德文出版的概览性集体著作《俄罗斯历史诗学学派》[2]。用英文或法文写出的类似著作，据我所知，目前还没有。在本人看来，一部分也是由于这个缘故，当代叙事学之历时性方面的构建尚处于萌芽阶段，目前也只有一篇论文与一种著作面世：一篇论文是德文的[3]，一种著作是俄文的[4]。其实，莫尼卡·弗鲁德尼克曾经有充分的理由来谈论'叙事学中对历时性视界的忽视之深，这一忽视在主宰着叙事学'[5]；她在2003年发出要'突进''非常吸引人的新的研究领域'[6]的倡议，很长时间未得到应有的响应。伊林·德·荣格在这一路向上进行推进的尝试，应当说，也是相当胆怯而难以令人信服的。时至今日，只有一部尚在编辑中、对未来进行'引航的'的集体著作，

---

[1] *Шмид В.* Нарратология. М.: Языки славянской культуры, 2008. С.188.

[2] Kemper D., Tjupa V., Taškenov S. (Hg.) *Dierussische Schuleder Historische Poetik*. Munchen: Wilhelm Fink Verlag, 2013. 286 p.

[3] Fludernik M. The Diachronization of Narratology//*Narrative*. 2003. Vol. 11. No. 3, pp. 331–348.

[4] *Тюпа В. И.* Горизонты исторической нарратологии. СПб.: Алетейя, 2021. С. 270.

[5] Fludernik M. The Diachronization of Narratology//*Narrative*. 2003. Vol. 11. No. 3, p. 334.

[6] Там же, С.332.

这就是由了解并推崇俄罗斯学术传统的沃尔夫·施密德领衔策划的（有俄罗斯叙事学学者参与的）《历时叙事学手册》（*Handbook of Diachronic Narratology*）。"[1]

以秋帕之见，"要获得有充分价值的历史视界——'历时叙事学'的构建不过是其一半路程——必须专注于一些基本的叙事学范畴（尤其是叙事策略[2]），并将这些范畴置于阶段性的动态变化中加以考察；就像巴赫金通常所做的那样，阐明所研究现象的萌芽状态。同时，应该投入一些对叙事'原生形态'的勘察。美国学者凯瑞·爱默生在巴赫金年会上的报告中已提及这一点。如今叙事学最为现实的前景在于，从纯理论的——我甚至愿意说，经院叙事学——转向历史叙事学，转向'长远时间'的叙事学。在这一道路上，巴赫金思想智识遗产的意义将会不可避免地增加。"[3]

我们认为，这是当代叙事学与巴赫金理论遗产的对接。这种对接，既基于对巴赫金学术探索史的深度清理，又基于对叙事学发育进程之学理性的深度勘查。这样的对接，也只有多年沉潜于巴赫金的思想智识遗产，把握了巴赫金的话语体系的巴赫金专家，只有多年投身叙事学的探索，熟悉这门学科发育之脉络与发展之路径的叙事学专家，才能胜任。

二、对"复调小说"与"复调音乐"之对应关系的重审

"复调小说"与"复调音乐"之对应，既关系到巴赫金对陀思妥耶夫斯基小说诗学创新的独特解读，进而成为当代国际"陀学"中的一个经典论题，也关系到巴赫金基于"复调"这一隐喻对其"多声部对话"这一核心理念的阐发，进而成为当代国际"巴赫金学"中的一个基本论题。被不

---

[1] 瓦列里·秋帕：《巴赫金思想智识遗产的叙事学意义》，刘锟译，《外国文论与比较诗学》第8辑，浙江文艺出版社，2022年，第53页。

[2] Tjupa V. Narrative Strategies/ In: *Handbook of Narratology*. 2nd edit. Vol. 2 -Berlin/Boston: Walter de Gruyter, 2014. pp. 564-574.

[3] 瓦列里·秋帕：《巴赫金思想智识遗产的叙事学意义》，刘锟译，《外国文论与比较诗学》第8辑，浙江文艺出版社，2022年，第53页。

少学者推为"巴赫金文本的优秀注释者"的 Л. А. 戈戈基什维里（1954—2018）生前撰写了"米·巴赫金的复调小说与音乐中的复调之对应关系"。俄罗斯权威期刊《哲学问题》2019 年第 3 期刊发了 Л. А. 戈戈基什维里的这篇遗稿。该文对既在音乐中也在长篇小说中的"复调"之发育发展路径进行考察。该文作者看出，在复调理论建构时期，巴赫金不仅面向文学进程，也面向当代音乐的发展现状。在文学的复调领域进行探索的巴赫金，同奥地利作曲家、"十二音体系"发明者、"无调性"音乐首创者阿诺尔德·勋伯格（1874—1951）的音乐理论与实践，在很多层面上有交集。巴赫金，一如勋伯格，一直在探寻超越那些已然枯竭的独白形式而走出危机的路径。巴赫金的"复调小说论"中所洞见的"主题在众多而不同的声音中的贯穿"正对应着"十二音体系"作曲法中"以系列呈现的十二音技法"。具体说来，巴赫金在陀思妥耶夫斯基小说艺术中所发现的那种对无所不在的作者（即"第二性作者"实则是"叙述者"）之主导性的放弃，正对应着音乐探索中勋伯格高扬无调性（或泛调性）而对独调性（单一调性，同度齐唱）的放弃。在巴赫金的理论中，陀思妥耶夫斯基当年对"作者"即"第二性作者"（实则是"叙述者"）权力的节制导致具有其自主性声音的主人公的解放，一如勋伯格对独调性的放弃而导致不协和音的解放。[1]

　　经由对巴赫金的小说理论建构同勋伯格的音乐探索实践之间这些相似特征的梳理，Л. А. 戈戈基什维里重点论证了这样一个观点：在建构其复调小说理论时，巴赫金在音乐领域所锚定的已经不是巴赫的复调（这种复调毋宁说是为独调性笼罩乐坛而创作出了一个前提），而是勋伯格的复调，这种复调所瞄准的已是对音乐中独调性的超越。这正类似于巴赫金的"复调小说论"对独白主义的超越。Л. А. 戈戈基什维里在文章里详细地清理了勋伯格的复调与巴赫的复调的不同特质，有理据地论析了巴赫金在建构

---

[1] *Гоготишвили Л. А.* Соотношение между полифоническим романом М. Бахтина и музыкальной полифонией (замечания к проблеме)//Вопросы философии. - 2019. № 3. C.143.

其复调小说理论时所面向的正是勋伯格及其音乐传人的复调音乐的探索。

Л. А. 戈戈基什维里在这篇文章结尾还对自己先前在巴赫金的复调小说理论与复调音乐之对应关系上提出的观点进行了坦诚的反思。她指出："先前我曾提出的观点：那种在形式上可以联想的关联，那种基于这些范畴之间似乎是算术般透明的关联，原来竟然是不足信的；在这里主宰着的并不是算术，而是巴赫金典型的那种矛盾修饰法[1]的意义关联：双声部同独白主义——并不是反义词，而毋宁说是同义词（它们是一个调）；双声部与复调——并不是同义词，而毋宁说是象征性反义词，因为复调乃多调性。"[2]

我们敬佩这位俄罗斯女学者的治学精神，她勇于对自己的学术观点进行坦诚反思。我们更敬佩俄罗斯的巴赫金专家对巴赫金遗产的持续深耕。Л. А. 戈戈基什维里对"复调小说与复调音乐"之对应关系的这种重审，聚焦巴赫金的"复调小说"究竟同哪一种类型的"复调音乐"相对应的这番深耕，在国际"巴赫金学"界很有现实意义。我国就有学者在不久前撰文，认定巴赫金的复调小说理论借用复调音乐，"这其实是一个有误的比附"[3]，其理据就是"复调音乐并不是多元的，它是一种一元音乐"。如果这位学者能读到 Л. А. 戈戈基什维里的这篇文章，他会有何感想呢？

多年来我们一直在坚持巴赫金视域中的"复调"乃"多调性"，巴赫金的"对话"乃"多声部对话"，乃超语言学的"多声部对话"。令我们颇感欣慰的是，这一基本认识在相隔千山万水的俄罗斯"巴赫金学"界，还是有知音的。

三、从理论建构风格看巴赫金"对话论"的文化哲学品位

巴赫金的"对话"，不能被简化，这不是中小学课堂上教师与学生的

---

[1] 矛盾修饰法：一种修辞手法，诸如譬如"乐观的悲剧""活尸"这类表述。
[2] Гоготишвили Л. А. Соотношение между полифоническим романом М. Бахтина и музыкальной полифонией (замечания к проблеме)//Вопросы философии. - 2019. - № 3. - C.150-151.
[3] 钱浩：《复调小说与复调音乐》，《文艺理论研究》2018 年第 4 期，第 200 页。

问答，也不是外交谈判桌上的"对话"。巴赫金的"对话"，是"对话关系"界面上的"对话"，是"超语言学"意义上的"对话"。多声部相应和的"复调性"内涵，使巴赫金的"对话"具有伦理导向性；在文学文本与文化现实之间穿越的阐释力，使巴赫金的"对话"具有文化哲学品位。文学批评家、文学理论家这样的头衔尚不足以涵盖巴赫金这位思想家的真实体量。巴赫金本人曾说他从事的是"哲学人类学"。英国著名巴赫金专家加林·吉汉诺夫（Galin Tihanov）将巴赫金的理论探索称为"文化哲学"。在"在不同的学科之间自由地游弋——巴赫金的理论建构风格"[1]一文中，我们可以读到这位当年曾以巴赫金理论为其博士学位论文题目的英国学者对巴赫金"对话论"的最新阐说。加林·吉汉诺夫力图经由对"巴赫金在文学理论与文化理论中的遗产"的总体回望，来通观"巴赫金的理论建构风格"，在对"巴赫金理论建构风格"的考察之中来阐述其"对话论"的独特品位。加林·吉汉诺夫写道：

"巴赫金潜心研究的领域首先是文化哲学。作为思想家的巴赫金位于一个独特的空间，即诸学科之间。正是在这个空间里，他创造出他专有的隐喻。那些隐喻使得巴赫金自由地游弋于各种不同的理论界面，而潜心探索那些超越学科所确定的知识域极限的问题。"[2]

首先进入加林·吉汉诺夫视野的也是巴赫金理论大厦的基石——"对话论"。吉汉诺夫也看出，单单聚焦语言学的源头不可能全面阐释巴赫金"对话主义"的力量与吸引人之处。熟悉现代斯拉夫文论学术史的这位英国学者，将文化哲学家巴赫金看取"对话"的视界同符号学家穆卡若夫斯基看取"对话"的视野加以对比：扬·穆卡若夫斯基写过以《对话与独

---

[1] 加林·吉汉诺夫：《在不同的学科之间自由地游弋——巴赫金的理论建构风格》，周启超译，《浙江大学学报（人文社会科学版）》，2022年第5期。
[2] 同上，第137页。

白》[1]为题的文章。从术语上看，穆卡若夫斯基的文本更具学科规范，可是在格局与独创性上它要逊色于巴赫金版的对话。穆卡若夫斯基非常了解并高度评价瓦连京·沃罗希诺夫的著作，却被夹在狭隘的语言学界面的对话与独白的对立之中。巴赫金则使我们对于"对话"的理解焕然一新。巴赫金邀请我们去听取每一个说出来的话语内部的对话；去听取在那些表达相反的世界图景的诸种声音之中被体现的对话；去听取已然成为广阔的不同界面的文化形态类型学之基础的对话。[2]

加林·吉汉诺夫看出，巴赫金创造性地刷新了学界对"对话"的理解与使用。在"对话"这一范畴的使用界面上，巴赫金何以成功地实现这样的开拓呢？

加林·吉汉诺夫从理论建构的风格这一层面来阐释。他认为，巴赫金看取"对话"的视界其实是一种转换，它使术语服从于内在的生长（有时则有损于精准性）；在这一转换过程中，概念扩展其相关性而直至变成隐喻。这种转换是巴赫金理论建构上的一个最为突出的特征，也是巴赫金文笔的一个最为突出的特点（尤其是在20世纪30年代）。正是这一改造性的能量，使得巴赫金比他的那些在语言学、社会学、神学或艺术学的先驱要胜出一筹。吉汉诺夫由此主张，要从思想史维度对概念与范畴如何在巴赫金思想的熔炉里经历转换进行深度勘探。

加林·吉汉诺夫十分推崇巴赫金善于在各种见解的熔炉里提炼思想，善于在不同学科之间穿越。这位英国巴赫金专家敏锐地看出：巴赫金作为一个思想家之独创性，就在于一个伟大的综合者实际具有的独创性。这样的综合者自由地运用来自多种不同学科的话语——语言学、艺术史、神

---

[1] Mukařovský, Jan: «Dialog a monolog»//*Listyfilologické 76* (1940), pp.139-160.
Mukařovský, Jan: *Kopitoly z česképoetiky I*. 2e édition, -Praha: Svoboda, 1948, pp.129-153. 该文中译参见穆卡若夫斯基：《对话与独白》，庄继禹译，《布拉格学派及其他》（《世界文论》【7】），《世界文论》编辑委员会编，社会科学文献出版社，1995年，第25—53页。

[2] 加林·吉汉诺夫：《在不同的学科之间自由地游弋——巴赫金的理论建构风格》，周启超译，《浙江大学学报（人文社会科学版）》，2022年第5期，第137—138页。

学——之中的概念，然后予以改变并扩大这些概念相互作用的场域。这自然而然会产生一个问题：究竟是什么促使巴赫金会这么做？"种种迹象表明，巴赫金能做到这一点，是由于他的理论从其早期著述中的伦理学与美学走向成熟期著述中的文化哲学这一真正的演变。"[1]

巴赫金是如何由伦理学与美学走向文化哲学的？加林·吉汉诺夫在这里回到思想史视域中进行清理。他认为，巴赫金的整个思想演变是在同心理主义斗争的旗帜下，宽泛些说是在对主观性坚持不懈地加以否定这一旗帜下穿行的。巴赫金曾对瓦基姆·柯日诺夫坦言，埃德蒙德·胡塞尔与马克斯·舍勒在他作为对心理主义经历深刻怀疑的思想家之成长中起了关键性作用。[2]。这一演变，是从巴赫金将陀思妥耶夫斯基看成罕见且不可复制的作家，而充分强调其创造性元素开始的。这一对主观性之不懈的抵抗，这一对心理主义之深刻的怀疑，正是巴赫金作为文化哲学家在思想智识舞台上具有长久生命力的一个保障，正是文化哲学家巴赫金毕生高扬"多声部对话"理念的一个原因。

四、作为理念也作为方法的"对话论"之再思考与再应用

巴赫金倡导的"对话"不仅是人文科学界推崇的一种理念，也是人文科学适用的一种方法。对巴赫金的"对话论"的再思考与再应用，也体现在当代德语学界。由哥廷根大学斯拉夫文学与比较文学教授马蒂亚斯·弗莱泽（Matthias Freise）主编的《巴赫金的启迪：人文科学中的对话性方法》（2018）[3]，同时直面"对话论"的理论层面与实践层面。王晓菁博

---

[1] 加林·吉汉诺夫：《在不同的学科之间自由地游弋——巴赫金的理论建构风格》，周启超译，《浙江大学学报（人文社会科学版）》，2022年第5期，第138页。
[2] *Кожинов В*: Бахтин и его читатели: Размышления и отчасти воспоминания//Диалог.·Карнавал.·Хронотоп. 1993. N0.2-3. C.124-125.
[3] Matthias Freise (ed.): *Inspired by Bakhtin: Dialogic Methods in the Humanities*.- Brighton, MA: Academic Studies Press, 2018.

士在其应《外国文论与比较诗学》主编特约而撰写的书评[1]中披露,牛津大学出版社《现代语言研究论坛》(Forum for Modern Language Studies)中有评论认为:《巴赫金的启迪:人文科学中的对话性方法》对任何一位当代人文科学从业者来说都极具阅读思维刺激(thought-provoking),它为定义人文科学创造了强有力的论据。[2]

《巴赫金的启迪:人文科学中的对话性方法》由导言与七个章节组成。每章从一个特定的人文学科出发,分别探讨对话理论在文学、哲学、文学史、社会学、设计、心理学、电影分析七个学科内的应用。什么是对话性以及对话性的方法何以至关重要,是贯通全书各章的核心追问。

马蒂亚斯·弗莱泽撰写的导言直接回应了文科衰落的原因何在以及未来出路何在这两个十分现实的问题。弗莱泽从人文科学的内部结构出发,认为导致人文科学衰弱的一个原因是文科学者正在放弃人文科学的独特性。近年来,许多学者们致力于把人文科学变得更"科学"。他们认为人文科学应该像自然科学一样,具有客观性、实证性。于是他们在方法上借鉴自然科学,把人文现象也视为"客体",以发掘其"属性"为目标,对人文科学一味地进行数字化,进行定量研究,最终导致人文现象以及人文科学的独特本质被罔顾,人文科学的独特功能不能得以发挥,进而成为自然科学的外延和附庸。独特性的消失也就意味着存在合法性的消失。因此,人文科学的出路就在于重回其独特性,并据此发展出合适的研究方法。[3]

究竟什么是人文现象和人文科学的独特性?

借助语言学、数学,以及原子事实(atomic fact)等原理,弗莱泽论证了人文科学面对的现实基础是"关系","关系"先于"客体"。人文现

---

[1] 王晓菁:《文科无用?对巴赫金对话理论的再思考与再应用——评〈巴赫金的启迪:人文科学中的对话性方法〉》,《外国文论与比较诗学》第8辑,浙江文艺出版社,2022年。

[2] Forum for Modern Language Studies, Vol. 55, 2019, No. 2, pp. 245–246.

[3] 王晓菁:《文科无用?对巴赫金对话理论的再思考与再应用——评〈巴赫金的启迪:人文科学中的对话性方法〉》,《外国文论与比较诗学》第8辑,浙江文艺出版社,2022年。

象不是"客体",而是"关系"。自然科学研究"客体",人文科学研究"关系"。哲学应研究人类思想与世界的关系,而不是语言的属性;文学史应研究代际之间的关系,而不是"客观"发生了什么;神学应该关心我们与上帝的关系,而不是我们与古抄本里戒律的关系;文学不应该由"主观"或"客观"的意思构成,而应是一个我们也参与其中的语义空间。只要存在关系,就一定存在关系参与者之间的互动对话。可见,"对话"是人文现象的共性,人文现象的独特性就在于它所蕴含的"对话关系"。人文学科共同的基础特质在于它们是在不同的认知领域通过阐释来考察和理解"对话关系"的学科;人文学科研究方法的独特性在于"对话性思维"。弗莱泽由此而提出,应当以巴赫金的对话理论为基础展开以下研究:(1)考察人文现象中的对话现象,即现象内部的对话关系结构,譬如社会交际、心理依赖、文学文本、电影形象;(2)处理人文现象时运用对话性的方法,比如在文学史中研究者如何对待历史,文学家如何对待文本。这涉及的是研究者同现象间的对话关系结构。[1]

如何能够实现这种对话性的方法?换言之,如何用对话性的方法处理现象中的对话关系?王晓菁博士从弗莱泽的《导言》中梳理出了三种"理解"作为实现对话性方法的前提。

第一,研究者要理解自己是所处环境中的一部分。为了追求"客观真相",人文科学界的一些研究者希望自己也像自然科学研究者那样,保持一种中立的超越于研究客体的元立场(meta-position),从监管人(supervisor)的视角来考察客体。弗莱泽则认为,对于人文学科来说,这种立场和视角并不可取,也不可能。从海德格尔对胡塞尔试图寻找的零点(zero-starting poiont)的批判中可以得知,人类不可能脱离自己的立场和视角。譬如,在性别研究中,就不可能持有这种元立场。每个人都处于一

---

[1] 王晓菁:《文科无用?对巴赫金对话理论的再思考与再应用——评〈巴赫金的启迪:人文科学中的对话性方法〉》,《外国文论与比较诗学》第 8 辑,浙江文艺出版社,2022 年,第 260—261 页。

种性别以及关于这种性别的话语之中,不可能"中立"。

第二,研究者要理解个体的矛盾性。弗莱泽以心理学为例指出,心理分析师通常是首先分析自己,从发现和正视自己的矛盾性开始,学习分析和接受他人的矛盾性。只有从是非、黑白、主观客观、非此即彼的二元思维中解脱出来,才能进入充满矛盾的关系之中。弗莱泽提出,对《巴赫金的启迪》的作者们来说,在社会和心理层面上所谓的客观"真相"都不是真实的,真实的真相是相遇,是矛盾,是冲突,是"对话"。

第三,研究者可以通过布尔代数(Boolean algebra)理解关系中的四个维度。弗莱泽举了一个形象的例子:如果你分别去听一对吵架的夫(A)妻(B)讲述事件原委,你就会陷入罗生门的情节中。双方都坚持自己陈述的才是事实。由于每个人都是矛盾体,他们的陈述都包含着或真或假的可能,于是就存在四个维度:A 真,B 真,A 假,B 假。通过他们的陈述,你无法获得事件的真相,但是你可以看到他们之间关系的真相。用布尔代数可以表达他们关系中四种维度的组合状态:A 真—B 真,A 假—B 假,A 真—B 假,A 假—B 真。想要理解关系的真相,必须置身于这四种状态之中。任何可以表述关系的现象,都应该包含这四种维度,否则就是不完整的。雅各·拉康对个体心理结构关系的解析包含了大他者(真)、主体(真)、小他者(假)、自我(假)四个维度;罗曼·雅各布森对符号关系的解析也包含了四个维度:他在符号的能指、所指、意指的三个维度之外,加入了美学维度,以构成完整的四维度结构。

简而言之,对人文学科来说,"对话"既是现象又是方法。[1]

在弗莱泽的《导言》之后,该书七位作者在各自的学科领域里探讨了对话现象与对话性的方法。弗莱泽的《文学史中的对话性方法》开篇就旗帜鲜明地指出:传统史学排斥归纳与理解,讲求叙事性,隐含意识形态动

---

[1] 王晓菁:《文科无用?对巴赫金对话理论的再思考与再应用——评〈巴赫金的启迪:人文科学中的对话性方法〉》,《外国文论与比较诗学》第 8 辑,浙江文艺出版社,2022 年,第 261—262 页。

机；对话性的史学则重视理解，以及对范畴的分类。至于文学史，研究者为了追求科学精确，逐渐回避文学时代（epoch）的概念（譬如，文艺复兴时代、浪漫主义时代），转而使用客观的事件、作家或年代来标记文学（譬如，内战文学、歌德时代的文学、60年代文学）。弗莱泽认为，文学时代之所以重要是因为它由风格构成，风格由形式决定，而形式又决定了功能，功能创造语义空间。摒弃了文学时代就等于放弃了对语义空间的构建，也就失去了共情。这样，历史成为"异域"（exotic）。

弗莱泽进一步论证，文学时代是只有在"对话"中才能呈现出来的关系现象。它是过去历史的参与者同后代诠释者的对话。过去时代的参与者为他们的时代做出贡献，为后代提供身份认同；后代从过去的时代中辨认出它的优点与盲点，或抛弃或继承或革新，以此塑造当下的时代；在与过去的参照中，后代也更容易看到自己所处时代的真相。文学时代就在这一系列的对话过程中产生。整个过程可由四个对话性维度构成：阐释对话性、辩论对话性、结构对话性、历时对话性。

弗莱泽以文艺复兴时代和巴洛克时代之间的关系为例阐释这四种对话性。文艺复兴时代是巴洛克时代的过去，巴洛克时代则是文艺复兴时代的"后代"。"阐释对话性"指的是两个时代用来阐释世界的模式的差异。文艺复兴时代使用的是精英式的世界模式；地理大发现之后的巴洛克时代开启的则是融合性的世界模式，它把被精英模式排斥在外的多种艺术文化宗教整合了进来；巴洛克与文艺复兴之间的"辩论对话性"来自巴洛克对文艺复兴哲学思考的一系列否定之中。譬如，巴洛克批判文艺复兴因推崇人为万物的尺度而导致混乱。巴洛克认为只有回归信仰才能提供文艺复兴不能提供的和谐；"结构对话性"发生于巴洛克文学领域。巴洛克时代的文学家用悖论挑战文艺复兴时代追求平衡统一的诗歌创作，以此构建被文艺复兴忽略的世界与人性的各种内在矛盾。由悖论产生的一个实质性效果就是虚幻性。巴洛克时代认为虚幻提供了更高级的真实。它弱化了被文艺复兴推崇的因果论，释放了被文艺复兴压制的死亡、神、时间等主题，强化了以信仰为现实的本质；"历时对话性"是对两个时代之间连续性的考察。比如说，虽然文艺复兴时代和巴洛克时代有很大差别，但在崇尚古罗马文明、讲究修辞、追求多样性、放纵与节制的辩证等方面，可以明显地看出巴洛克时代对文艺复兴时代的继承。只有通过这四个维度的对话，才会产生真正的"时代"；只有进入这四种对话，才能真正地理解"时代"。[1]

马蒂亚斯·弗莱泽是德国著名巴赫金专家沃尔夫·施米德的弟子。弗莱泽当年的博士学位论文以《米哈伊尔·巴赫金文学哲学的美学》（1993）为论题。他新近的这篇"导言"阐述巴赫金"对话论"作为一种理念对于人文科学的启迪，"文学史中的对话性方法"则论证巴赫金"对话论"作为一种方法在文学史研究中的具体应用。这既体现了这位德国的巴赫金专家对巴赫金理论的持续深耕，也是德语"巴赫金学"界对巴赫金的"对话论"进行再思考与再应用的一个缩影。

王晓菁博士在这篇书评结尾也发表了自己的感想。王晓菁认为，《巴赫金的启迪》告诉我们，人文学科的价值不在于客观和精确，而在于理解和创造；它们的对象不是客体属性，而是关系现象；它们的方法不是计算和定性，而是对话和阐释；它们不能提供一劳永逸的公式，但能在矛盾的人性和复杂的关系中创造新的可能。一言以蔽之，用"对话性的方法"，考察、理解、阐释人文现象里的"对话关系"，在各种环境里构建"对话空间"，乃文科焕发生机之路。[2] 这一番感想，可以说是对巴赫金理论精髓"对话论"——作为人文科学理念也作为人文科学方法——之思想魅力之现实价值的生动表述，笔者深以为然。

---

[1] 王晓菁：《文科无用？对巴赫金对话理论的再思考与再应用——评〈巴赫金的启迪：人文科学中的对话性方法〉》，《外国文论与比较诗学》第8辑，浙江文艺出版社，2022年，第264—265页。
[2] 同上，第267页。

五、将巴赫金理论置于其历史语境中勘察其意蕴生成，梳理其国际影响

近年来汉语学界的巴赫金研究也有新的进展。最为突出的至少有两部专著，体现了当代中国学者在"巴赫金学"园地的持续深耕。其一是王志耕的专著《俄罗斯民族文化语境下的巴赫金对话理论》[1]。王志耕对巴赫金与西方哲学传统以及当代理论的差异做了区分，对巴赫金与康德哲学、柯亨的伦理学、马克思主义、存在主义、阐释学等理论之间的联系与差异均提出了有说服力的阐释，在俄罗斯社会历史、民间文化、宗教哲学、文艺理论等多个领域，发掘出巴赫金对话理论的本土资源。基于原始文本的考辨，王志耕重新阐释了巴赫金对话理论中的一系列重要概念，如"回应性""大时间""整体性涵义""复调"等，分析这些概念在巴赫金的原文语境中以及在俄罗斯民族文化的大语境中的内在意蕴。其二是曾军的专著《巴赫金对当代西方文学理论的影响研究》[2]。这部专著紧扣"复调""对话"和"狂欢"等核心话语，从克里斯特瓦的《巴赫金：词语、对话和小说》《封闭的文本》等文本入手，梳理克里斯特瓦接受巴赫金影响的诸种因子；分析巴赫金接受史中的托多罗夫现象，从体裁诗学、历史诗学、托多罗夫的对话主义转向等方面阐述托多罗夫接受巴赫金的对话原则，进而将视角转到马克思主义与语言哲学的比较，着重研究"巴赫金小组"对伯明翰学派的影响，梳理当代文化批评中的狂欢化理论、西方马克思主义和后现代主义对巴赫金狂欢化理论的嫁接。曾军还尝试在女性主义文学批评中寻找对话、身体与狂欢诸元素，在当代小说叙事理论特别是通过韦恩·布斯的共同影响，再现巴赫金的理论影响力。曾军认为，在方法论上，通过梳理研究巴赫金对当代西方文学理论的影响，可以反观中国学界对巴赫金理论（进而也包括对所有外国文学理论）的接受与应用中存在

---

[1] 王志耕：《俄罗斯民族文化语境下的巴赫金对话理论》，商务印书馆，2021年。
[2] 曾军：《巴赫金对当代西方文学理论的影响研究》，社会科学文献出版社，2021年。

的问题。《俄罗斯民族文化语境下的巴赫金对话理论》与《巴赫金对当代西方文学理论的影响研究》这两部专著均进入"国家哲学社会科学成果文库",这既证明这两部专著的学术分量与学术水平,也表明当代中国学界对持续深耕巴赫金理论的重视与鼓励。

  不论是对巴赫金之于当代叙事学的贡献所做的学术史梳理,对"复调小说"与"复调音乐"的对应关系所做的学理性重审,还是从理论建构风格来看巴赫金"对话论"的文化哲学品位,不论是将"对话论"作为人文科学推崇的一种理念,作为人文科学适用的一种方法,来具体思考其在不同学科中的应用价值,抑或是将巴赫金理论置于其历史语境中勘察其意蕴生成,梳理其国际影响——来自俄语学界、德语学界、英语学界、汉语学界"巴赫金学"的这些最新进展正在表明:巴赫金理论遗产的思想魅力不减当年,巴赫金的"超语言学视界"与"多声部对话"路径正在推进当代人文科学不断发展。自1963年《陀思妥耶夫斯基诗学问题》面世,世界人文学界对巴赫金的发现已经走过一个甲子的路程。国际学界对巴赫金理论遗产持续深耕的最新成果,已经呈现出国际"巴赫金学"界对"超语言学视界""复调说""对话论"研究的最新进展。对国际"巴赫金学"最新前沿成果的这一梳理正在表明:持续深耕巴赫金理论遗产,不断推进巴赫金高扬的"超语言学视界",不断推进巴赫金倡导的"多声部对话",已然成为不同民族、不同语言、不同文化、不同学科的人文学者的共同心声,已然成为以多元文化的互识互动来构建"人类文化共同体"的世界人文学者的共同志业。

第三章　巴赫金文论在当代中国的译介、研究与应用

米哈伊尔·巴赫金的理论学说在当代中国的登陆与旅行，或者说，中国学界对巴赫金这位外国学者思想学说的"拿来"与接受，已然经历了四十多个春秋。巴赫金文论的一些关键词，诸如"复调""对话""狂欢化"等等，巴赫金文论的一些核心范畴，诸如"多声部""参与性""外位性"等等，已成为当代中国学者文学研究的基本话语。

如果说，"复调理论"推动了当代中国的叙事学探索，多声部的"对话理论"激活了当代中国人文学者反独断反霸权的自由精神，"狂欢化理论"深化了当代中国文学与民间文学研究界对经典文本与文化现象深层意蕴的发掘，那么，"话语理论"正在推动当代中国文学学界、语言学界、哲学界对整个人文知识生产机制与文化功能机理的探究，"外位性"理论正在助力我们从学理上认识比较文学与世界文学学科的合法性，从方法论上把握跨文化研究的基本路径、学术价值与思想意义。巴赫金学说的语境梳理，则以其丰厚的"互文性"，将当代中国学者的视野卷入当代文论乃至整个人文科学多种思潮交织、多种学说纠结而互动共生的磁力场。巴赫金的思想学说，在极大地拓展当代中国文学研究乃至整个人文科学的思维空间，在积极地推动当代中国人文学界的思想解放与理论自觉。

巴赫金文论的中国之旅，至少凸显出三大特点：其一，多语种多学科投入其中，已形成巨大的覆盖面；其二，文学理论建构与文学批评实践有效结合，已具备较强的可操作性；其三，它既能与当代国外各种文论思潮学派理论资源相对接，又能与当代中国文论建设的现实需求相应合，已产生强大的辐射力与强劲的生产力。巴赫金文论在中国之旅，已成为中外文化交流的一道亮丽风景，堪称跨文化研究中一个思想极为活跃、空间极为开阔的平台，一个成绩相当可观、内涵相当丰富的案例。[1]

第一节　多语种多学科的辐射与覆盖

一、文献译介上的多语种投入

巴赫金原著的汉译，从单篇文章、单部著作、单部文选到多卷本文集与全集的汉译（至少 15 种）[2]，吸引了复旦大学、北京师范大学、北京外国语大学、北京大学等著名高校以及中国社会科学院从事俄罗斯语言、

---

[1] "巴赫金文论在中国"作为一种引人注目的现象，已成为"接受研究"的对象与课题。有文章，譬如，汪介之：《巴赫金诗学理论在中国的流布》（2004 年湘潭"巴赫金学术思想国际研讨会"论文）；也有博士学位论文为基础的专著，譬如，曾军：《接受的复调：中国巴赫金接受史研究》（华中师范大学 2004 级博士学位论文），广西师范大学出版社，2004 年；有张素玫：《对话与狂欢：巴赫金与中国当代文学批评》（华东师范大学 2006 级博士学位论文），甚至已被写进《中国俄苏文学研究史论》（第二卷），陈建华主编，重庆出版社，2007 年。这些从各自视角评述"巴赫金在中国"的文章，为本文的梳理提供了基本材料，笔者在此一并致谢。

[2] 《陀思妥耶夫斯基诗学问题》第 1 章，夏仲翼译，《世界文学》1982 年第 4 期。
《陀思妥耶夫斯基诗学问题》，白春仁、顾亚玲译，生活·读书·新知三联书店，1988 年。
《文艺学中的形式主义方法》，李辉凡、张捷译，漓江出版社，1989 年。
《文艺学中的形式方法》，邓勇、陈松岩译，中国文联出版公司，1992 年。
《弗洛伊德主义批判》，张杰、樊锦鑫译，中国文联出版公司，1987 年。
《弗洛伊德主义评述》，汪浩译，辽宁人民出版社，1987 年。
《弗洛伊德主义》，佟景韩译，上海文艺出版社，1988 年。
《答〈新世界〉编辑部问》，刘宁译，《世界文学》1995 年第 5 期。
《关于人文学科的方法论》，刘宁译，《世界文学》1995 年第 5 期。
《巴赫金文论选》，佟景韩编，中国社会科学出版社，1996 年。
《巴赫金集》，张杰编，上海远东出版社，1998 年。
《巴赫金全集》6 卷本，钱中文主编，河北教育出版社，1998 年。
《巴赫金全集》7 卷本，钱中文主编，河北教育出版社，2009 年。
《论陀思妥耶夫斯基小说的复调性——巴赫金访谈录》，周启超译，《俄罗斯文艺》2003 年第 3 期。
《陀思妥耶夫斯基诗学问题》，刘虎译，中央编译出版社，2010 年。

文学、文论教学与研究的几十位知名教授与学者的积极投入，赢得了《世界文学》《俄罗斯文艺》《外国文论与比较诗学》等刊物，北京生活·读书·新知三联书店、中国文联出版公司、中国社会科学出版社、上海文艺出版社、辽宁人民出版社、河北教育出版社等出版机构的大力支持。

巴赫金评传的汉译[1]，论巴赫金的著作[2]与文章的汉译[3]，形成了不同语种的专家多方位引介的格局：有的译自苏联学者与俄罗斯学者，有的译自美国学者、英国学者、加拿大学者，还有的译自法国学者、德国学者、波兰学者、日本学者。

二、学术交流上的多学科互动

以巴赫金为专题的学术研讨会，从为期一天的小型研讨[4]，到为期

---

[1] 安娜·塔马尔琴科：《米哈伊尔·米哈伊洛维奇·巴赫金》，收入巴赫金、沃罗希洛夫：《弗洛伊德主义》附录，佟景韩译，上海文艺出版社，1988年。
凯特琳娜·克拉克、迈克尔·霍奎斯特：《米哈伊尔·巴赫金》，语冰译，中国人民大学出版社，1992，2000年。
谢·孔金、拉·孔金娜：《巴赫金传》，张杰、万海松译，东方出版中心，2000年。

[2] 托多洛夫：《批评的批评》，王东亮、王晨阳译，生活·读书·新知三联书店，1988年。
托多罗夫：《巴赫金、对话理论及其它》，蒋子华、张萍译，百花文艺出版社，2001年。
北冈城司：《巴赫金：对话与狂欢》，魏炫译，河北教育出版社，2002年。

[3] 唐纳德·范格尔：《巴赫金论"复调小说"》，熊玉鹏摘译，《文艺理论研究》1984年第2期。
詹·迈·霍尔奎斯特：《巴赫金生平及著述》，君智译，《世界文学》1988年第4期。
卢那察尔斯基：《论陀思妥耶夫斯基的"多声部性"——从巴赫金的〈陀思妥耶夫斯基创作诸问题〉一书说起》，干永昌译，《外国文学评论》1987年第1期。
托尼·贝内特：《俄国形式主义与巴赫金的历史诗学》，张来民译，《黄淮学刊》1991年第2期。
E.B.沃尔科娃、E.A.博加特廖娃：《文化盛世中的巴赫金》，梁朋译，《哲学译丛》1992年第1期。
克里夫·汤姆逊：《巴赫金的对话诗学》，姜靖译，《国外文学》1994年第2期。
格·佩奇：《巴赫金，马克思主义和后结构主义》，张若桑译，《文艺理论研究》1996年第1期。
森原：《巴赫金：在现象学与马克思主义之间——评伯纳德·唐纳斯的新作》，《国外文学》1997年第1期。
托多罗夫：《巴赫金思想的三大主题》，唐建清译，《文论报》1998年6月4日第3版。
B.C.瓦赫鲁舍夫：《围绕巴赫金的"狂欢化"理论的悲喜剧游戏》，夏忠宪译，《俄罗斯文艺》1999年第3期。
托多夫：《对话与独白：巴赫金与雅各布森》，史忠义译，《俄罗斯文艺》2008年第1期。
弗·扎哈罗夫：《当代学术范式中的陀思妥耶夫斯基和巴赫金》，梁坤译，《俄罗斯文艺》2009年第1期。

[4] 1993年11月26日，在北京大学召开了"巴赫金研究：中国与西方"研讨会。
1995年11月16日，在中国社会科学院召开了"纪念巴赫金100周年诞辰学术座谈会"。

两天的双边中型研讨[1]，再到为期三天的多边大型研讨[2]，类型多种多样。从事俄罗斯文论、法国文论、德国文论、英美文论等国别文论研究的学者，与来自文艺学、世界文学与比较文学、现代中国文学等不同专业的学者，围绕着巴赫金的理论遗产，探讨文学理论、语言学理论、艺术学理论、美学理论、哲学理论等，话题涉及文史哲等多种人文学科。多语种多学科跨文化的交流与互动，在巴赫金研究这一平台上得以充分而有效地展开。

三、学术成果上的大面积覆盖

以巴赫金学说为论题的博士学位论文（至少 15 部），覆盖了中国社会科学院、北京大学、复旦大学、中国人民大学、南京大学、中山大学、北京师范大学、华中师范大学、华东师范大学、北京外国语大学等十余所堪称中国人文学科重镇单位的外文系、中文系、哲学系，覆盖了文学、语言学、哲学、美学等专业，覆盖了俄语文学、英语文学、法语文学、汉语言文学等多语种多学科，生动地印证了巴赫金研究的多语种性、跨学科性。[3]

---

[1] 1998 年 5 月 22 日—23 日在北京外国语大学与中国社会科学院召开了"巴赫金学术思想研讨会暨《巴赫金全集》首发式"；2004 年 6 月 19 日—20 日，在湘潭大学召开了"巴赫金学术思想国际研讨会"。
[2] 2007 年 10 月 22 日—24 日，在北京师范大学与中国社会科学院召开了"跨文化视界中的巴赫金"研讨会。
[3] 张杰：《复调小说理论研究》，漓江出版社，1992 年。
    董小英：《再登巴比伦塔——巴赫金与对话理论》，生活·读书·新知三联书店，1994 年。
    凌乃侯：《话语的对话本质——巴赫金对话哲学与话语理论关系研究》，北京外国语大学 1999 级博士学位论文，未刊。
    刘乃银：《巴赫金的理论与〈坎特伯雷故事集〉》（英文版），华东师范大学出版社，1999 年。
    宁一中：《狂欢化与康拉德的小说世界》（英文版），湖南师范大学出版社，1999 年。
    邹广胜：《多元、平等、交流——二十世纪文学对话理论研究》，南京大学 2000 届博士学位论文，未刊。
    夏忠宪：《巴赫金狂欢化诗学研究》，北京师范大学出版社，2001 年。
    王建刚：《狂欢诗学：巴赫金文学思想研究》，上海学林出版社，2001 年。
    魏少林：《巴赫金小说理论研究》，复旦大学 2001 届博士学位论文，未刊。
    曾军：《接受的复调：中国巴赫金接受史研究》，广西师范大学出版社，2004 年。
    梅兰：《巴赫金哲学美学和文学思想研究》，华中科技大学出版社，2005 年。
    沈华柱：《对话的妙悟：巴赫金语言哲学思想研究》，上海三联书店，2005 年。
    张素玫：《对话与狂欢：巴赫金与中国当代文学批评》华东师范大学 2006 级博士学位论文，未刊。
    萧净宇：《超越语言学——巴赫金语言哲学思想研究》，上海人民出版社，2007 年。
    宋春香：《狂欢的宗教之维——巴赫金狂欢理论研究》，中国人民大学 2008 级博士学位论文，未刊。

外文系尤其是俄语语言文学专业，在当代中国的巴赫金研究中成功地承担起引领作用。中国社会科学院外国文学研究所张羽教授、复旦大学外文系夏仲翼教授、北京大学俄语系彭克巽教授最先从"复调小说理论"关注巴赫金学说。当代中国最早的两篇以巴赫金学说为题目的博士学位论文，均出自俄语文学专业，且以"复调"与"对话理论"为论题。这与俄语文学界老一辈学者的学术兴趣自然很有关系。1979年，彭克巽在其"苏联小说史"课程中就有一讲评介巴赫金的复调小说理论。1981年，夏仲翼在评论陀思妥耶夫斯基小说艺术的文章中已提及"复音调小说"[1]，1982年，夏仲翼译出《陀思妥耶夫斯基诗学问题》第一章"陀思妥耶夫斯基的复调小说和评论界对它的阐述"[2]，并发表阐述小说复调结构的论文[3]。其后，北京师范大学外语系刘宁教授、北京外国语大学俄语学院白春仁教授陆续培养了一批以巴赫金学说为其学位论文题目的博士生。北京大学、北京师范大学、华中师范大学等校多年开设全校研究生选修课"巴赫金专题研究"。

中文系尤其是"文艺学"专业，表现出对巴赫金理论经久不衰的浓厚兴趣。北京师范大学文艺学专业研究生必修课多年将《陀思妥耶夫斯基诗学问题》作为精读文本逐章讨论。华中师范大学中文系多年将巴赫金文论列入文艺学专业博士论文课程。

在各校各外文学院与文学院的悉心培育下，以巴赫金学说为专题来完成其学术训练的文学博士，在不断出现。

与此同时，一些钟情于巴赫金理论的中国学者"自选题"专著，也在

---

[1] 夏仲翼：《窥探心灵奥秘的艺术——陀思妥耶夫斯基艺术创作散论》，《苏联文学》1981年第1期。
[2] 巴赫金：《陀思妥耶夫斯基的复调小说和评论界对它的阐述》，夏仲翼译，《世界文学》1982年第4期。
[3] 夏仲翼：《陀思妥耶夫斯基的〈地下室手记〉和小说复调结构问题》，《世界文学》1982年第4期。

不时面世（至少已有 8 部）[1]

1982—2022 年这 40 年里，当代中国学者发表的"巴赫金研究"论文有多少篇？

梅兰在其于 2002 年 12 月通过的题为《巴赫金哲学美学和文学思想研究》的博士学位论文中列出的巴赫金研究论文（1980—2002）已达 148 篇（不包括巴赫金研究概况述评）；张素玫在其于 2006 年 5 月通过的题为《对话与狂欢：巴赫金与中国当代批评》的博士学位论文中列出的"国内巴赫金研究论文"（1981—2004）已达 188 篇（不包括巴赫金研究综述）；据谢天振与田全金于 2009 年在其《外国文论在中国的译介（1949—2009）》一文里的统计：2001—2008 年间，中国期刊上发表的"巴赫金研究"论文有 302 篇，也就是说，新世纪前 9 年里，中国学者每年发表的"巴赫金研究"论文在 30 篇至 35 篇之间。以这个基数来推论，40 年来中国已经刊发的"巴赫金研究"论文大概不下 1000 篇。

这些论文，刊发于《中国社会科学》《文学评论》《外国文学评论》《哲学研究》《国外文学》《外国文学》《文艺研究》《文艺理论研究》《文艺理论与批评》《中国比较文学》《世界文学》《读书》《苏联文学》《俄罗斯文艺》《当代外国文学》《外国文学研究》《当代语言学》《外语教学与研究》《中国俄语教学》《文史哲》等具有广泛影响的刊物，以及《北京大学学报》《南京大学学报》《中山大学学报》《北京师范大学学报》《华中师范大学学报》等名校学报。其中，《外国文学评论》与《世界文学》在巴赫金理论译介与评论上尤其发挥了引领作用。有关巴赫金的

---

[1] 刘康：《对话的喧声——巴赫金的文化转型理论》，中国人民大学出版社，1995 年。
张开焱：《开放人格：巴赫金》，长江文艺出版社，2000 年。
程正民：《巴赫金的文化诗学》，北京师范大学出版社，2001 年。
晓河：《巴赫金哲学思想研究》，河北人民出版社，2006 年。
凌建侯：《巴赫金哲学思想与文本分析法》，北京大学出版社，2007 年。
段建军、陈然兴：《人，生存在边缘上：巴赫金边缘思想研究》，人民出版社，2008 年。
宋春香：《巴赫金思想与中国当代文论》，知识产权出版社，2009 年。
秦勇：《巴赫金躯体理论研究》，中国社会科学出版社，2009 年。

文章也刊发于《文艺报》《文论报》《中国文化报》《社会科学报》《中国社会科学报》《光明日报》。检阅刊物上的"巴赫金研究"论文与教材中的"巴赫金学说"章节、图书馆书架上的"巴赫金研究"著作，不难看到：积极地投入巴赫金学说的译介与阐发，曾撰写有关巴赫金学说的文章甚至专著的，在俄罗斯语言文学界，至少有钱中文、吴元迈、夏仲翼、彭克巽、刘宁、白春仁、张会森、张捷、李辉凡、何茂正、李兆林、樊锦鑫、张杰、蓬生、董小英、夏忠宪、周启超、吴晓都、王加兴、凌建侯、黄玫、萧净宇、赵志军、杨喜昌、王志耕、张冰、董晓、张素玫、宋春香等；在英语语言文学学界，至少有胡壮麟、张中载、赵一凡、黄梅、王宁、刘康、刘乃银、宁一中、肖明翰、罗婷、郑欢等，在法语语言文学学界，至少有吴岳添、史忠义、王东亮、秦海鹰、车琳、钱翰等；在汉语言文学学界，至少有晓河、程正民、马大康、李凤亮、王钦锋、涂险峰、邹广胜、魏少林、曾军、梅兰、王建刚、沈华柱、马理、陈浩、秦勇、张开焱、段建军等；在美学界，至少有凌继尧、周宪等；在民俗学界，甚至还有著名学者钟敬文。巴赫金学说吸引了几代中国学者。在当代中国的文学研究界乃至整个人文学界，几乎是无人不知巴赫金。

在当代中国"巴赫金学"的形成与发展中，有一些学者因其勤于开采而实绩卓著，精于吸纳而成果丰硕，立下了开拓者与领路人的功勋。钱中文的巴赫金研究，由叙述学界面切入"复调"理论，由文学学界面切入"对话"理论，由文化学界面切入"外位性"理论。对巴赫金理论学说的这一解读轨迹，不断推进而走向精深，又不断拓展而走向宏放。这一路径，与巴赫金本人学术探索的内在理路相吻合，与巴赫金由"小说学"至"文学学"，再由"文学学"至"哲学人类学"的问学历程相应合。这一路径，堪称当代中国的"巴赫金学"在多学科互动中大面积覆盖的一个缩影。

第二节　理论建构与批评实践有效结合的平台

一、复调理论的解读与运用

当代中国学界对"复调理论"的解读，至少有三种不同的起点：其一，以陀思妥耶夫斯基的小说艺术为起点，重心在于考量巴赫金的"复调理论"与陀氏小说艺术的关系；其二，以巴赫金的"复调理论"为起点，重心在于阐说"复调理论"所负载的多种思想价值；其三，以复调小说为起点，探讨小说艺术的类型。当代中国学者对"复调理论"的解读，经历了不同起点的转移。

当代中国学界最早是将巴赫金作为一位以"复调理论"来解读陀思妥耶夫斯基小说艺术的俄罗斯文学专家来接纳的，最早是将巴赫金作为一个提出"复调理论"的小说理论家来发现的。很快，"复调理论"就超越了一个大作家艺术世界诗学特征的概括，而向其他的领域辐射，学者们不仅仅关注巴赫金运用"复调理论"对陀思妥耶夫斯基的小说艺术作了独具一格的解读，还关注"复调理论"所负载的其他思想价值。论者看待"复调理论"的起点不同，着力点不同，便有了对"复调理论"的多种解读，有时甚至是针锋相对的论争。

论争的焦点是"复调理论"的核心问题：作者与主人公的关系。这首先体现为"主人公的独立性到底有多大？主人公能否脱离作者的控制？"《外国文学评论》曾于1987年、1989年两度组织以巴赫金"复调理论"为专题的对话争鸣。争鸣中，有学者认为，作品主人公的"独立性最终要受到作者意识的制约"，"作者与主人公平等对话的立场"颇为可疑[1]；有学者则看出，人与人之间平等对话交流、每个主体的声音都具有独立思想价值这一观点，投射到文学文本中就成了作家与主人公、主人公与主人公之

---

[1] 宋大图：《巴赫金的复调理论和陀思妥耶夫斯基的作者立场》，《外国文学评论》1987年第1期。

间的平等对话关系,这种关系确实在陀氏的创作中得到鲜明的表现。复调更应被理解为小说家的一种艺术思维方式[1];在艺术思维方式这一界面上来谈论复调理论,还见于一些并不推崇"复调理论"的文章。有学者认为,巴赫金的"复调理论"顶多只是停留在复杂化了的真正抒情原则上,从属于较高的艺术思维方式或艺术时空观念层次[2];有学者将"复调理论"理解为一种读书方法而不是创作理论[3];有学者则认为,复调关系实际上讲的是作者通过主人公与读者对话[4];将"复调理论"视为一种读书方法也不失为一种阐发;将"复调理论"视为作者通过主人公与读者的对话则使对复调的解释适用于任何小说,已超越了巴赫金复调小说的界限。理解复调小说的关键点应是:主人公的自我意识的独立性,主人公与主人公、主人公与作者之间平等的对话关系[5]。经过这场围绕"复调理论"的争鸣,巴赫金"复调理论"思想内涵的丰富性得到了初步的呈现。此后,对"复调理论"的探讨继续深化,争论在延续。陀氏小说世界与巴赫金"复调理论"之间的"分野"依然受到关注。有些学者将这一"分野"纳入巴赫金"复调理论"的局限性来加以思考。这类文章的重心,与其说是在探讨巴赫金的"复调理论",不如说是在研究陀氏的复调艺术。

另一类文章的重心则向巴赫金"复调理论"后移,以这一理论自身为焦点。有学者认为,"复调理论"虽然是巴赫金在分析陀氏小说时系统阐发的,但它"并不仅仅是对陀氏小说艺术特征的概括产物,还是巴赫金的伦理学及哲学和陀氏小说相遇后生成的结果"[6];有文章将陀氏小说称为"教堂式的"复调小说,而将巴赫金的理想范型称为"天堂式的"复调小

---

[1] 钱中文:《复调小说:主人公与作者——巴赫金的叙述理论》,《外国文学评论》1987年第1期。
[2] 樊锦鑫:《陀思妥耶夫斯基和欧洲小说艺术的发展》,《长沙水电师院学报》1987年第2期。
[3] 黄梅:《也说巴赫金》,《外国文学评论》1989年第1期。
[4] 张杰:《复调小说的作者意识与对话关系——也谈巴赫金的复调理论》,《外国文学评论》1989年第4期。
[5] 钱中文:《误解要避免,'误差'却是必要的》,《外国文学评论》1989年第4期。
[6] 张开焱:《开放人格——巴赫金》,长江文艺出版社,2000年,第146页。

说:巴赫金的"复调小说"是一种全面对话小说,陀氏小说只是一种局部对话小说[1]。也有学者不再关心巴赫金的"复调理论"与陀氏小说世界的吻合与否,而着眼于探讨一般的复调小说。有文章认为,20世纪现代小说如卡夫卡小说中,人被异化而失去主体性,处于非对话情境,这使巴赫金建立在对话哲学基础上的"复调理论"难以立足。巴赫金理论意义上的对话小说不足以构成复调。复调小说的根本特征是对位,即复调式多声部结构,而非对话;对位"也更符合复调概念的音乐本性"。有意使用多声部音乐结构创作的昆德拉小说,是体现现代复调精神的成熟文本,也是复调小说的现代发展方向[2]。有文章认为,陀氏小说并不就是复调小说的范本,应把"复调"作为独立的小说类型来研究;"复调理论"具有不限于巴赫金或陀氏对话模式的多样性,小说史上存在两种复调小说模式:"对话模式"的复调小说与"对位模式"的复调小说。前者以陀氏小说为代表,后者以福楼拜、乔伊斯、艾略特、福克纳、昆德拉的小说为代表。在现代语境中展示的复调小说,应是以对位为基础形成的兼有对话性和非对话性的小说[3]。这些探索,已由巴赫金的"复调理论"转向作为一种小说类型的复调理论。

"复调理论"中最有争议的是"作者与主人公的关系"。这里,"主人公的独立性"是理解这一关系的一个焦点;"作者身份"也是一个关键。有学者将巴赫金的"作者"区分为哲学意义上的行为主体与美学意义上的创作主体(钱中文:《巴赫金全集》序言,收入《巴赫金全集》第一卷,河北教育出版社,1998);有学者则认为,复调小说里"作者"分裂为"本文作者"与"现实作者"两种存在形态,现实作者在作品外,本文作者在

---

[1] 程金海:《教堂与天堂:作为审美理念的"复调小说"》,《河海大学学报》2001年第1期。
[2] 涂险峰:《复调理论的局限与复调小说发展的现代维度》,《外国文学研究》1999年第1期。
[3] 王钦锋:《复调小说的两种模式——对巴赫金复调小说理论的一个补充》,《湛江师范学院学报》2000年第2期。
杨琳桦:《"对话"还是"对位"——论复调类型的美学适用性及其发展的现代维度》,《国外文学》2002年第3期。

作品内，作者身份本身具有复调性，可用"复调作者"来概括（王建刚：《狂欢诗学：巴赫金文学思想研究》，学林出版社，2001）。有学者从"复调理论"与宗教之间的关联切入，认为巴赫金赋予其"作者"之于主人公的关系，类似于上帝之于人——既是创造者与被创造者的关系，同时又是平等对话的关系，这也正是巴赫金借宗教思想在其建立的复调模式中要表达的深刻的人本主义思想。[1]

"复调理论"的多种解读之所以发生，缘于"复调理论"本身丰厚的内涵。巴赫金的"复调理论"不仅仅是一种小说体裁理论。

有必要将"复调"置于巴赫金思想的整个体系之内加以考量，对巴赫金文论建构中最为核心的这一"关键词"的不同内涵进行梳理。在笔者看来，复调小说理论，只是巴赫金"复调说"的思想原点。巴赫金笔下的"复调"既指文学体裁也指艺术思维，既指哲学概念也指人文精神；"复调"在巴赫金笔下是一个隐喻。巴赫金本人曾提请人们不要忘记"复调"这一术语的"隐喻性出身"。正是这一隐喻性，使"复调"由隐喻增生为概念，由术语提升为范畴，其含义不断绵延。

也有一些学者运用比较方法来阐发巴赫金"复调理论"的特征。或梳理巴赫金、热奈特、昆德拉在"复调理论"与小说创作上的承继轨迹及其主要分歧[2]；或在不同的"复调"概念的比较中，来探讨"复调"概念从巴赫金到昆德拉这一内涵不断延扩的过程，由此来预见复调艺术思维随着当代小说创作的多元化而不断发展的可能性。[3]

可见，当代中国学者对巴赫金"复调理论"的解读在不断深化，阐发视野在不断扩大。在这种阐发中，有误读，也有过度阐释；有误解，也有误差。譬如，将"复调理论"简单理解为多重结构、多重情节，而未抓住

---

[1] 程金海：《复调理论中作者与主人公关系的宗教意味》，《郴州师范高等专科学校学报》2002年第4期。
[2] 邵建：《复调：小说创作新的流向》，《作家》1993年第3期。
[3] 李凤亮：《复调：音乐术语与小说观念——从巴赫金到热奈特再到昆德拉》，《外国文学研究》2003年第1期。

"复调理论"的核心是多元价值观、多重独立思想的平等共存、多声部争鸣,离巴赫金的"复调理论"旨趣相去甚远,而走向将巴赫金的"泛化"或"技术化"。然而,围绕巴赫金"复调理论"的这些探索,无疑激活了文学研究领域的许多问题,大大开拓了思维空间。

巴赫金的"复调理论",已经进入当代中国文学研究的理论话语和批评实践之中。巴赫金的复调观点作为一种理论资源,被不断应用。这一应用,体现为一些学者对"复调理论"之于小说艺术发展的意义加以阐发。有文章认为,"复调理论"是对现代小说结构巨大变革现象及时的理论概括[1];有文章看出,"复调理论"对中国当代小说思维有启迪意义,"指明一条拓展小说审美观照的版图与艺术空间的广阔道路"[2];这一应用,也体现为更多的文学研究者将巴赫金的"复调理论"直接运用于文学文本的具体解读:"复调理论"在激励更多的人文学者从一元思维所掩盖的文本世界里听出"多种声音"。

在外国文学研究界,巴赫金"复调理论"的运用涉及从古代作家到现代作家乃至后现代作家的一些名作。当代中国的俄罗斯文学研究,尤其是陀思妥耶夫斯基研究已经离不开"复调""对话性""多声部性"这样的标记性话语;"复调理论"也被积极地运用于英语文学、德语文学、法语文学、意大利文学甚至汉语言文学。在当代中国学者对《坎特伯雷故事集》《十日谈》《浮士德》的解读中,也有对巴赫金"复调理论"的运用。一些评论者甚至从莎士比亚的戏剧中读出复调因素。例如艾略特《荒原》的复调解析,福克纳《喧哗与骚动》的复调特征,乔伊斯小说的对话性,已然是不少评论文章的论题。有学者看出卡夫卡的《城堡》的"对话性和复调特征",认为这部小说从神秘感到对话性到复调结构都"克隆"

---

[1] 皇甫修文:《巴赫金复调理论对小说艺术发展的意义》,《延边大学学报》1991年第3期。
[2] 陈平辉:《以人为根基建构小说的艺术空间:对巴赫金"复调小说"理论和中国当代小说的思考》,《文艺理论研究》1997年第3期。

了陀氏：K只是小说中的一个人物，并不代表权威立场，也不代表卡夫卡的声音，更不代表某种真理。（吴晓东：《从卡夫卡到昆德拉：20世纪的小说和小说家》，生活·读书·新知三联书店，2003）有学者认为，"那些既代表社会阶层又个性鲜明的人物狂欢化的朝圣旅程，使《坎特伯雷故事》在本质上成为多种声音对话的复调作品"。这种地位平等的意识连同它们各自的世界不是统一于诗人的思想，而是"结合在"朝圣旅途"之中"，并用故事进行平等的对话，一场没有结论的对话。香客们的话语和故事的内部也往往存在颠覆其主导思想的因素，也存在对立的因素，进行着巴赫金所说的"微观对话"，难以形成或表达一个统一的观点。譬如，在巴思妇人的独白里，可以听到人性的声音、压抑人性的宗教意识形态的声音、女权主义的声音、男权主义的声音……《坎特伯雷故事》是各种声音的对话，是多种声音的复调式统一，是巴赫金所说的那种"独立的声音结合"在一起的"统一体"。[1]

在中国文学研究界，巴赫金的"复调理论"也推动了小说研究思路的拓展。现代文学专家严家炎参照"复调理论"来挖掘鲁迅作品中人物情感的多重复杂性、人物话语的多层次复合、叙事角度的灵活多变，认为鲁迅小说就是以多声部的复调为特点的（严家炎：《论鲁迅的复调小说》，上海教育出版社，2002）。一些当代批评家在先锋派小说家马原、刘索拉的作品里也看出"复调"特征。有文章运用"复调理论"评析张承志的《金牧场》[2]；甚至有评论者将影片《英雄》视为"由多种不同声音进行对话而汇集成的多声部大合唱"[3]。

---

[1] 肖明翰：《没有终结的旅程——试论〈坎特伯雷故事〉的多元与复调》（2004年6月湘潭"巴赫金学术思想国际研讨会"提交的论文）。
[2] 陈晓明：《复调和声里的二维生命进向：张承志的〈金牧场〉》，《当代作家评论》1987年第5期。
[3] 蒋青林：《谁是英雄？——评多义复调电影〈英雄〉》，《电影评介》2003年第2期。

二、对话理论的阐说与运用

"复调"是巴赫金理论的一个"关键词","对话"更是巴赫金思想的一个核心范畴。当代中国学者在巴赫金"对话理论"的阐发与运用上也有不小的投入,也有可观的建树。

对"复调理论"的深入解读,引导中国学者们走向这一理论的思想核心——多声部性、主体间的对话性。及至20世纪90年代,当代中国学者纷纷进入巴赫金"对话理论"。一些论述巴赫金学说的文章标题中醒目地出现了"对话""对话主义""对话理论"这些主题词[1];甚至出现了以"巴赫金与对话理论"为书名的专著(《再登巴比伦塔——巴赫金与对话理论》)。如果说,"复调理论"的解读基本上是一种聚焦式探讨,那么,"对话理论"的研究则更多是一种发散式阐发。学者们将巴赫金的"对话理论"阐发为对话性的叙述理论、对话主义的文学理论、对话主义的文化理论、对话主义的人文科学方法论、"大对话"哲学理念[2],或对话性的批评话语、对话性的批评思维模式、对话性的文学研究方法论[3]。

学者们多层面多维度地阐发巴赫金"对话理论"的价值。有学者从"对话理论"获取比较诗学研究的启示[4];有学者认为,巴赫金"对话理

---

[1] 赵一凡:《巴赫金:语言与思想的对话》,《读书》1990年第4期。
张柠:《对话理论与复调小说》,《外国文学评论》1992年第3期。
[2] 钱中文:《对话的文学理论——误差、激活、融化与创新》,《中国社会科学院研究生院学报》1993年第5期。
童庆炳:《对话——重建新文化形态的战略》,《北京师范大学学报(人文社会科学版)》1994年第4期。
刘康:《一种转型期的文化理论——论巴赫金对话主义在当代文论中的命运》,《中国社会科学》1994年第2期。
王元骧:《论中西文论的对话与融合》,《浙江学刊》2000年第4期。
程正民:《巴赫金的对话思想和文论的现代性》,《文艺研究》2000年第2期。
凌建侯:《对话论与人文科学方法论——巴赫金哲学思想研究》,《天津社会科学》2001年第3期。
周启超:《在"大对话"中深化马克思主义美学研究》,《马克思主义美学研究》第7辑,2003年。
[3] 蒋原论:《一种新的批评话语》,《文艺评论》1992年第5期。
吴晓都:《巴赫金与文学研究方法论》,《外国文学评论》1995年第1期。
张杰:《批评思维模式的重构——从巴赫金的对话语境批评谈起》,《解放军外国语学院学报》1999年第1期。
[4] 蒋述卓、李凤亮:《对话:理论精神与操作原则——巴赫金对比较诗学研究的启示》,《文学评论》2000年第1期。

论"意义超出文学范围,对推动东西方文化交流具有重要理论价值[1];有学者看到,巴赫金不仅把"对话理论"应用于诸多人文学科的研究,还将之上升为人文科学研究的哲学基础[2];有学者指出,巴赫金的"对话理论"视野具有思维方式革命的现实意义[3]。

与这些对巴赫金"对话理论"的价值蕴含多向度的阐发相比,正面地梳理巴赫金"对话理论"内涵的文章则相对较少。主要的文章有:董小英的《巴赫金对话理论阐述》(《外国文学研究集刊》第16辑,中国社会科学出版社,1994),白春仁的《巴赫金——求索对话思维》(《文学评论》1998年第5期),肖锋的《巴赫金"微型对话"和"大型对话"》(《俄罗斯文艺》2002年第5期),李健、吴彬的《论巴赫金的对话理论》((《皖西学院学报》2003年第3期);马琳的《论巴赫金对话理论的双主体性》(《济南大学学报》2004年第1期);张杰的《巴赫金对话理论中的非对话性》(《外国语》2004年第1期)等。

在对巴赫金"对话理论"的运用上,有学者不满足于对话原则局限于长篇小说一种体裁,主张对话原则应延伸到所有艺术形式之中[4];有些文章甚至主张将"对话理论"具体运用到中学语文教学中[5];但也有文章指责"对话理论"夸大了对话所赋有的重大意义,在颠覆旧的话语霸权时又形成新的话语霸权[6]。

"对话理论"的阐发与运用何以出现这样的格局?其中的一个原因,应该与巴赫金的"对话理论"植根于其语言哲学,植根于其"话语理论"这一层紧密相关。泛泛地谈论"对话"——提倡主体间平等、多声部争鸣,

---

[1] 李衍柱:《巴赫金对话理论的现代意义》,《文史哲》2001年第2期。
[2] 凌建侯:《对话论与人文科学方法论——巴赫金哲学思想研究》,《天津社会科学》2001年第3期。
[3] 季明举:《对话乌托邦——巴赫金"对话"视野中的思维方式革命》,《俄罗斯文艺》2002年第3期。
[4] 史忠义:《泛对话原则与诗歌中的对话现象》,《外国文学研究》2001年第3期。
[5] 程正民、李燕群:《巴赫金的对话理论与语文教学的对话性》,《语文教学与研究》2003年第17期。
    童明辉:《巴赫金的对话理论与中学语文教学》,《内蒙古师范大学学报》2004年第12期。
[6] 张勤:《论巴赫金对话主义的话语特征》,《南宁师范高等专科学校学报》2003年第1期。

比较容易，要深入探究巴赫金"对话理论"的内在理据，还必须立足于巴赫金的语言哲学，必须梳理巴赫金的"话语理论"。从这个意义上看，一些关注巴赫金语言哲学中的对话主义的文章，关注巴赫金"超语言学"思想内在的对话机理的文章[1]，堪称中国学者对巴赫金"对话理论"的阐发开始走向深入的一种标志。

三、狂欢化理论的阐发与运用

巴赫金的"狂欢化理论"孕生于其复调小说体裁渊源研究。当代中国学者对"狂欢化理论"的引介，最早也是从巴赫金的陀思妥耶夫斯基研究进入的。还在"复调理论"登陆中国之际，就有学者注意到"狂欢化理论"，并对其基本要点作了概述[2]。不过，"狂欢化理论"研究之全面展开，要到20世纪90年代中后期，及至世纪之交则形成了一个小小的高潮。彼时，以巴赫金的"狂欢化理论"为题的博士论文，一部接一部地出炉，还至少出现了4部以巴赫金的"狂欢化理论"为题的专著。

《巴赫金狂欢化诗学研究》（北京师范大学出版社，2000）的作者夏忠宪，是国内巴赫金研究队伍中"狂欢化理论"主要开采者之一。她从历史诗学、体裁诗学的角度来剖析"狂欢化诗学"的重要特征，论述巴赫金的"狂欢化诗学"对文学、文化、哲学、美学、方法论诸方面的多重启发意义。作者着力强调巴赫金以狂欢化思维在颠覆中建构一种新话语体系。这是一种重在正本清源的清理式研究。专著（《狂欢诗学：巴赫金文学思想研究》，学林出版社，2001）则是一种重在诠释解读的阐发式研究。作者王建刚认为，巴赫金的"狂欢化理论"是其"对话理论"的逻辑必然，"狂欢化是对话理论的尘俗化、肉身化，对话理论是狂欢化的理论化、圣

---

[1] 萧净宇：《巴赫金语言哲学中的对话主义》，《现代哲学》2001年第4期。
郑欢：《从"应分"到对话——超语言学的内在哲学精神》，《四川外语学院学报》2003年第6期。
[2] 蓬生：《陀思妥耶夫斯基的世界——巴赫金论陀思妥耶夫斯基》，《文艺报》1987年9月5日。

洁化"。巴赫金揭示狂欢文化内涵，剖析狂欢文化的内在机理，是为"对话理论"的发生提供一种内证。与夏著相比，王著更以其思辨性与阐发性见长。巴赫金的"狂欢化理论"带给接受者更多的是启示——文学文本的解读上或文化现象的诠释上的新思维、新视野。这一理论的接受与阐发总离不开运用。夏著从狂欢化角度重新解读《红楼梦》，尝试以此验证巴赫金"狂欢化理论"解析中国文学的普适性；王著则力图用"狂欢化理论"对女性写作和民间写作这两类边缘写作进行一番考察。这样的解读都还是对"狂欢化理论"加以正面阐述的一种例证。对"狂欢化理论"之大面积的运用，则见于另外两部专著。

在《巴赫金的理论与〈坎特伯雷故事集〉》（华东师范大学出版社，1999）第二章里，作者刘乃银运用巴赫金的"狂欢化理论"来具体解读《坎特伯雷故事集》的《总序》和作品中的香客乔叟。在作者看来，乔叟笔下的朝圣本质上是一次狂欢，正是巴赫金所说的最基本的狂欢行为，即狂欢节日的"模拟加冕"。香客乔叟具有狂欢的参加者与事件叙述者的双重身份，体现了客观的作者立场：让不同人物充分表达自己的观点。叙事者乔叟同时将虚构的世界与读者的世界连接起来，将香客乔叟和诗人乔叟连接起来。香客乔叟的复杂性，增加了"不确定性和语义的未完成性"。在该书第三章，作者应用巴赫金关于狂欢与讽拟的理论，分析《磨坊主的故事》（以下简称《磨》）。《磨》作为狂欢行为，属于巴赫金所说的"怪诞的狂欢，是对生活常规的背离"。《磨》戏拟骑士的话语，充满了两种敌对的声音、世界观和语言的对话。《管家的故事》有更多狂欢的闹剧场面，语调尖刻，是对《磨》的戏拟。将《磨》放在多种语境中考察，其意蕴作为意义链上的一个环节存在于各种意义之间。通过运用"狂欢化理论"来具体解读《坎特伯雷故事集》，作者既生动地论证了《坎特伯雷故事集》这样的文学经典作为巴赫金理论文本分析工具的科学性和可行性，又令人信服地展示了巴赫金理论作为文学文本批评工具的可操作性和优越性。巴赫金的"狂欢化理论",有助于对英国文学之父——乔叟的经典文本进行富有创见性的诠释。与刘著相比,还有一部著作运用巴赫金的"狂欢化理论"解读一个作家的文学世界:《狂欢化与康拉德的小说世界》(宁一中:北京语言大学出版社,2005)。该书在综述巴赫金"狂欢化理论"的基础上,细致地论析康拉德小说中的狂欢化特征。作者运用"狂欢化理论"对康拉德的小说《吉姆爷》进行细读,精彩地解读了主人公吉姆的得势与失势,细致地论述了吉姆从成为"爷"到其"爷"位被颠覆的过程。

除了这些专著,在当代中国,以"狂欢化理论"解读外国文学经典文本的单篇论文,难以计数。巴赫金的"狂欢化理论",主要是在他对拉伯雷的文学世界的解读上建构起来的。著名法国文学专家吴岳添分析了欧洲第一部长篇小说《巨人传》的来龙去脉和艺术特色,回顾了狂欢化这种文学现象的历史渊源和社会背景、它在法国文学中的演变过程,为全面理解巴赫金的"狂欢化理论"提供了可靠的资料和有益的参考。[1]像拉伯雷一样,果戈理的文学世界也是巴赫金的"狂欢化理论"的一个文本据点。巴赫金在其学位论文中,把果戈理的创作视为"现代文化史上笑文学中最为令人可观的现象",认为"果戈理的笑与讽刺作家的笑不可相提并论",叹息"果戈理高品位的笑,孕生于民间笑文化土壤之中的笑,未曾得到理解(且在许多方面它至今也还未得到理解)",强调"在果戈理那儿,笑可是能战胜一切的。具体说,他创建了别具一格的对庸俗的净化"。运用巴赫金的"狂欢式的笑"来解读果戈理的文学世界的艺术魅力,是今日果戈理研究的一大亮点。当代中国的俄罗斯文学专家认为,果戈理期望其"艺术的笑"拥有奇特的"既讽刺丑恶又拷问灵魂"的"疗效";果戈理之艺术的笑,也的确拥有这种"指涉客体"而又"反顾主体"、"鞭挞具体"而又"弹劾一般"、"抨击个别"而又"敲打普遍"的巨大能量。笑的锋芒在果

---

[1] 吴岳添:《从拉伯雷到雨果——从巴赫金的狂欢化理论谈起》,《外国文学评论》2005年第2期。

戈理笔下的这种游移与流变，渗透着引人入胜的戏剧性与发人深思的悲剧性，浸透着鲁迅先生所说的"不可见之泪痕"。这也许正是果戈理之"含泪的笑"那撩人回味促人沉思的魅力之所在。[1]

一如外国文学研究界，中国文学批评界对巴赫金"狂欢化理论"也给予了热烈的接纳，在对这一理论的阐发与运用上甚至更为积极。有学者在狂欢化视角下审视《水浒传》反理性的精神、人物张扬的生命力、结构上融严肃诙谐和悲喜剧为一体的诸种狂欢化因素[2]；有学者试图借助巴赫金的"狂欢化理论"，对《红楼梦》从世界文学之民间节庆的、狂欢的基因角度加以重新思考[3]；有学者借鉴巴赫金的"狂欢化理论"重新解读晚清"谴责小说"，重审其"闹剧"意义，以对照五四以降多数评者使用的"讽刺"模式（王德威：《被压抑的现代性：晚清小说新论》，北京大学出版社，2005），认为"闹剧"（farce）比"谴责"能更丰富地涵盖这类小说呈现出的复杂文学现象，"闹剧"精神是以巴赫金的"众声喧哗"的杂语来代替独白的霸权话语[4]；有学者将鲁迅笔下的民间世界类比为巴赫金在中世纪和文艺复兴时代的狂欢节中发现的"狂欢"世界，"由幽默、讽刺、诙谐、诅咒构成的怪诞世界"[5]；有学者在巴赫金"狂欢化理论"的镜照下，重读鲁迅的《故事新编》以及同类文本（朱崇科：《张力的狂欢：论鲁迅及其来者之故事新编小说中的主体介入》，上海三联书店，2006）。

巴赫金所说的"狂欢化"，首先是指民间文化，是富于活力的下层民众自发形成的一种文化形态。著名民俗学家钟敬文看出巴赫金的"狂欢化理论"具有比较普遍的学术意义。狂欢概念不仅可以用于解释叙事文学中

---

[1] 周启超：《徘徊于审美乌托邦与宗教乌托邦之间——果戈理文学思想轨迹刍议》，《外国文学评论》2004年第4期。
[2] 王振星：《〈水浒传〉狂欢化的文学品格》，《济宁师范专科学校学报》2001年第1期。
[3] 夏忠宪：《〈红楼梦〉与狂欢化、民间诙谐文化》，《红楼梦学刊》1999年第3期。
[4] 王德威：《想象中国的方法》，生活·读书·新知三联书店，2003年，第190页。
[5] 汪晖：《"死火"重温》，王晓明主编：《二十世纪中国文学史论》上册，东方出版中心，2003年，第247页。

的某些特殊现象，也可以用于解释人类一般精神生活现象；狂欢概念的内涵有两个层次：狂欢现象与狂欢化的文学现象。狂欢现象是人类生活中具有一定世界性的特殊的文化现象，从历史上看，不同民族、不同国家都存在着不同形式的狂欢活动，东西方的狂欢化现象有共同的内涵又有各自的特色。巴赫金就是通过研究文学作品中的狂欢描写，揭示出隐藏在文字背后的巨大的人类狂欢热情，从而构建出他的文学"狂欢化理论"。钟敬文认为，巴赫金的"狂欢化思想"对中国的狂欢文化现象的研究很有启示。中国文学作品中有狂欢化现象，中国文化中存在狂欢现象，因此要考察巴赫金"狂欢化理论"同中国文学作品与文学理论的关系。[1]。

巴赫金的"狂欢化理论"受到民间文化、民俗文化研究者的欢迎，是不难理解的。有学者将中国民间庙会和娱神活动与西方的狂欢节加以对比，并借用巴赫金的"狂欢化理论"透视中国传统庙会中的狂欢精神：庙会活动的全民性、开放性、反规范性、潜在的颠覆性和破坏性（赵世瑜：《狂欢与日常——明清以来的庙会与民间社会》，生活·读书·新知三联书店，2002）。然而，在一些文化批评或文化研究的著述中，对巴赫金"狂欢化理论"的普遍挪用，与巴赫金的"狂欢"原意已经相去甚远。许多文章被冠以"狂欢"之名，许多言说涌动"狂欢"话语。这是不是随意挪用巴赫金"狂欢化理论"的狂欢，抑或已是肆意泛化"狂欢化"这一套语的狂欢？

四、话语理论的诠释与运用

当代中国学界对巴赫金"话语理论"的接受语境比较复杂。较早关注巴赫金"话语理论"的中国学者，将巴赫金的"话语理论"纳入后现代话语理论知识谱系之中，看出巴赫金重视对语言的社会历史性语义分析，批

---

[1] 钟敬文：《文学狂欢化思想与狂欢化》，《光明日报》1999年1月28日；钟敬文：《略论巴赫金的文学狂欢化思想》，《建立中国民俗学派》第152—158页，黑龙江教育出版社，1999年。

判了索绪尔"死语言"的普通语言学,提出了专门研究"活语言"的"超语言学",颠覆了"语言/言语"的二元对立;看出巴赫金坚持其一贯的对话原则,向索绪尔的"言语"里注入了"社会性、历史性、对话性与具体语境",将它改造成独创性的"言谈",还借鉴马克思主义的意识形态概念,针对索绪尔的"系统决定论",提出了"意识形态符号论",强调语言作为特殊的符号系统,"在实际运用中渗透了意识形态充盈物(ideological impletion)"。正是这些杰出的贡献,使巴赫金站在了当今话语理论的门槛上。巴赫金"未曾也不可能对话语这一宽泛复杂的概念作出明确界定"。围绕话语问题,巴赫金先后使用过三个相关性概念:言语、言谈、话语[1]。

正是由于"言谈"与"话语"紧密相关,起初,中国学者们更关注"言谈"理论——从不同角度切入巴赫金的"言谈"理论,或从文化理论进入,或从文本理论谈起。

有学者将"言谈理论"与巴赫金的文化人类学思想相关联,认为"巴赫金的文化人类学思想,主要是围绕着语言的结构性、组织性的规律展开的",并在此基础上建立起以"言谈"为中心的语言模式和文化模式。[2] 有学者则是从巴赫金的"文本观"而关注起"言谈",认为"巴赫金把文本界定为'言谈','言谈'的解释与框定可以说是巴赫金文本观的一大特色,也是他对文本研究的独特贡献"[3];"言谈"因其对说者、听者、话题、主题、意义的重视,因其作为"言语体裁"中心环节,而使得"文本"在巴赫金那里获得极为丰富的内涵。

巴赫金的文本理论是其"话语理论"重要的一环。有学者看出,通过确认"文本"是语言学、语文学、文学学诸人文学科的第一性实体,是人

---

[1] 赵一凡:《话语理论的诞生》,《读书》1993年第8期。赵一凡:《阿尔都塞与话语理论》,《读书》1994年第2期。赵一凡:《福柯的话语理论》,《读书》1994年第5期。
[2] 刘康:《对话的喧声——巴赫金的文化转型理论》,中国人民大学出版社,1995年,第119页。
[3] 晓河:《文本·作者·主人公——巴赫金的叙述理论研究》,《文艺理论与批评》1995年第2期。

文思维的直接现实,巴赫金在有力地护卫人文科学的"科学性";通过确认"话语文本"是一种有声的超语言的表述,是主体间的交锋互动的事件,巴赫金在有效地坚守人文科学的"人文性"。通过确认"文学文本"具有"双声语"品质,巴赫金精辟地阐明了文学创作的"对话性"、文学接受的"开放性"。巴赫金这样一些重要的文本思想,是与他同时代的符号学、结构主义、后结构主义文本理论展开的一种潜对话。巴赫金的文本理论,是其独具特色的"话语诗学"建构中的重要链环,是20世纪理论诗学的精彩篇章。[1]

直接考察巴赫金的"言谈理论"之超语言学的价值,始自1996年。这一年,有学者正面阐述巴赫金"言谈理论"的性质、形式、内容、应用范围以及制约它的条件,正面肯定巴赫金的"言谈理论"是"前人从未涉及的开拓性成就"[2];有学者对巴赫金的"言谈理论"予以精细的分析,认为"语言学中的基本单位是词和句子,而超语言学中言语交际的基本单位则是言谈(высказывание)",并对巴赫金的超语言学不同于传统语言学的特征进行辨析[3];有学者将"言谈理论"与语用学相比较,不同意将"言谈"视为语言学中的一个单位,相反,它是一个言语交际的领域。语言学的终点正好是超语言学的起点。巴赫金的"言谈理论"是一种关于活的语言的理论,它充满了社会—历史的、意识形态的内容。"言谈"作为具体的、社会的、交际中的话语,具有"社会性、对话性、指向性、不可重复性、不可再生产性、独特性、互文性以及它总带有的价值判断性"[4]。

值得注意的是,有些学者在论述巴赫金的"话语理论"时,实际上

---

[1] 周启超:《试论巴赫金的"文本理论"》,《江西社会科学》2009年第8期。
[2] 晓河:《巴赫金的"言谈"理论及其在语言学、诗学中的地位》,《外国文学研究》1996年第1期。
[3] 王加兴:《巴赫金言谈理论阐析》,《南京大学学报》1998年第4期。
[4] 宁一中:《论巴赫金的言谈理论》,《外语教学与研究》2000年第3期。

还是在论述其"言谈理论/表述理论"[1];这里面很有文章。有学者认为这两个词的所指对象是同一个,只是在不同的语境中侧重点不同:用"высказывание"(英译"utterance")在于强调"话语"的语言学属性,而"(слово)"(英译"discourse",有时是"word")则包含它们所有的内涵。也有学者认为"discourse"与巴赫金的"высказывание"相比,有其相同的地方,但不是对应词。由于"discourse"译成"话语"已是"俗成",再把巴赫金的"высказывание"译成"话语",似觉不妥[2]。

之所以发生这些不同的理解,是由于巴赫金的"话语理论"本身需要跨学科的理解。话语自身的特性、它的功能和地位,是巴赫金"话语理论"的基本出发点。没有扎扎实实的细致入微的话语分析,没有对话语功能的独特发现,对话理论的建立也就无从谈起。深入理解巴赫金的理论学说,研究其话语观是一项基础工作。巴赫金辨析的"话语"处于众多学科的边缘上,贯通语言学、文学学等人文学科及文化等多个领域。纵观他在这些方面的研究,一个共同点是,以话语始,以话语终[3]。紧紧扣住"话语"这一核心,进入巴赫金在文学学与语言学、诗学与美学、伦理学与哲学诸多学科的理论建树之内在机理的探究,是巴赫金研究走向深入的一大标志。

与"话语理论"相纠结的巴赫金语言学理论中的一系列学说的价值,已经受到当代中国学者关注。有学者看到巴赫金的"言语体裁理论"对当代修辞学发展的意义[4]。有学者关注巴赫金的语用学思想对语言的社会学研究的启示[5]。有学者看出巴赫金的超语言学的"表述"扩大了"语境"

---

[1] 张会森:《作为语言学家的巴赫金》,《外语学刊》1999年第1期。
杨喜昌:《巴赫金语言哲学思想分析》,《解放军外国语学院学报》1999年第2期。
白春仁:《边缘上的话语——巴赫金话语理论辨析》,《外语教学与研究》2000年第3期。
[2] 晓河:《巴赫金哲学思想》,河北人民出版社,2006年,第236页。
[3] 白春仁:《融通之旅:白春仁文集》,黑龙江人民出版社,2007年,第210页。
[4] 张会森:《作为语言学家的巴赫金》,《外语学刊》1999年第1期。
[5] 辛斌:《巴赫金论语用:言语、对话、语境》,《外语研究》2002年第4期。

的范围，提升了"语境"的功能[1]。有学者认为，正是巴赫金的"双声语"概念使"超语言学"被引入诗学，成为巴赫金建构复调诗学理论的学理基础[2]。有学者在探寻以"言谈"为核心的语言哲学和以"对话"为核心的文化理论的关联，指出语言哲学是其文化理论的基础[3]。有学者认为"超语言学"的内在哲学精神——参与性、对话性和存在性使"超语言学"逼近语言与人的生存状态[4]；有学者分析巴赫金如何将"对话"这一语言学概念转换成哲学概念，成为其语言哲学的核心和灵魂[5]。

巴赫金的语言哲学思想，是当代中国巴赫金研究中的一个最新热点。不仅有一系列述评概观性文章[6]，而且已经有以巴赫金语言哲学为专题的专著（沈华柱：《对话的妙悟：巴赫金语言哲学思想研究》，上海三联书店，2005；萧净宇：《超越语言学——巴赫金语言哲学思想研究》，上海人民出版社，2007）；沈华柱的专著由五章组成："超语言学"的语言哲学（有专节论述"表述""言语体裁"、言语的"内在对话性"）；语言的"对话性"及其文本分析（有专节论述"双声与微型对话""大型对话与复调"）；语言的对话性及其文本分析；巴赫金的文艺学方法论；巴赫金语言思想以及文艺学方法论的价值与地位。萧净宇的专著，则偏重将巴赫金语言哲学置于俄罗斯语言哲学进程中来加以考量，细致梳理"巴赫金语言哲学渊源""超语言学"——巴赫金语言哲学的实质（有专节论述"超语言学"话语理论、"超语言学"话语理论的哲学启示）、"对话主义"——

---

[1] 郑欢、罗亦君：《充满张力的话语场——巴赫金的超语言学语境试析》，《成都理工大学学报》2003年第1期。
[2] 丰林：《超语言学：走向诗学研究的最深处》，《北京科技大学学报》2001年第1期。
[3] 吕宏波：《从"言谈"到"对话"——巴赫金的语言哲学与文化理论》，《绍兴文理学院学报》2003年第1期。
[4] 郑欢：《从"应分"到对话——超语言学的内在哲学精神》，《四川外语学院学报》2003年第6期。
[5] 萧净宇：《巴赫金语言哲学中的对话主义》，《现代哲学》2001年第4期。
萧净宇、李尚德：《从哲学角度论'话语'——巴赫金语言哲学研究》，《中山大学学报》2002年第5期。
[6] 杨喜昌：《巴赫金语言哲学思想分析》，《解放军外国语学院学报》1999年第2期。
沈华柱：《巴赫金语言哲学思想述评》，《福州大学学报》2003年第1期。
刘涵之：《巴赫金超语言思想刍议》，《新疆大学学报》2004年第2期。

巴赫金语言哲学的核心（分节论述"对话"的哲学传统、对"对话"思维的考察、"对话主义"的哲学阐释、"对话主义"的当代意义、"对话"思想的比较）、巴赫金诠释学及其人文科学认识方法论、巴赫金语言哲学对俄罗斯语言哲学界的意义。巴赫金的"话语理论"及其哲学价值，在这里已经作为巴赫金语言哲学一个重要内容而受到专门的探讨。主体性与主体间性的问题，被置于"表述"的应答性、话语的对话性、文本的两极性上来加以考察。

当代中国学界对巴赫金"话语理论"的兴趣还在升温。有文章注意到巴赫金"话语理论"是一种超越性的建构：巴赫金以"超语言学"命名的"话语理论"，是在对洪堡特为代表的个人主观主义和以索绪尔为代表的抽象客观主义的语言哲学展开双重批判与反思的基础上建构的。在规避个人主义忽视社会性、抽象客观主义仅仅关注体系性的局限之后，巴赫金主张以现实生活中以交际为目的的话语作为研究对象。研究对象的转换，形成了语言哲学最为关注的意义观的转型。巴赫金"话语理论"的建构，重建了语言与主体、语言与外部世界的联系，实现了主体性与历史性这种"被压抑者"的回归[1]；也有文章开始考察话语的对话性机制与诗学的关联，意识到"对话性"体现在两个层面：一是"表述"会与他人话语产生对话；二是"表述"以听者的存在为前提，以获得应答与对话为目的；诗学等人文学科的本质就在于它们以话语作为存在方式，且具有一种内在的对话性。[2]

五、巴赫金学说的语境梳理

巴赫金的学说是在十分丰富而复杂的语境中产生的，是在与马克思主义，与形式主义，与结构主义，与后结构主义，与现象学，与符号学，与

---

[1] 刘晗：《双重批判与反思中的理论建构——巴赫金话语理论研究之一》，《新疆社科论坛》2009年第1期。
[2] 刘晗、粟世来：《话语的对话性与诗学问题——巴赫金话语理论研究之二》，《吉首大学学报》2008年第8期。

阐释学，与历史诗学，与存在主义，与精神分析文论等多种思潮流派的对话与潜对话中产生的。巴赫金研究的深化，必然推动学者们进入巴赫金学说的语境梳理；这一语境梳理，经常是以比较研究、影响研究的方式来展开的。诸如巴赫金与伽达默尔，与哈贝马斯，与克里斯特瓦，与巴尔特，与雅各布森，与洛特曼等——而这一切都已进入当代中国学者的视野。

巴赫金与马克思主义。中国学界有几种观点。其一，认为巴赫金对现实的思考与马克思主义经典作家有相同之处，巴赫金是一位马克思主义者。巴赫金不是传统意义上的马克思主义文艺学家，他探讨了当时马克思主义文艺学家所不予注意的问题；但从其《马克思主义与语言哲学》和他对形式主义、弗洛伊德主义的批判来看，他确实是从马克思主义的观点来探讨语言理论、文艺理论、精神分析问题，而且实际上比那时一些自称为马克思主义文艺学家的人要深刻得多、准确得多[1]。其二，认为巴赫金的马克思主义在某种程度上具有西方马克思主义的特征：他既站在马克思主义的立场上批判了俄苏形式论学派，又对马克思主义的总体战略作了适当的调整和发展，例如他重新审视了内容决定形式的模式并给予形式以新的重要地位；对意识形态概念进行了语言学阐释，强调"话语是一种独特的意识形态现象"；巴赫金经历了由一位非马克思主义者到受到马克思主义影响的历程。他正是在吸纳马克思主义理论资源的过程中开辟自己的理论新天地[2]。其三，认为巴赫金不是马克思主义者。《马克思主义与语言哲学》明确地把马克思主义作为标题，可以有两种理解：就积极的、主动的一面看，是巴赫金认识到了对马克思思想可作生存论的理解；就消极的、被动的一面说，在当时苏俄的意识形态下，他需要借助于对马克思思想的理解来发挥自己的独特看法。[3]

---

[1] 钱中文：《巴赫金：交往、对话的哲学》，《哲学研究》1998年第1期。
[2] 萧净宇：《超越语言学——巴赫金语言者哲学研究》，上海三联书店，2007年，第21、29页。
[3] 凌建侯：《巴赫金哲学思想与文本分析法》，北京大学出版社，2007年，第75、79页。

巴赫金与形式论学派。巴赫金是俄苏形式论学派的同时代人,他与形式论学派是什么关系?有学者将巴赫金纳入俄罗斯形式论学派,将巴赫金文论作为形式论学派文论的一个组成部分(赵志军:"艺术对现实的构造——作为形式主义者的巴赫金",《俄国形式主义诗学研究》,新疆大学出版社,1993);更多的学者思考巴赫金对形式论学派的批判与超越:或关注巴赫金以其语言学思想对形式论学派的批判[1];或清理形式论学派与巴赫金思想的契合点和差异性,对比"陌生化"与"狂欢化"这两个核心概念[2];或以"文学性"为基点,考察巴赫金对形式论学派的超越路径,指出巴赫金在与形式论学派的"批评对话"中,既克服了形式主义的片面性又富于创建地拓展了形式主义理论,更深刻地揭示了"文学性"问题[3];或梳理巴赫金文论的逻辑起点,看出巴赫金是从校正"形式论学派"非美学化、非哲学化的偏颇起步,看到巴赫金积极地吸收了"形式论学派"的合理成果,追求由科学化"解析"与人文化"解译"所整合的"解读";[4]或认为巴赫金对形式论诗学的批判更多是一种对话与补充[5];或考察巴赫金对形式论学派所采用的批评路径,将之称为是在"审美与技术之间"[6]。还有学者指出,在形式主义同马克思主义的差异中寻求对话,在辩证的综合中追求理论创新,是巴赫金的方法论。这种对话具体表现为"形式批评与社会学方法的对接""语言符号与意识形态的关联""小说形式与社会历史文化的互动"这三个方面[7]。

---

[1] 王建刚:《艺术语/实用语:虚拟的二元对立——巴赫金对俄国形式主义诗语理论的批判》,《上海师范大学学报》,1997年第4期。
[2] 张冰:《对话:奥波亚兹与巴赫金学派》,《外国文学评论》1999年第2期。
[3] 董晓:《超越形式主义的"文学性":试析巴赫金对俄国形式主义的批判》,《国外文学》2000年第1期。
[4] 周启超:《直面原生态,检视大流脉——二十年代俄罗斯文论格局刍议》,《文学评论》2001年第2期。
[5] 黄玫:《巴赫金与俄国形式主义的诗学对话》,《俄罗斯文艺》2001年第2期。
[6] 曾军:《在审美与技术之间——巴赫金对形式主义"纯技术(语言)"方法的批评》,《华中师范大学学报》2001年第3期。
[7] 杨建刚:《在形式主义与马克思主义之间对话——巴赫金学术研究的立场、方法与意义》,《文学评论》2009年第3期。

巴赫金与符号学。有学者认为，巴赫金从社会符号学高度研究语言，挑战了索绪尔结构主义语言学的研究方法和经典地位，使当代系统功能语言学的理论框架得以完善[1]；有文章比较详细地梳理了巴赫金对符号的定义与理解，符号与文本话语、符号的存在和社会性，特别是符号与意识形态的关系，阐述了巴赫金对符号学的深远意义[2]；有学者指出，巴赫金的符号学是意识形态指导下的、在交往理论与对话理论中产生发展起来的，是一种意识形态符号学[3]；也有学者关注巴赫金的符号学思想与洛特曼的符号学理论的异同，考察他们如何从语言学和超语言学的不同途径共同走向社会系统文化研究[4]；或将巴赫金的符号学理论置于俄罗斯符号学研究的历史进程之中，看到巴赫金与雅各布森一起代表着俄罗斯符号学的现当代过渡期[5]。

巴赫金与后结构主义。这方面主要有巴赫金与克里斯特瓦的比较研究，即"对话理论"与"互文性"理论之关联的比较。有文章从词语／文本间的对话、叙事结构的对话形式、隐含对话性的复调小说三个方面，分析克里斯特瓦与巴赫金的对话思想的异同，梳理克里斯特瓦对巴赫金理论思想的继承与发展[6]；有文章从文本与话语的区别来切入"互文性"理论与"对话理论"的关联，看出虽然巴赫金的"对话理论"是克里斯特瓦"互文性理论"的范本，但两者关注的对象与学术旨趣并不相同：一是话语，一是文本[7]；有文章强调，巴赫金的"对话性"与克里斯特瓦的"互

---

[1] 胡壮麟：《巴赫金与社会符号学》，《北京大学学报》1994年第2期。
[2] 胡壮麟：《走近巴赫金的符号王国》，《外语研究》2001年第2期。
[3] 齐效斌：《被遗忘的语言：意识形态——巴赫金意识形态符号学初探》，《南京师范大学学报》2002年第3期。
[4] 张杰：《符号学王国的构建：语言的超越与超越的语言——巴赫金与洛特曼的符号学理论研究》，《南京师范大学学报》2002年第4期。
[5] 王铭玉、陈勇：《俄罗斯符号学研究的历史流变》，《当代语言学》2004年第2期。
[6] 罗婷：《论克里斯特瓦与巴赫金的对话理论》，《外语与外语教学》2002年第12期。
[7] 秦海鹰：《人与文，话语与文本——克里斯特瓦互文性理论与巴赫金对话理论的联系与区别》，《欧美文学论丛第三辑：欧美文论研究》，人民文学出版社，2003年。

文性"分属理解文学的两种不同范式,前者是人本主义的,而后者则是反人本主义的。巴赫金所理解的对话是主体所发出的声音之间的对话,属于主体交流的模式,互文本则是沉默的没有主体的语言转换场所,没有交流和主体意识,也没有作者。[1]

巴赫金与阐释学。有学者将巴赫金的交流对话思想置于阐释学诸流派的思想背景下进行比较,指出巴赫金将其交往对话的诠释学思想贯彻到作家研究中,形成一种新型的文学诠释学,这种诠释学思想也把巴赫金各个方面的创新理论融汇起来,使我们能够从整体上把握理解巴赫金的复杂思想与艺术观念[2];有学者看出巴赫金与海德格尔、伽达默尔等人的诠释学的确有不少相同之处,更有本质上的区别[3];还有学者围绕"意义"与"涵义"理论来对巴赫金与伽达默尔的学说加以具体的比较[4]。

巴赫金与存在主义、精神分析、酒神精神。有文章通过将巴赫金思想与海德格尔等人的存在主义思想进行对比,揭示蕴涵在早期巴赫金诗学思想中的存在主义因素[5];有文章发掘巴赫金文论与精神分析学派在诸多方面的异曲同工之处,从精神分析文论的角度来重新理解并补充巴赫金的文学理论[6];也有文章探讨尼采酒神理论对巴赫金躯体思想的影响[7]。

巴赫金与"游戏理论""镜像理论""他者理论""间性理论",与传播学的"批判理论",与翻译学中的"对话性"。有文章将巴赫金的"狂欢"概念与伽达默尔的"游戏"概念加以比较[8];有文章阐发巴赫金的

---

[1] 钱翰:《从"对话性"到"互文性"》,《跨文化的文学理论研究》第2辑,黑龙江人民出版社,2008年。
[2] 钱中文:《理解的欣悦——论巴赫金的诠释学思想》,湘潭"巴赫金学术思想国际研讨会"论文,2004年。
[3] 萧净宇:《巴赫金诠释学及其人文科学认识方法论》,《超越语言学——巴赫金语言哲学研究》,上海人民出版社,2007年。
[4] 晓河:《巴赫金的"意义"理论初探——兼与伽达默尔等人的比较》,《河北学刊》1999年第3期。
[5] 程小平:《对话与存在——略论巴赫金诗学的存在主义特性》,《北京联合大学学报》2001年第4期。
[6] 但汉松、隋晓荻:《巴赫金文论与精神分析文论之比较研究》,《学术交流》2004年第10期。
[7] 秦勇:《论酒神理论对巴赫金躯体思想的影响》,《南京师范大学学报》2003年第3期。
[8] 冯平:《游戏与狂欢——伽达默尔与巴赫金的两个概念的关联尝试》,《文艺评论》1999年第4期。

"镜像"理论，阐释这一理论对传统的"镜喻文论"的超越[1]；有文章探究巴赫金诗学中的"他人"概念[2]；有文章认为巴赫金对"间性理论"影响巨大，巴赫金把文学文本与文化研究联系起来，在众多文本间的对话中突显主体间的对话，在文本间性中实现主体间性[3]；有文章探讨巴赫金的"话语理论"对传播学的批判学派的贡献[4]；有文章从巴赫金的超语言学视界思考翻译实践中的"对话性"，重新审视翻译的本质与批评标准[5]。

巴赫金与民间文化。有文章比较巴赫金与钟敬文，认为这两位学者在不同时代不同国家从各自不同学科领域出发，对文学与文化的关系的思考十分相似，两位学者都强调民间文化对文学的重要影响，但巴赫金是从作家研究而钟敬文是从民间文学研究出发。他们的理论思考——如何在民间文化语境中进行文学研究，如何建设更有开放性的文艺学，为当代文学研究和文艺学建设提供了重要思路[6]。有文章对比分析巴赫金和冯梦龙的"笑学理论"（"狂欢"与"笑话"），看出巴赫金与冯梦龙处在不同的文化时空中，但两人的理论都源于民间笑文化，两人都站在平民大众立场对笑文化进行形上思考，都以此作为反抗霸权独语的文化策略，理论归宿都是建立平民大众的理想世界[7]。

巴赫金与席勒。有文章在巴赫金与席勒讽刺观的对比中，探讨巴赫金的笑论对古典美学与现代美学的双重超越，阐发巴赫金笑论的美学史意义[8]；有文章关注席勒的审美教育思想与巴赫金狂欢化思想的异同，认为二者具有共同的人性乌托邦色彩，但它们所基于的哲学观念很不相同，所

---

[1] 秦勇：《论巴赫金的"镜像理论"》，《河北师范大学学报》2003年第4期。
[2] 胡继华：《诗学现代性和他人伦理——巴赫金诗学中的"他人"概念》，《东南学术》2002年第2期。
[3] 秦勇：《巴赫金对"间性"理论的贡献》，《俄罗斯文艺》2003年第4期。
[4] 李彬：《巴赫金的话语理论及其对批判学派的贡献》，《国际新闻界》2001年第6期。
[5] 郑欢：《关于翻译的对话性思考——从巴赫金的超语言学看翻译》，《乐山师范学院学报》2003年第5期。
[6] 程正民：《文化诗学：钟敬文和巴赫金的对话》，《文学评论》2002年第2期。
[7] 秦勇：《狂欢与笑话——巴赫金与冯梦龙的反抗话语比较》，《扬州大学学报》2000年第4期。
[8] 曾军：《巴赫金对席勒讽刺观的继承与发展——兼及巴赫金笑论的美学史意义》，《外国文学研究》2001年第3期。

期待的人与世界的关系也不同：一为对象世界，一为关系世界[1]。

巴赫金与哈贝马斯。有学者指出，巴赫金与哈贝马斯"两人处于20世纪的不同时代与社会环境，有着不相同的德国哲学思想根源，在哲学、社会学和诗学的建构方面，却表现出惊人的共同性"。巴赫金对话理论的基础是"超语言学"，哈贝马斯"交往行为理论"的基础则是"普通语用学"。但二者对语言体系之外的"活"的部分——言语（或言语行为）的关注却是共同的[2]。

巴赫金与文化研究。有学者认为巴赫金理论的核心是文化研究的重要资源，应将它置于文化研究的语境下，考察它在当今文化研究中的批评价值和影响[3]；有文梳理巴赫金对伯明翰学派所产生的持续影响，认为学术生产的群体性、问题意识的相关性、著述英译、私人交往构成后者接受影响的可能性。20世纪70年代中后期，伯明翰当代文化研究中心的"语言和意识形态"小组，曾将《马克思主义与语言哲学》作为其研讨的主要文本；70年代末，本内特在《形式主义与马克思主义》一书中显示了伯明翰学人将巴赫金置于形式主义与马克思主义双重视野的努力；80年代中后期，费斯克对巴赫金的狂欢化作了巴尔特式的处理；到了90年代，霍尔则力图用巴赫金的"狂欢化"来取代马克思式的"革命"而借以理解当代文化"转型的隐喻"。[4]

从不同视角切入的对巴赫金学说的语境梳理，有助于深化对巴赫金理论的理解，也在不断地拓展理论思考的空间，更是在证实巴赫金学说思想的辐射力，一种跨学科的影响力。

---

[1] 梅兰：《对象世界与关系世界——席勒的审美教育思想与巴赫金狂欢化思想比较》，《武汉科技学院学报》2002年第2期。
[2] 钱中文：《各具特色的对话：交往哲学与诗学——谈巴赫金与哈贝马斯》，《文艺报》2001/8。
[3] 王宁：《巴赫金之于"文化研究"的意义》《俄罗斯文艺》2002年第2期。
[4] 曾军：《从"葛兰西转向"到"转型的隐喻"——巴赫金对伯明翰学派的影响研究》，《跨文化的文学理论研究》第2辑，黑龙江人民出版社，2008年。

六、巴赫金学说的方法论启示

巴赫金本人的文学研究作为一种话语实践,具有方法论的价值。

巴赫金与文学批评的方法、文学研究的方法。当代中国学者对巴赫金文学批评、文学研究的方法进行了积极的思索。这一思索可分为两种类型:从巴赫金本人的文学批评实践切入的思索,对巴赫金文学研究在方法论上的启示加以思索。

第一种类型。有学者将巴赫金分析陀思妥耶夫斯基创作的方法称为一种"使实证主义批评与形式主义批评结合起来"的"整体批评"[1];有文章看到巴赫金开辟了一条对话批评的广阔途径,突破了独白型意识的束缚[2];有学者将巴赫金运用超语言学思想对俄苏形式论学派的批判称为以"对话—整合"为特征,兼顾语言和文化的内外综合研究[3];有文章则称其为"意识形态和文学形式相结合"的批评方法[4]。

第二种类型。有文章考察巴赫金的文学研究方法论,肯定其话语分析法与在"意识形态环境"中研究文学的主张,将之称为"对话式的研究方法"[5];有文章认为巴赫金建构了一种新型的批评思维模式,将之称为"对话语境批评"[6];有文章指出,巴赫金的"对话理论"在外国文学研究方法论上启示我们走向对话思维[7];有文章阐发"对话理论"之于比较文学学科方法论的启示[8];或具体论述"对话理论"之于比较诗学研究的

---

[1] 张杰:《批判的超越——论巴赫金的整体性批评理论》,《文艺研究》1990年第6期。
[2] 蒋原伦:《一种新的批评话语——读巴赫金〈陀思妥耶夫斯基诗学问题〉》,《文艺评论》1992年第5期。
[3] 夏忠宪:《对话—整合:文学研究与语言、文化》,《俄罗斯文艺》1997年第1期。
[4] 赵志军:《寻找意识形态和文学形式的结合点——巴赫金的批评方法论》,《广西大学学报》1997年第3期。
[5] 吴晓都:《巴赫金与文学研究方法论》,《外国文学批评论》1995年第1期。
[6] 张杰:《批评思维模式的重构——从巴赫金的对话语境批评谈起》,《解放军外国语学院学报》1999年第1期。
[7] 凌建侯:《更新思维模式,探索新的方法——外国文学与翻译研究的方法论思考》,《外语与外语教学》2001年第10期。
[8] 王钦锋:《巴赫金与比较文学的方法》,《中国比较文学》1998年第1期。

启示[1]。

　　巴赫金学说思想具有超越文学批评、文学研究的辐射力。当代中国学者普遍意识到巴赫金理论学说基于文学研究而又超越了文学研究，对于语言学研究、哲学研究、美学研究等诸多人文学科都具有辐射力。有文章指出，巴赫金提倡的对话思维模式，是提出了整个人文科学的方法论上的原则问题[2]；有学者将巴赫金理论作为"交往对话的理论"而强调其人文科学方法论意义[3]；有文章论述巴赫金"对话理论"的哲学意义，指出"对话理论"是巴赫金人文科学研究方法论的基础[4]；有文章指出巴赫金的"大对话"理念对马克思主义美学研究的方法论启示[5]。有学者看出巴赫金把"理解"视为人文科学方法论的基本问题，强调巴赫金的思想对于确立一种促进人文科学发展的思维方式的重大现实意义：真正的人文科学研究，应是一种排斥绝对对立、否定绝对斗争的非此即彼的思维，更应是一种走向宽容、对话、综合、创新，同时包含了必要的非此即彼、即具有价值判断的亦此亦彼的思维[6]。

　　巴赫金学说思想最重要的贡献，正在于它们所蕴涵的文学研究方法论乃至对整个人文科学研究方法论上的启示，正在于其积极的"参与性"理念与自觉的"外位性"立场。巴赫金以其理论学说在召唤我们对生活要葆有一种有责任心的"参与性"——参与生活，参与理论世界与生活世界的互动与建构，这是一种积极的入世精神；巴赫金也以其理论学说在提示我们对现实要葆有一种自觉的"外位性"——高扬主体性、尊重差异性、守

---

[1] 蒋述卓、李凤亮：《对话：理论精神与操作原则——巴赫金对比较诗学研究的启示》，《文学评论》2000年第1期。
[2] 白春仁：《巴赫金——求索对话思维》，《文学评论》1998年第5期。
[3] 钱中文：《论巴赫金的交往美学及其人文科学方法论》，《文艺研究》1998年第1期。
[4] 凌建侯：《对话论与人文科学方法论——巴赫金哲学思想研究》，《天津社会科学》2001年第3期。
[5] 周启超：《涵养"复调意识"，追求"和而不同"》，《马克思主义美学研究》第7辑，中央编译出版社，2003年。
[6] 钱中文：《理解的理解——巴赫金的人文科学方法论思想》（2007年北京"跨文化视界中的巴赫金"学术研讨会论文）。

持超越性、追求对话性，这又是一种高远的出世精神。

巴赫金理论学说的独创性与深刻性、开放性与生产性，已引发当代中国学界多种多样的话题。巴赫金学说思想之内在的对话性、互文性、跨学科性，正引领一批又一批中国人文学者驻足其中，领略其思想艺术的无穷魅力。2007年成立的中国巴赫金研究会，倡导以跨文化视界考察巴赫金话语的旅行，组织多语种专家学者对俄罗斯学界、欧美学界的巴赫金研究精品展开系统的译介，对几十年来中国学界巴赫金研究的力作进行集中的检阅，以期为中国学者在巴赫金研究上"接着说""对着说""有新说"而提供新的参照，开拓新的空间。

当代中国的"巴赫金学"，极为活跃，成果丰硕。

巴赫金文论在当代中国的旅行，正与时俱进，走向纵深。

第三节　开采·吸纳·创造——钱中文之巴赫金研究

多年来，巴赫金学术遗产在其祖国的收集整理编辑出版、在其域外的翻译注释评论解读，不断地为文学学、美学、语言学、哲学、伦理学、现象学、符号学、阐释学等诸多人文学科学术思想发育提供滋养或刺激，而成为令人关注的显学之一。在这方面，钱中文之于中国学界，之于汉语世界的"巴赫金学"，一如谢尔盖·鲍恰罗夫之于俄罗斯学界，之于俄语世界的"巴赫金学"，或者，一如茱莉亚·克里斯特瓦之于法国学界，之于法语世界的"巴赫金学"，迈克尔·霍奎斯特之于美国学界，之于英语世界的"巴赫金学"，其突出的学术业绩，引人瞩目，其领衔的学术地位，难有人与之比肩。

这样说，不仅仅因为中国第一篇正面解读巴赫金文论的评论（1983年）出自钱中文先生之手，汉语世界第一部《巴赫金全集》（6卷本，1998年）系钱中文先生主编，不仅因为钱中文先生在这40年间钟情巴赫金，不断发表以巴赫金文论为题的论文，积极参与国际与国内学界围绕巴赫金的学术争鸣（1983, 1987, 1989），不断修订中文版"巴赫金全集"（1998, 2007, 2024），更因为钱中文先生的巴赫金研究路径独特，视界宏放。这路径，这视界，其表现至少有以下三个层面：其一，有宏观的整体性眼光而又善于"精"——紧扣巴赫金学术关键词的涵纳而一步步逼近其学理性的核心思想；其二，坚持立足于第一手资料而又善于"出"——直面理论园地的现实而富于鲜明的问题意识；其三，有宽广的学术视野而又善于"立"——勇于在对话中吸纳而富于独立的理论建构激情。这里且就钱中文治"巴赫金学"之路径的第一个层面，即其对巴赫金学术的若干关键词的解读轨迹稍作梳理。

这个轨迹可以简化为：由叙述学界面上切入"复调"理论——由文学学界面上切入"对话"理论——由文化学界面上切入的"外位性"理论。理论思考不断推进，走向精深；理论视界不断拓展，走向宏放。这一解读路径，与巴赫金本人学术探索的内在理路是相吻合的，基本上还原了由"小说学""文学学"而走向"哲学人类学"的大思想家巴赫金的心路历程。

一、"复调"理论的解读

众所周知，巴赫金是以其立足于陀思妥耶夫斯基的小说艺术而构建的"复调小说理论"而名世的。巴赫金在苏联学界的第一次被"发现"，也是起始于他那部《陀思妥耶夫斯基诗学问题》于1963年的问世，确切些说，这是巴赫金的第一部著作——1929年出版的《陀思妥耶夫斯基创作问题》的修订版。后来，巴赫金在他的一篇提纲，即《关于陀思妥耶夫斯基一书的修订》（1961）与两篇札记，即《语言学、语文学和其他人文学科中的文本问题》（1959—1961）和《1970—1971笔记摘录》里还论述"复调小说理论"，甚至在晚年接受波兰学者兹·波德古热茨的访谈时，巴赫金还专门发表了自己对陀思妥耶夫斯基小说"复调性"的解说。考虑到《陀思妥耶夫斯基创作问题》一书成稿于1922年，其写作当起始于陀思妥耶夫斯基百年诞辰之前这一学术史实，可以毫不夸张地指出，对陀思妥耶夫斯基小说艺术的解读，对其艺术世界"复调性"的解说，贯穿了巴赫金长达半个世纪的整个学术生涯。"复调性"问题，可谓这位大学者的毕生挚爱。"复调小说理论"乃巴赫金学术大厦的基点。钱中文先生的巴赫金研究，正是从"复调小说理论"起步的。在20世纪80年代，钱先生紧扣巴赫金文论的这一核心学说，相继发表3篇论文，即《"复调小说"及其理论问题》[1]（1983）、《复调小说：主人公与作者》[2]（1987）和《"复调小说"：误解与"误差"》[3]（1989），从叙述学界面上切入，对"复调"理论作了系统的评述介绍与阐释解读，精细地清理出巴赫金立足于陀思妥耶夫斯基小说艺术的三大发现而构建"复调"理论的内在逻辑：巴赫金由陀思妥耶夫斯基小说世界中人物的主体性谈其独立性，由意识的流动性谈其多重性，由话语的双向性谈其对话性，这么一层一层地论证了陀思妥耶夫斯基小说艺术在结构上与复调音乐的对应。钱先生十分精到地指出，巴赫金以"复调"来隐喻长篇小说的一种类型，"强调的是主人公的自我意识的独立性、对话性，主人公与主人公、主人公与作者的平等、对话关系，这是理解复调小说的关键之点"。钱先生之所以能评析得如此到位，自然得力于他坚实的文学理论学养，同时还得力于他本人对陀思妥耶夫斯基的小说也素有研究。他为《陀思妥耶夫斯基精选集》所写的序文，即《瞬间、共时艺术中的现实、梦幻与荒诞》（1997）一文可为佐证。钱中文先生学术背景的这一细节，是颇有意义的。在首届"中美双边比较文学研讨会"（1983年9月）上宣读了《巴赫金论"复调小说"》论文的哈佛大学教授唐纳德·范格尔，原来是美国斯拉夫学界一位著名的陀思妥耶夫斯

---

[1] 钱中文：《"复调小说"及其理论问题——巴赫金的叙述理论之一》，《文艺理论研究》1983年第4期。
[2] 钱中文：《"复调小说"：主人公与作者》，《外国文学评论》，1987年第1期。
[3] 钱中文：《"复调小说"：误解与"误差"》，《外国文学评论》，1989年第4期。

基专家，而美国巴赫金学资深学者、耶鲁大学比较文学系主任迈克尔·霍奎斯特教授当年也是以研究陀思妥耶夫斯基的博士学位论文出道的，这种类似恐怕不是巧合。一般说来，不细读陀思妥耶夫斯基的小说文本，不从"陀思妥耶夫斯基诗学问题"谈起，是很难把握巴赫金的"复调"理论的。不走进陀思妥耶夫斯基的艺术世界，就难以走进巴赫金的理论世界。"复调说"具有多重涵义，在不同的界面它有不同的所指。小说体裁这一环，显然是巴赫金"复调说"的思想原点。钱先生正是从小说体裁，从叙述艺术这个界面，进入巴赫金的理论世界。这一理论"在长篇小说理论方面独树一帜"；这一理论"一反传统性"乃至"和一般传统的小说理论甚至文艺学中的一些观念大相径庭"。可见，钱先生充分地认识到复调式小说世界的"多声部性"、复调式叙事结构的"对话性"，更敏锐地意识到以"多声部性"与"对话性"为核心思想的"复调"理论在文艺学观念变革中的重要价值与功能。复调世界就是各自独立但彼此对位的多种声音平等对话的世界；巴赫金"复调性"的核心语义是"对话性"。"复调性"不仅仅关涉小说艺术叙述理论，更关涉批评意识与立场乃至文学理论的格局与境界。

二、"对话"理论的解读

大凡熟悉巴赫金文本者，都不难发现巴赫金的核心命题蕴含丰厚，常常在语言学、符号学、美学、伦理学、社会学、哲学等诸多人文学科间穿行；而关涉核心命题的核心话语在不同的界面便有不同的所指。巴赫金的"复调说"，并不局限于一位小说家艺术个性的隐喻，也不局限于一种小说叙事结构特征的概括；巴赫金之"复调"并不局限于一种艺术观照视界甚或一种艺术思维类型的指称。"复调性"针对的是"独白性"。"复调性"实质上就是与"独白性"针锋相对的"对话性"的一种别称。在文学批评实践中与文学理论建设中，"复调性"/"对话性"指的是拥有主体权利的不同个性，以各自独立的声音平等对话追求真理的一种状态，指的是不同语境不同取向不同形态的文论话语，在互证互识互动互补之中共存共生的一种境界；相对于批评家理论家个体，"复调性"/"对话性"所诉求的，是对他人主体性的充分尊重：要放弃"独白"姿态，摒弃话语霸权，而坚持以真正平等的立场，倾听他者，理解他者；相对于批评家理论家群体，"复调性"/"对话性"所追求的，则是对真理生成机制的充分尊重：真理并不存在于那外在于主体的客体，也不存在于那失落了个性的思想之中。真理不在我手中，不在你手中，也不在我们之外。真理在具有主体性的我们之间，它是作为我们对话性的交流接触碰撞而释放的火花而生成的。换言之，要远离自以为是的独断论而树立"复调性意识"，远离非此即彼的极性思维而营构"复调性关系"。钱先生对巴赫金的"复调性"/"对话性"所张扬的文学批评立场、文学理论境界，有深切的体认。他在《对话的文学理论——误差、激活、融化与创新》（1993）一文中，第一次明确提出"对话的文学理论"。钱先生清醒地看到，"单一的、统一的文学理论往往会用自己的一套观念排斥不同见解，以为自己说的都是真理。它不能容忍第二个声音，更不能容许别的声音的分辨。它只能让人听它一个声音，一种往往是嘲弄与压制的声音。它表现的是理论的独白，而不是探讨真理的对话"。一方面，"意识形态论的文学观抓住了文学现象的一个重要方面，但在几十年来的文学过程中，它被推向极端，对不少文学现象作了庸俗化的解释"；而另一方面，"双重的误读，对西方文学理论的全面认同，往往导致对本土文学理论的全面否定"。同时，钱先生也客观地指出："在充分估计到理论的社会倾向性的条件下，还未发现一种绝对无用的文学理论形态。""即使是处于对立语境中的差异，它们不同的价值都应给以肯定，在理论的整体中形成互补。"钱先生主张："我们可以根据巴赫金的对话理论，使东西方文学理论的交流，变为东西方文学理论的对话，逐渐形成对话的文学理论批评。"钱先生还阐述了构建这种"对话的文学理论"的基本方式：要确认差异，要激活传统，要融化异质，要有所创新。后来，在《论巴赫金的交往美学及其人文科学方法论》[1]（1998）一文中，在为中文版《巴赫金全集》所作的序文《交往对话主义的文学理论——论巴赫金的意义》[2]（1998）中，钱先生从美学、哲学乃至人文科学方法论的高度解读巴赫金的文艺学理念，执著地倡导"走向交往与对话"的文学理论。那部"大体上记录了"钱先生"在新时期20年来对文学理论发展的追踪与探索"的论文集（1999）《文学理论：走向交往与对话的时代》[3]，更是彰显了一位文学理论家的理论自觉与学术激情。正是这一理论自觉，促使钱先生充分关注"交往、对话的主体性以及理论批评话语的共同性"，十分强调"在中外文学理论批评的交往探索中，把文学理论批评视为人文科学的思想，是十分重要的"，积极倡导对"不同国家之间的文学批评理论进行交往与对话，以达到双方的各自理解"。

三、"外位性"理论的解读

细细品读巴赫金的文本，就会感受到巴赫金的文艺学思想常常溢出其传统的界面，而向外延伸，且不仅向美学延伸。巴赫金在其文论话语中张扬"复调性"/"对话性"思想，更是他在整个人文科学园地高扬"复调性"/"对话性"精神的一种叙述策略。小说结构中的"复调性"，文学理论中的"对话性"，不过是巴赫金的"大对话哲学"之局部的、应用性的变体。巴赫金本人一生以文学教学与文学研究为其日常的职业，但他却要人家注意到他"并不是文艺学家"，而是"哲学家"。巴赫金本人用来描述他一生的学术活动所投入其中的学科并不是"文学理论"，而是"哲学人类学"。这些学术定位上"自我鉴定"般的细节，颇具深意。正是钟情于"哲学人类学"，正是着眼于整个人文科学方法论的探索，使巴赫金的文艺

---

[1] 钱中文：《论巴赫金的交往美学及其人文科学方法论》，《文艺研究》1998年第1期。
[2] 本文为钱中文主编的《巴赫金全集》中译6卷本序，河北教育出版社，1998年。
[3] 钱中文：《文学理论：走向交往对话的时代》，北京大学出版社，1999年。

学话语指向文化学。巴赫金的"外位性"理论从文艺学辐射到文化学便是一例。钱中文先生对"外位性"理论在不同界面的不同涵义的解读，可谓鞭辟入里。钱先生指出，"外位性"原本是指"作者与主人公的关系"。所谓"外位性"，说的是"作者极力处于主人公一切因素的外位：空间上的、时间上的、价值上的以及涵义的外位"。作家所持有的这种"外位性"，使其获得了对全局的统摄力。由于"作者与主人公"在巴赫金的话语体系中不仅仅是文艺学范畴，也不仅仅是美学范畴，而能向其他界面延伸，巴赫金在论述人文科学中的"理解"机制与"意义"机制时，更能在"哲学人类学"意义上，来论述其"外位性"学说。巴赫金强调："理解者针对他想创造性地加以理解的东西而保持外位性，对理解来说是件了不起的事。……在文化领域中，外位性是理解的最强大的动力。"何以见得？钱中文先生论证道：因为他人的文化，只有在他人文化的眼中即处于外位的我或更有其他的人的眼中，才能看到他人文化自身看不到的新问题，提出新问题，产生应答。钱先生倡导"利用交往、对话中的'外位性'，使自己融入他者的文化，进而使用他者的目光来反观自身，可以观照自身的不足；可以从他者获取知识，吸收新的有用的成分，从而在一些问题上，修正失误，达到共同的理解"。钱先生认为，"外位性"的保持，在文化交流中意义重大。"外位性"促成对他者的文化之创造性的理解，对自身文化的不断充实与更新，而不是排斥自身的文化。"如果都是有价值、有传统的文化，那么它们还会长期保留下去，保持其原有的文化本体特征，而在交往中又不断更新，变成新的文化。那种只要求'全球化'、一体化的文化观，大概是没有悠久文化传统、或是对自身文化传统缺乏了解以至罔无所知的人的主张。"大凡对钱先生40年来学术探索历程有所了解者，大概不难看出，钱先生的这些文字，饱蘸着这位文学理论家对人类文化命运的现实关怀激情，闪烁着这位思想者执着地坚守人文家园，而勇于与当下文化现实不断展开对话的"新理性精神"。

第四章 巴赫金"复调说"

在巴赫金笔下,"复调"这一话语具有多重涵义。在不同的界面它有不同的所指。

在文学理论中,"复调"指的是小说结构上的一种特征,因此而有"复调型长篇小说"。

在美学理论中,"复调"指的是艺术观照上的一种视界,因此而有"复调型艺术思维"。

在哲学理论中,"复调"指的是拥有独立个性的不同主体之间"既不相融合也不相分割"而共同建构真理的一种状态,因此而有"复调性关系"。

在文化理论中,"复调"指的是拥有主体权利的不同个性以各自独立的声音平等对话,在互证互识互动互补之中共存共生的一种境界,或者说"和而不同"的一种理念,因此而有"复调性意识"。

然而,在巴赫金笔下,"复调"这一话语首先是一个隐喻。

"复调"是巴赫金从音乐理论中移植到文学理论中的一个术语,用它来指称长篇小说的一种类型,具体说,就是指陀思妥耶夫斯基的长篇小说。

巴赫金当年在对《陀思妥耶夫斯基创作问题》进行修订时将该书易名

为《陀思妥耶夫斯基诗学问题》，显然是要强调身为陀思妥耶夫斯基作品之研究者的他，其旨趣并不在于探讨《罪与罚》作者的宗教取向或哲学思想或社会政治立场，而是在于其"诗学"创新，在于其文学世界的建构方式，在于其小说的叙事艺术形式。具体说来，巴赫金的研究旨趣在于其对陀翁长篇小说的叙事艺术创新，在于其长篇小说的"话语结构形式"。

那么，"复调小说理论"的基本要点是什么呢？

第一节 "复调小说理论"的基本要点

巴赫金在论述陀思妥耶夫斯基的艺术个性时，几乎总是忘不了要使用"复调"这一隐喻，来阐述"复调性"这一概念。巴赫金在他的两部专著，或者说，一部书的两个版本，即1929年问世的《陀思妥耶夫斯基创作问题》与1963年出版的《陀思妥耶夫斯基诗学问题》里，使用过、阐述过"复调"；巴赫金在他的一篇提纲，即《关于陀思妥耶夫斯基一书的修订》（1961）与两篇札记，即写于1959—1961年间的《语言学、语文学和其他人文学科中的文本问题》和《1970年—1971年笔记》里使用过、阐述过"复调"。甚至在晚年接受波兰学者兹·波德古热茨的访谈时，巴赫金还专门发表了自己对陀思妥耶夫斯基长篇小说"复调性"的解说。"复调性"问题，可谓这位大学者的毕生至爱。巴赫金后来在不同场合下对"复调性"的解说，几乎是在重复他第一次界说"复调小说"这一概念时所指出的所有重要涵义。

在《陀思妥耶夫斯基诗学问题》里，巴赫金指出：

> 各自独立而不相融合的声音之众多，确实是陀思妥耶夫斯基长篇小说的基本特性。恰恰是将那些拥有各自世界、彼此平等的众多意识，在这里组合成某种事件的整一，而相互间并不发生融合。

> 有着众多的各自独立而不相融合的声音和意识,由具有充分价值的不同声音组成的真正复调——这确实是陀思妥耶夫斯基长篇小说的基本特点。
>
> 复调的实质恰恰在于,不同声音在这里仍保持各自的独立,作为独立的声音结合在一个统一体中,这已是比单声结构【(同度齐唱的)主调音乐】高出一层的统一体。如果非说个人意志不可,那么复调结构中恰恰是几个人的意志结合起来,从原则上便超越了某一人意志的范围。或许也可以这么说:复调结构的艺术意志,就在于将众多意志结合起来,在于形成事件。[1]

在接受波兰学者访谈时,当人家请他讲一讲《陀思妥耶夫斯基诗学问题》这部书的主要思想时,巴赫金应答道:

> 这就是陀思妥耶夫斯基的复调性。对陀思妥耶夫斯基不能作独白式的理解,不能像理解托尔斯泰、屠格涅夫等其他的长篇小说家那样去理解陀思妥耶夫斯基。

当波兰学者问他:在您看来,陀思妥耶夫斯基创作的轴心思想是什么呢?巴赫金指出:

> 我认为,陀思妥耶夫斯基是多声部复调型长篇小说的首创者,这种小说是作为终极问题之紧张而热烈的对话而被建构起来的。作者并不去完成这种对话,并不去做出其作者的解决;他是在揭示那存在于

---

[1] 米·巴赫金:《陀思妥耶夫斯基诗学问题》第一章,载《巴赫金全集·第5卷·诗学与访谈》,钱中文主编,白春仁、顾亚铃等译,河北教育出版社,1998年,第4页、第27页。

矛盾之中、存在于未完成的生成之中的人类思想。[1]

不难看出,对陀思妥耶夫斯基小说艺术的解读,在巴赫金笔下简直转换成了一种音乐评论。巴赫金甚至将陀思妥耶夫斯基小说艺术与勋伯格的复调音乐相类比:每一情节性旋律同其他旋律的关系都是相对独立的:各自都在自由而独立地展开自己。巴赫金还引入"对位"这一术语,将之作为"复调"的同义词,来论述"小说中诸声部上的对位"。巴赫金何以如此热衷于用音乐理论术语来隐喻小说理论见解呢?巴赫金对这一"借用"有过解释:找不到更为合适的表述,小说艺术的建构在超越通常的"独白型"的那些新课题,正类似于在音乐艺术中一旦走出单一声部的界面就会出现的那些新课题。"复调"与"对位"这样的艺术结构形象正可以隐喻那些新课题。可见,巴赫金有意会通文学与音乐这两个异中有同的艺术门类,而来深入考量其共通的发育机制。的确,巴赫金界说陀思妥耶夫斯基长篇小说诗学的基本特征时所用的基本语汇,与音乐理论家界说"复调"这一音乐形式时所用的基本语汇,构成了惊人的对应。在《音乐形式》这本教科书中,可以读到:

> 被称为复调或对位的,是这样的一种多声部,在那里诸声部均是各自独立的且以其自身意义而具有同等价值。诸声部在旋律上保持各自独立地展开之同时,组合成一个和谐体。[2]

然而,更为重要的还不是这一界说在术语上的对应,而是被界说的对象——这两个艺术门类之间在形式与结构上的对应。那么,陀思妥耶夫斯基的小说艺术本身与复调音乐艺术本身是否真有这些对应?

---

[1] 《论陀思妥耶夫斯基小说的复调性——巴赫金访谈录》,周启超译 //《俄罗斯文艺》2003 年第 2 期。
[2] *Способин И.В.* Музыкальная форма.-Москва. Издательство Музыка, 1967, C.293.

巴赫金的回答是肯定的：

> 陀思妥耶夫斯基恰似歌德的普罗米修斯，他创造出来的不是无声的奴隶（如宙斯的创造），而是自由的人；这自由的人能够同自己的创造者比肩而立，能够不同意创造者的意见，甚至反抗他的意见。[1]

换言之，陀思妥耶夫斯基小说中的人物是具有独立意识的主体，或具有主体意识的个性，是独立自主而有自己声音的活生生的人。

巴赫金认为，陀思妥耶夫斯基善于在同时共存、相互作用的关联中观照世界。陀思妥耶夫斯基十分欣赏格林卡关于"生活中的一切都是对位的"这一深刻思想：倾心于在小说世界中艺术地表现"不同的声音各自不同地唱着同一个主题"这一有趣现象：

> 在别人只看到一种或千篇一律事物的地方，他却能看到众多而且丰富多彩的事物。别人只看到一种思想的地方，他却能发现、能感触到两种思想——一分为二。别人只看到一种品格的地方，他却从中揭示出另一种相反品格的存在。一切看来平常的东西，在他的世界里变得复杂了，有了多种成分。在每一种声音里，他能听出两个相互争论的声音；在每一个表情里，它能看出消沉的神情，并立刻准备变为另一种相反的表情。在每一个手势里，他同时能觉察到十足的信心和疑虑不绝；在每个现象上，他能感知存在着深刻的双重性和多种含义。[2]

后来，在《关于陀思妥耶夫斯基一书的修订》这篇提纲中，巴赫金以更

---

[1] 米·巴赫金：《陀思妥耶夫斯基诗学问题》第一章，载《巴赫金全集·第5卷·诗学与访谈》，钱中文主编，白春仁、顾亚铃等译，河北教育出版社，1998年，第4页。

[2] 同上书，第40—41页。

为明晰的语言重申陀思妥耶夫斯基的小说是复调小说这一定论。巴赫金强调，作为杰出的话语艺术家，陀思妥耶夫斯基有三大发现或三方面的艺术创新：

其一，创作（确切地说是"再造"）出独立于自身之外的有生命的东西，他与这些再造的东西处于平等的地位。作者无力完成它们，因为他揭示了是什么使个人区别于一切非个人的东西。

其二，发现了如何**描绘**（确切地说是"再现"）自我发展的思想（与个人不可分割的思想）。思想成为艺术描绘的**对象**。思想不是从体系方面（哲学体系、科学体系），而是从人间**事件**方面揭示出来。

其三，发现了"在地位平等、价值相当的不同意识之间，对话性是它们相互作用的一种特殊形式"。[1]

这三种创新，是复调这一现象的不同侧面。这三大发现，均可以"复调性"来概括。

巴赫金的这种解读又有多少真理性呢？

解读陀思妥耶夫斯基的著述可谓汗牛充栋，巴赫金的解读只是其中的一种。

学界同行对巴赫金的"复调小说理论"是如何评价的呢？

让我们听听针对"复调小说理论"的反对与赞成。

第二节　针对"复调小说理论"的反对与赞成

巴赫金的"复调小说理论"曾经遭遇，现在仍在遭遇到不少学者的反对。

学界不少人对巴赫金的"复调小说理论"提出疑问的主要理据，是无

---

[1] 米·巴赫金：《关于陀思妥耶夫斯基一书的修订》，载《巴赫金全集·第5卷·诗学与访谈》，钱中文主编，白春仁、顾亚铃等译，河北教育出版社，1998年，第374页。

法接受"作者与主人公平等对话"。

其实,用巴赫金的"审美外位性"理论,或许可以回应这些质疑。莫斯科大学美学教授叶莲娜·沃尔科娃(И. Волкова)在《审美事件:外位性与对话》一文里指出:

> 在长篇小说的不同类型、体裁与风格中,作者的外位性、作者的视界可能会一时稳定些,一时又不太稳定,而在某些情况下似乎又是有意识地被作者缩减到最小。譬如,对于自己笔下那些核心的主人公,陀思妥耶夫斯基似乎在放弃视界剩余(超视),似乎在放弃自己的视野,而与主人公进行着平等的对话。但是,为了使这一对话得以发生,第一,必须先要拥有视界剩余,然后再放弃它。第二,陀思妥耶夫斯基将这一放弃变为独特的艺术手法。由此在巴赫金笔下才有那经典的"似乎",它不止一次地被运用于自康德以来的各种不同流派的美学之中。视界剩余,以巴赫金之见,陀思妥耶夫斯基也是拥有的。可是,他对视界剩余的运用不如说是为了从外部完成"审美事件"。视界剩余能孕生爱、认同、宽恕、积极的理解、倾听。陀思妥耶夫斯基将这样的视界剩余评价为开放的和真诚的。一方面,巴赫金将主人公的意识看成为被局限的,而将作者的意识看成是未完成的。另一方面,以他之见,在对于长篇小说而言最富于成果的"复调型"的形式中,他将那些重要的主人公的意识诠释为"似乎"是与作者的意识平起平坐的,"似乎"在这种或那种情形下都是"有视野有眼界的"。[1]

俄罗斯科学院哲学研究所高级研究员 Л. 戈戈基什维里在其对巴赫金晚年第 3 本笔记的梳理中提出:巴赫金在 20 世纪 70 年代初的笔记里继续思

---

[1] 叶莲娜·沃尔科娃:《审美事件:外位性与对话(节选)》,萧净宇译,载周启超编选:《俄罗斯学者论巴赫金》,南京大学出版社,2014 年,第 164 页。

考"复调":它不是这一或那一小说片断的局部性品质——在那种情形下,作者只是出于现时的策略性目标,而将意义的生发源头交到"不同人的手里"(赋予不同的声音);巴赫金的"复调"已成为作者著述之新的体裁样式的学说。这一作者著述之新的对话性体裁样式,并不是倾心于复调性的作者杜撰出来的;一如独白性样式,对话性的体裁样式也是基于原型的。

这里的新颖之处并不在于(像当年大多数人对巴赫金所作的理解那样)作者进入与主人公的对话(这样的对话元素,据独白性小说来看也是十分清楚的,巴赫金本人在其论长篇小说的文章里也已论及),而是相反,在于对话在这里被选定为描写对象。为了去描写这对话,作者身为审美主体,身为作者著述之审美功能的责任载体,就应当走出这对话,而放弃所有直接的与间接的表达自己立场的形式。在第3种笔记里,复调理论已得到更准确的建构:在复调中作者立场之观念性的、体裁上的条件——并不是恰恰以作者身份出场的作者与主人公们的对话(作者只是在功能上被改造之后——作为客体化的人物,才可能进入所描写的对话),而是作者从对话中走出来("自我消除""虚我")自觉地放弃所有的自身话语样式。[1]

其实,在巴赫金的专著《陀思妥耶夫斯基创作问题》问世后不久,卢纳察尔斯基(А. Луначарский)就在《新世界》(1929年第10期)上发表长篇书评《论陀思妥耶夫斯基的"多声部性"》。卢纳察尔斯基对巴赫金将陀思妥耶夫斯基奉为复调小说的"鼻祖"持有异议,对巴赫金解读的成功之处却予以首肯。卢纳察尔斯基指出,巴赫金这部著作陈述的一个事实是有充分根据的,即"陀思妥耶夫斯基的小说实质上是创作出来的众多

---

[1] 周启超:《"巴赫金学"的一个新起点》,《社会科学战线》2016年第4期,第242页。

对话"。卢纳察尔斯基认为：

> 巴赫金的成功之处，不仅在于他比以前的任何人都更加明晰地确立了陀思妥耶夫斯基小说中多声部性的重大意义，以及这一多声部性的作用（多声部性是他的小说一个最为重要的特点），还在于他确定了每一种"声音"特别的自主性和充分价值，这在其他绝大多数作家那里是完全不可思议的，在陀思妥耶夫斯基那里这种特点可是完备得令人震惊。[1]

1963年，《陀思妥耶夫斯基创作问题》的修订版《陀思妥耶夫斯基诗学问题》面世，轰动苏联学术界与文学界，引起广泛讨论。很快，格·弗里德连捷尔在《俄罗斯文学》（1964年第2期）上发表书评，不同意将"复调小说"与"独白小说"截然对立，但这位对陀思妥耶夫斯基小说颇有研究的专家也认为，我们在阅读陀思妥耶夫斯基的小说时，耳畔响彻的不是一个人的声音，而是众多的形形色色的"声音"；在进行陈述的并非作者一个人的观点，而是整整一系列反抗性的现实观。[2] 格·弗里德连捷尔看中巴赫金将这种"多声部性"，与陀思妥耶夫斯基小说的内在形式，与这些小说的审美本质联系在一起了，而强调这正是该书中最有价值的东西。

茨维坦·托多罗夫在其《批评的批评》（1985）一书中指出，作者与人物"平等的观点原则上无法成立"，强调"陀思妥耶夫斯基是这些众多声音唯一的创造者"。但这位对俄苏文论十分熟悉的法国文论家也肯定巴赫金对陀思妥耶夫斯基小说"多声部性"特征的把握是一大发现。托多罗夫看出，陀思妥耶夫斯基笔下的人物"并没有化为唯一的意识（他本人的意识）"。托多罗夫写道：

---

[1] 阿·卢纳察尔斯基：《论陀思妥耶夫斯基的"多声部性"》，于永昌译，《外国文学评论》1987年第1期。
[2] *Фридлендер Г.М.* Новые книги о Достоевском.//Русская Литература. 1964, NO.2.

的确，巴赫金发现了陀思妥耶夫斯基作品中的一个特点，但他的表达方法有误。陀思妥耶夫斯基的伟大之处在于同时在同一水平线上表现上众多的意识，而且个个都栩栩如生。巴赫金那丰富且具特色的著作，是苏联人文科学方面任何"其他"成果所无法媲美的。[1]

在1987年面世的《陀思妥耶夫斯基诗学问题》中译本前言中，钱中文对巴赫金的"复调小说理论"作了生动而深切的解说：

主人公的自我意识的强调，横截面式的艺术描写，即我称作的"共时艺术"，以及复调性的对话的纷繁形式，形成了复调小说真正的独特性，同时也是巴赫金的复调小说理论最精彩、最有价值之处。[2]

彭克巽在其《巴赫金的文艺美学理论》（1999）一文中，对巴赫金复调小说理论的要点作了十分精辟的评述：

巴赫金提出独白主义和复调艺术思维是有创造性的，它有助于从一个新角度分析小说的结构特征。[3]

中外学者们对巴赫金的复调小说理论有着种种保留或争议，但对这一理论的核心，即复调式小说世界的"多声部性"、复调式叙事结构的"对话性"、复调式艺术思维的"反独白主义"精神，几乎予以一致的首肯。

为什么说"多声部对话性"是"复调小说理论"的核心语义？

---

[1] 茨·托多罗夫：《批评的批评》，王东亮、王晨阳译，生活·读书·新知三联书店，1988年，第85—86页。第73页。

[2] 钱中文：《陀思妥耶夫斯基诗学问题》中译本前言，载巴赫金：《陀思妥耶夫斯基诗学问题》，白春仁、顾亚玲译，生活·读书·新知三联书店，1988年，第14页。

[3] 彭克巽：《巴赫金的文艺美学理论》，载彭克巽主编：《苏联文艺学学派》，北京大学出版社，1999年，第181页。

这要从如何理解巴赫金笔下的"复调"谈起。

第三节　巴赫金之"复调"的核心语义：多声部对话

善于在不同学科界面自由穿行的巴赫金，其实给"复调"这个隐喻赋予了更多内涵。在巴赫金笔下，"复调"不仅仅是对一个小说家创造的新的艺术世界特质的隐喻，也不仅仅是一种用来指称新的小说体裁的概念，它更是一种用来指称新的艺术思维类型的范畴。这一新的小说体裁，新的思维类型，都是针对（同度齐唱的）主调音乐的"独白主义"而提出的。因而，要全面理解巴赫金的"复调"之所指，有必要先关注其对立面"独白"，关注这样一对相辅相成的范畴——"复调性"与"独白性"。

在巴赫金笔下，与"复调性"构成反义词的是"独白性"。在《陀思妥耶夫斯基创作问题》与《陀思妥耶夫斯基诗学问题》这两部书里，"独白性"的同义词为"（同度齐唱的）主调音乐"。巴赫金对"独白性"的阐述，立足于他对长篇小说体裁发育的历史检阅，立足于他对"独白型"长篇小说局限性的分析。巴赫金将陀思妥耶夫斯基之前所有的语言艺术创作，尤其是欧洲与俄国的长篇小说归结为"独白型"。在这种类型的小说中，占主导地位的是作者一人的意识，小说的艺术世界完全由作者一人的意志所主宰。在这种类型的小说中，可以清晰地听出主导性旋律，与之伴随的则均是对这主调的附和。作者在这里以"包罗万象和全知全能的视野"描写人物，人物完全受制于作者，体现着作者的意图，作者的声音淹没人物的声音。作品中即便有人物的对话，这种对话也完全被小说作者本人终结性的声音所取代。这类小说里，只有作者声音是独立的、具有充足价值的，其他人物声音则没有这样的地位，只是屈从于作者声音。以巴赫金之见，这类小说便是"（同度齐唱的）主调音乐"式的"独白主义"小说，或"独白型"小说。

小说体裁这种类型的发育，是与艺术思维方式上"独白性"的盛行密切相关的。巴赫金认为，小说家的审美视界长期受制于单一调的思维模式。欧洲小说的盛行，起始于理性主义、启蒙主义成为时代精神的十七、十八世纪，起始于单一调思维占统治地位的时期：

> 独白型原则在现代能得到巩固，能渗入意识形态的所有领域，得力于欧洲的理性主义以及对单一的和唯一的理智的崇拜，又特别得力于启蒙时代（欧洲小说的基本体裁就是在这个时代形成的）。[1]

一旦那种对"单一和唯一的理智"之绝对的信任成为小说家们的世界观，小说中出现的多种声音便都要受到作者独白主义声音的制约，都要聚拢于由作者独断独裁的"话语中心"。于是，作者在这里犹如《旧约》中的耶和华；人物在这里简直成了可任意形塑的沉默的材料；作品在这里是以单个观念为轴心以单个主题为基础的统一体；读者在这里看到的是那种"在作者同一的意识支配下层层展开"，由"众多性格和命运构成的""统一的客观世界"。这样的小说，就是巴赫金所说的"独白型"小说。其"独白性"，体现于作者之造物主般的塑造性格终结形象的艺术立场，体现于人物完全成为作者意识中的客体这一艺术功能上。换言之，作者声音的高度权威化，作者意志的高度绝对化，人物主体性的失落，人物向无生命之物的降格，可谓"独白性"小说的基本表征。

"复调性"要突破的，正是作者与人物之间的关系上这种不平等的格局；"复调性"要颠覆的，正是这种由作者意志独断独裁的"独白主义"取向。

巴赫金对"复调性"的阐述，是建立在与"独白型"小说相对的"复

---

[1] 米·巴赫金：《陀思妥耶夫斯基诗学问题》，载《巴赫金全集·第5卷·诗学与访谈》，钱中文主编，白春仁、顾亚铃等译，河北教育出版社，1998年，第106页。

调型"小说特征上的。这种小说中的人物不仅是作者意识中的客体,同时也是"直抒己见的主体":

> 陀思妥耶夫斯基的主人公,不是一个客体形象,而是一种价值十足的议论,是纯粹的声音;我们不是看见这个主人公,而是听见他;[1]
>
> 陀思妥耶夫斯基构思中的主人公,是具有充分价值的言论的载体,而不是默不作声的哑巴,不只是作者语言讲述的对象。[2]
>
> 作者意识不把他人意识(即主人公们的意识)变成客体,并且不在他们背后给他们作出最后的定论。作者感到在自己的旁边或自己的面前,存在着平等的他人意识,这些他人意识同作者意识一样,是没有终结,也不可能完成的。……
>
> 但是,他人意识不能作为客体、作为物来进行观察、分析、确定。同它们只能进行对话的交际。[3]

也就是说,作者将人物本有的主体性还给人物,人物与作者一样具有独立自主的主体地位。相对于"独白型"小说,人物的艺术功能在"复调型"小说中得到了"提升",而作者在"独白型"小说中独断独裁的意志,在这里则受到"节制"。

> 作者没有把对主人公的任何一个重要的评价、主人公任何一个特征、任何一个细小的特点只留给自己,亦即仅仅留在自己的视野内。他把一切都纳入主人公的视野,把一切都投入主人公自我意识的熔炉内;而作为作者观察和描绘对象的主人公自我意识,以纯粹的形式整

---

[1] 米·巴赫金:《陀思妥耶夫斯基诗学问题》,载《巴赫金全集·第5卷·诗学与访谈》,钱中文主编,白春仁、顾亚铃等译,河北教育出版社,1998年,第70页。
[2] 同上书,第84页。
[3] 同上书,第90页。

个地留在作者的视野之中。[1]

也就是说,在"复调型"小说中,人物、生活、周围世界不再只是处于作者唯一的视点上,而是同时也成为"人物自身进行反射的客体"。经过这样对人物功能的"提升"与作者意志的"节制","复调型"小说中人物的意识便具有与作者意识并列的权利和平等地位。

人物的意识与作者的意识比肩并列的格局,正是突破"独白性"形成"复调性"的条件。

"复调性"小说的主旨已不在于展开故事情节、性格命运,而在于展现那些拥有各自世界、有着同等价值、具有平等地位的各种不同的独立意识。"复调型"小说所追求的是把人和人(作者和人物)、意识和意识放在同一个平面上,展示世界是许多具有活生生的思想感情的人在观察和活动的舞台,是众多个性鲜明的独立自主的声音在交流和争鸣的舞台。那么,在这种人物与作者平起平坐的新格局中,在人物的意识与作者的意识一样都自成权威,因而作者的统一意识便无从谈起的新状态中,各具独立性的意识之间又如何交流?各具主体性的声音之间又如何争鸣?依巴赫金之见,这就是意识之间的"对位",声音之间的"对话"。人物的意识与作者意识在同一平面相并列,实际上就为意识之间的"对位"提供了保障。"复调型"小说,也就是不再是由作者的统一意识所管制,各具独立性的意识相并列,各具主体性的声音相争鸣的"对位"小说、"对话"小说。

在这种小说中,作者与人物之间、人物与人物之间是"严格实行和贯彻始终的对话性"关系。对作者来说,人物不是第三者的"他",更不是"我",而是作为对话伙伴的"你"。人物不再是由作者的艺术观照给予完形的客体,不再是宙斯所创造的无声的奴隶,而是具有独立性、主体性,

---

[1] 米·巴赫金:《陀思妥耶夫斯基诗学问题》,载《巴赫金全集·第5卷·诗学与访谈》,钱中文主编,白春仁、顾亚铃等译,河北教育出版社,1998年,第62页。

因而也有创造性，有自己的意识和自己的声音的自由人，是有意志有能力与其创造者比肩而立互动共存的活生生的人。对人物而言，作者的干预降至最低限度。作者的位置在哪里？作者不是在笔下人物之上，像福楼拜在《包法利夫人》中那样；不是在笔下人物之下，像果戈理在《死魂灵》中那样；不是在笔下人物的身旁，像萨克雷在《名利场》中那样；作者应放弃他那种君临万物之上的、《旧约》中耶和华似的特权，而降身于他的那些被创造者之中，就像《卡拉马佐夫兄弟》中的基督那样，以自己的沉默促使他人去行使其自由。作者应当如同陀思妥耶夫斯基那样，占据那种巴赫金称为"外位性"的位置。正是这一位置，在保障着作者对人物的对话性艺术立场、对话性审美姿态。

作者意志的这种"节制"，并不意味着作者由积极变成消极甚至放弃自己的意志，不去表现自己的意识。"作者并非仅仅汇集他人的观点，而完全放弃自己的观点"，而是"在特定的方向上""不同寻常地扩大、深化和重建"自己的意识，"好让它能涵纳具有同等权利的诸多他人意识"。作者不仅从内部，即从"自己眼中之我"，同时也从外部，即从他人的角度，"他人眼中之我"，进行双向的艺术思考，使人物不被物化。作者意识与人物意识一样都处于运动之中，处于不断建构之中，处于开放的对话之中，一样是未完结而在不断丰富的、未确定而有待充实的形象。"复调型"小说，正是内在于若干各自独立但彼此对立的意识或声音之"对话关系"中互动共生的统一体。"复调型"小说的艺术世界，就是"多样性的精神之间以艺术手法加以组织的共存共在和交流互动"。复调世界就是多种声音平等对话的世界。

可见，巴赫金笔下之"复调性"的核心语义乃是"多声部对话性"。当巴赫金将"多声部对话性"艺术思维对"独白性"艺术思维的突破，同哥白尼的"日心说"宇宙观对"地心说"宇宙观的突破相提并论时，"多声部对话性"这个概念的所指便升级了："多声部对话性"不仅指称一种艺术思维方式，更是指称一种哲学理念乃至一种人文精神。

"多声部对话性"作为哲学理念，其精髓是"不同主体间意识互动互识的对话性"，其根源是"人类生活本身的对话性"。巴赫金谈的是文学学问题，实际上阐发的却是哲学思想。巴赫金的文学理论已然溢出其传统的界面。

巴赫金的文学理论，的确是以深厚的哲学思想为底蕴为支点。巴赫金文论中的"多声部对话性"，植根于他的伦理哲学的本体论。真理不在我手中，不在你手中，也不在我们之外。真理在我们之间。真理是作为我们对话性的接触所释放的火花而诞生的。

巴赫金的"复调说"本身也是"多声部对话"的产物。"复调说"孕生于20世纪20年代巴赫金向苏联文学学界两大显学——偏执于文学的意识形态内涵之"解译"的社会学文论，与偏执于文学的语言艺术形态之"解析"的形式论文学学——的双向挑战，或曰"左右开弓"。巴赫金看出了弗里契、彼列韦尔泽夫及其弟子们"一律以文学之外的要素来解释文学现象"的"可悲倾向"，看出了将拉斯柯尔尼科夫或伊万·卡拉马佐夫与陀思妥耶夫斯基本人完全等同的庸俗荒唐，看出了什克洛夫斯基及其同道们执迷于艺术创作手法技巧的局限，看出了将诗学束缚在语言学之中而陷入"材料美学"的危险。巴赫金批判地吸纳了社会学文论与形式论文学学的积极成果，主张"从文学内部去阐述文学的社会特性"，从话语内在的对话本质，从话语创作总体上的对话品格切入文学研究，这一路径，对于20世纪20年代苏联文学学两大范式的偏颇，应该说是一种有力的校正。

然而，巴赫金的"复调说"所挑战的对象，远非局限于文学学这一界面。

"复调说"的核心语义，即"多声部对话"，诸种声音"既不相融合也不可分割"，各自独立而又彼此相关，在对位对话中并存共生，这些都是一些意蕴丰厚的隐喻，可以指涉人文学科的诸多领域。在不同界面，"复调说"的思想能量是不一样的。如果说,在小说体裁上,学界对"复调小说理论"仍有争议(譬如说,陀思妥耶夫斯基是否就是"复调型"小说的首创者,或者,"复调型"小说是否一定优于"独白型"小说而最终将它取代),那么,在艺术思维上、哲学理念上,甚或人文精神上的"多声部对话",在学界对巴赫金一次又一次的"发现"与"开采"中,则已然得到普遍肯定。历史的曲折表明,多讲一点"多声部对话",少来一点"唯我是从的独白",对于保障文学理论建设乃至整个人文科学探索在健康的氛围中进行,是十分必要的。真正富有成效的学术"对话"的前提之一,就是具备了"多声部对话"气质,或者说,具有"多声部对话"意识,追求"多声部对话"境界的不同主体。可见,以"多声部对话"为其核心语义的"复调性"这一隐喻,其内涵甚为丰厚,我们要悉心听取它在不同语境中的不同蕴涵。也正是这一隐喻性,滋生了"复调性"这一话语蕴涵的丰富性。

巴赫金以其"复调说"的建构而推崇的"多声部对话",基于文学研究,但其辐射力已超越文学研究。"复调/多声部对话"思想对于语言学与符号学、美学与伦理学、哲学与文化学等诸多人文学科都具有方法论上的意义。当代中国学者已普遍意识到巴赫金的"复调/多声部对话"思想对于文学学、语言学、哲学、美学的这种方法论上的意义。

第五章　巴赫金"文本观"

文本，是广泛运用于当代语言学、文学学、美学、哲学、符号学、文化学的一个术语，是当代人文学科里使用频率最高的话语之一。我们知道，在文本理论的建构上，当代法国结构主义与后结构主义理论家巴尔特、克里斯特瓦、德里达等人都提出了一些影响深远的学说。德里达甚至极言"文本之外，无物存在"。然而，对文本问题的关注与考量，远非法国理论家的专利。其实，在德里达尚未出道之前，巴赫金对"文本问题"就颇为关注颇有思考。巴赫金对"文本问题"最为集中的思考，见于20世纪50年代末到60年代初的一份笔记，但专论"文本"的这份笔记手稿的公开发表，则是在巴赫金辞世之后。它最初是在1976年，以"文本问题"刊发在苏联文学研究界最有影响的杂志《文学问题》（1976年第10期）上；后来，以"语言学、语文学和其他人文学科中的文本问题：哲学分析之尝试"为题，被收进巴赫金的一部论文集《话语创作美学》（1979）。巴赫金将文本看作做是"任何人文学科的第一性实体（现实）和出发点"，"如果在文本之外，脱离文本来研究人，那这已不是人文学科"。巴赫金将文本界定为具有"主体，作者"的话语；巴赫金所关注的对象是"真正创造性的文本"，是"个人自由的……领悟"；巴赫金认为：文本的含义"就在于关系到真理、真、善、美、历史的东西"。巴赫金强调，忠实于自身特性的文本体现着"对话的关系"：既对此前的话语作出应答，也诉诸他人具有主动精神的创造性应答。[1] 在今日俄罗斯，巴赫金 1959—1960 年间在这份笔记手稿中表达的在文本理论上的这样一些基本观点，已被写进一版再版的文学理论教科书。[2] 中国的巴赫金文论研究者在 20 世纪 90 年代已经将巴赫金有关"文本问题"的文章译成中文[3]。细读巴赫金专论"文本"的这些文本，我们可以看出巴赫金的文本思想也是相当丰富的。巴赫金不仅比较早地意识到文本地位的重要性，比较早地提出"大文本"概念，而且明确提出文本的两极性、文本的对话性、文本的超语言性。巴赫金的文本思想，是当代文本理论的重要组成部分，对于我们探析文学文本的特质、考察人文学科的特征，都颇有启迪。

第一节　文本——人文思维的直接现实

巴赫金对文本问题的考量，立足于他对整个人文学科的"哲学分析"，而不是语言学分析，或语文学分析，也不是文学学或别的什么学科的专门分析。或者说，巴赫金面对的是贯通于语言学、语文学、文学学和其他具体的人文学科的"文本理论"，是关涉整个人文学科特征与人文思维特质的"文本理论"。巴赫金写道：

> 文本（书面的和口头的）作为所有这些学科以及整个人文—语文学思维（其中甚至包括初始的神学和哲学思维）的第一性实体，是这些学科和这一思维作为唯一出发点的**直接现实**（思想的与感受的现实）。没有文本，也就没有了研究和思维的对象。

---

[1] *Бахтин М. М.* Эстетика словесного творчества. -Москва.: Искусство, 1979. C.281-306.
[2] 瓦·哈利泽夫：《文学学导论》，周启超、王加兴等译，北京大学出版社，2006 年，第 302 页。
[3] 《巴赫金全集·第 4 卷·文本、对话与人文》，钱中文主编，白春仁、晓河等译，河北教育出版社，1998 年，第 300—325 页。

"不言而喻"的文本。如果宽泛地理解文本，释为任何连贯的符号综合体，那么艺术学（音乐学、造型艺术的理论和历史）也是同文本（艺术作品）打交道。这是关于思想的思想，是关于感受的感受，是关于话语的话语，是关于文本的文本。我们的（诸人文）学科与自然科学（研究自然界）的基本区别就在这里，虽然这两者间也不存在绝对的不可逾越的界线。人文思想的诞生，总是作为关于他人的思想、他人的意志、他人的表态、他人的表达、他人的符号的思想；在它们背后，则存在着表现自身的天神（神的启示）或人们（统治者的法规、祖先的戒条、无名者的格言和隐语等等）。对文本进行科学上精确的说明和批评，是后来的事（这是人文思维中的一个全面的转折，开始出现**质疑**）。起初是**信任**，只要求理解—阐释，求助于蹩脚的文本（只为学习语言等用途）。我们不打算深入研究人文科学的发展史，包括其中的语文学史和语言学史；我们感兴趣的，是人文思想的特殊性，而人文思想是指向他人的思想、他人的涵义、他人的意义，等等，后者只能在文本的形式中得到实现而呈现给研究者，不管研究的目的如何，出发点只能是文本。

我们所关注的只是**话语文本**问题，这是一些相应的人文学科——首先是语言学、语文学、文学学等等——之第一性实体。[1]

人文科学中的文本问题。人文科学是研究人及其特性的科学，而不是研究**无声**之物和自然现象的科学。人带着人之为人的特性，总是在表现自己（在言说），亦即在创造文本（哪怕是潜在的文本）。如果在文本之外，不依赖文本而研究人，那么这已不是人文科学（而是人体解剖学和生理学等等）。[2]

---

[1] 巴赫金：“文本问题”，载《巴赫金全集·第4卷·文本、对话与人文》，钱中文主编，白春仁、晓河等译，河北教育出版社，1998年，第300—301页；这里据原文对译文中的个别地方做了改动。

[2] 同上书，第306页；这里据原文对译文中的个别地方做了改动。

无处不是实际的或可能的**文本**和对文本的**理解**。研究变成为询问和谈话,即变成对话。[1]

质言之,话语生成的文本——人文科学的第一性实体。

这里,巴赫金明确指出,从事于语言学、语文学、文学学这样一些人文学科的研究者的第一要务是直面文本。人文思想只能以文本的形式得以呈现。文本是人文科学研究的对象,是人文思维的出发点。人文科学的"科学性"正在于它立足于文本。可见,巴赫金高度重视文本在人文科学中之基础的、本体的、中心的地位。

巴赫金从"哲学分析"的高度,将文本看作人文思维所要面对的"直接现实""第一性实体"。这一"文本至上主义",这一"大文本"思想,是在护卫人文科学的科学性,是在护卫语言学、语文学、文学学这样一些人文学科的科学性。人文科学并不是无根无据的臆想、随心所欲的想象、即兴而为的印象,而是有本可依,有内在理据,有内在机制,有内在效能的。"文本的自由内核"是具有内在的必然性、内在的逻辑的。巴赫金对文本的推崇,对人文学科之科学性的护卫,对于我们当下的文学研究实践中出现的与作品文本渐行渐远、越过文本抛开文本而随性畅想这一时尚,无疑具有一种警醒价值。

然而,巴赫金论述的作为人文学科第一性实体的文本,是有独特品质的,是"话语文本",是"关于思想的思想,关于感受的感受,关于话语的话语",是"双声的表述"。这又该如何理解呢?

---

[1] 巴赫金:"文本问题",载《巴赫金全集·第4卷·文本、对话与人文》,钱中文主编,白春仁、晓河等译,河北教育出版社,1998年,第317页。

第二节　话语文本——两个主体交锋的事件

作为"连贯的符号综合体"的文本，依其构成材料不同，有"语言文本"与"非语言文本"之分。前者指言语单位之连贯有序的组织结构，某个意义序列的语言表达；后者指并非建立在自然语言之上，而是直接诉诸视觉（地图、造型艺术作品），或听觉（声音信号系统、音乐作品），或者同时诉诸视觉与听觉（仪式语言，例如礼拜仪式语言、戏剧艺术、影视新闻）。"语言文本"依其不同的功能又有"非话语文本"与"话语文本"两类。

"第一类没有个人因素和评价色彩（自然科学和数学的思想产物，各种法律和职业活动的规则等等）。它们并不是来自某人的精神经验，不针对具有首创精神的、并对其作出自由应答的某个人，换句话说，它们在本质上是独白性的。它们要么对事实加以简单的确认（纪实，实录），要么就某一实践活动领域的标准加以表述（例如，标明交通工具的核载量），要么用来表示一些抽象的真理（数学和自然科学的公理体系），总之，都属于符号言语的范围，'说话人'和'受话人'的个性对此呈现出中立的态度。此类文本不会成为生动的人声的载体。它们是没有语调的。

"与人文领域相关的文本就全然是另外一回事了，因为这种文本含有世界观的价值和个性色彩。似应称之为话语文本。这种文本所含有的信息与评价、情感因素息息相关。作者的因素（个人的或群体的、集体的因素）在这里尤显重要：人文领域的文本为某人所有，反映出某个声音的痕迹。政论文、随笔、回忆录，尤其是艺术作品的情况就是这样。"[1]

易言之，用巴赫金的"独白与对话"这一对范畴来说，"非话语文本"是一种"独白性"文本，"话语文本"则是一种"对话性"文本。"话语"

---

[1] 瓦·哈利泽夫：《文学学导论》，周启超、王加兴等译，北京大学出版社，2006年，第301页。

在这里是一个关键词。巴赫金毕生致力于"话语诗学"的构建。"话语诗学"的基点之一便是"词语"——不过在巴赫金的话语体系中,"词语"已成为动态的言语,具有内在对话性质的"话语"。巴赫金认为,没有一个词能在它自身中被理解,如果要捕捉它的意义,就必须把它放在一个语境(不只是语词的上下文,更有这一语词被表述时的社会的、历史、文化的语境)。[1] 巴赫金一直坚持对"话语"作非语言学、超语言学的理解。

巴赫金的话语文本是作为一种"表述"的文本,是有"主体"的文本,是作者并未死亡的文本,是具有"双主体性""双声性"的文本。这样的文本背后总有"语言"。这样的文本是一种不可重复的"事件"。

如何理解文本是一种"表述"?巴赫金写道:

> 文本乃表述,那种被置于一定范围的言语交际(言语链)之中的表述。文本乃一种单子,那种在其自身反映出一定的意义范围里的全部文本的单子。所有的意义互相关联(因为它们是在表述中得到实现的)[2]。
>
> 在同一个表述中,一个句子可以重复出现(重叠法、自我引述、无意间造成的),但每次出现都已是表述的一个新的部分,因为它在表述整体中的地位和功能发生了变化。
>
> 表述本身整个是由非语言学因素(对话因素)构筑成的,它也与其他的表述紧密相联。这种非语言学因素(对话因素)也从内部渗透表述。
>
> 说话人在语言中的概括表现方法(人称代词、动词的人称形式、表现情态和表现说话者对自己言语态度的语法和词汇形式)与言语主

---

[1] 正是基于"话语"不同于"语言"的这一内涵,笔者一直坚持认为巴赫金的美学是"话语创作美学",而不是"语言创作美学"。参见拙文《在结构—功能探索的航道上》,《外国文学评论》1989年第1期。

[2] 巴赫金:"文本问题",载《巴赫金全集·第4卷·文本、对话与人文》,钱中文主编,白春仁、晓河等译,河北教育出版社,1998年,第302页,这里据原文对译文中的个别地方做了改动。

体、表述的作者。

从表述的非语言学的目的来看，所有属于语言学的成分，只不过是手段而已。[1]

可见，巴赫金的"表述"已经是非语言学的、超语言学的概念。日本的巴赫金学专家 X. 萨萨基对"表述说"有过这样一番解读：

"譬如说，在学术论文中，作者一般总是立足于一定的领域里先前的那些论著（文本）而以新的方式提出自己对某一问题的观点，他也正是以这种方式而力图将问题向前推进一步。学术研究的时空体（时空）——实则是以这样的方式而孕生的一个个单一文本的杂交融合。况且，再度重生的文本，会超越作者在彼时当下的原初意图，进入与这一领域所有的文本的对话性关系，而孕生出新的涵义。（时空体的更新。'长远时间'的前景）。

"或者，来看一个实际生活的表述情形。譬如，两个人之间发生这样一个交谈：'要不要这个？'——'绝不……'——'绝不？'——'绝不'。

"'ни за что'这几个词从无以计数的人们口中无数次地飞出，这几个词本身并不表示什么客观的涵义—内容（意义）。可是在相应的情境中，在两个人之间就某个话题而交谈时，一连三次说出来的词语（但每一次语调都是不同的），每一次都是独特的，是充分的表述，整体地反映出围绕该话题的先前的表述之链，同时又是历史的唯一的表述，在更新情境的表述。"[2]

这就是说，表述是不可重复的话语。表述总带有述说主体的印迹。作

---

[1] 巴赫金："文本问题"，载《巴赫金全集·第4卷·文本、对话与人文》，钱中文主编，白春仁、晓河等译，河北教育出版社，1998年，第302页，第307—308页。

[2] *Сасаки Х.* Основы понятия текста у М. М. Бахтина//Диалог. Карнавал. Хронотоп: ежеквартальный науч. журн. 2001. № 3. С.99-115.

为表述的话语文本，是有主体的文本。巴赫金特别关注表述的主体性，关注作为表述的话语文本的"两极性""事件性"：

> 任何文本都有主体、作者（说者、笔者），都有各种可能出现的作者类型、变体及其表现形式。[1]
>
> 文本的两极。每一文本都以人所共识的（即在该集体内约定俗成的）符号体系、"语言"（至少是艺术的语言）为前提。如果文本背后没有"语言"，那么它已不是文本，而是自然存在的（不是符号的）现象，例如，一声自然地喊叫和呻吟，它们不具有语言（符号）的复制性。……纯净的文本是没有的，也不可能有。此外，每一文本中还有一系列可以称为技术因素的东西（字体的技术方面、发音等）。总之，每一文本的背后都存在着语言体系。在文本中与这一语言体系相对应的，是一切重复出现的成分，一切能够重复出现的成分，一切可以给定在该文本之外的成分（给定物）。但同时，每一文本（即表述）又是某种个人的、唯一的、不可重复的东西；文本的全部涵义（所以要创造这一文本的主旨）就在这里。这指的是文本中关系到真理、真、善、美、历史的东西。对这一因素来说，一切能够重复出现的成分都只是材料和手段。这一因素在某种程度上已超出语言学和语文学的范围。这第二个因素（另一极）为文本本身所固有，但只能在情境中和文本链条中（即在该领域的言语交际中）才能揭示出来。这一极不是与语言（符号）体系的成分（可复现的成分）相关联，而是与其他文本（不可重复的文本）通过特殊的对话关系（如果排除作者也就是辩证关系）相关联。
>
> 这个第二极与作者因素有着不可分割的联系。第二极与自然出现

---

[1] 巴赫金："文本问题"，载《巴赫金全集·第4卷·文本、对话与人文》，钱中文主编，白春仁、晓河等译，河北教育出版社，1998年，第301页。

的偶然的唯一性是毫无共同之处的。它整个是由语言符号体系的手段来实现的。它是由纯粹的语境实现的，虽然也伴有一些自然的因素。[1]

文本中自然出现的唯一性（例如指纹）含有意义的（符号的）不可重复性，只能机械地复现指纹（复制多少份都可以），当然也能机械地再现文本（例如重印）；但是由主体来复现文本（如反顾文本、重读文本、重新上演、引用文本），是文本生活中新的不可重复的事件，是言语交际的历史链条中的一个新环节。

任何符号体系（即任何"语言"），不管其假定性通行于怎样狭小的群体中，原则上都总是可能解码的，即译成其他的符号体系（其他的语言）；因此，也就存在各种符号体系的共同逻辑，有一个潜在的统一的语言之语言（当然这一语言任何时候也不可能成为一个具体的语言，成为诸语言中的一种）。然而文本（不同于作为手段体系的语言）任何时候也不能彻底翻译，因为不存在潜在的统一的文本之文本。

文本的生活事件，即它的真正本质，总是在两个意识、两个主体的交界线上展开。

可以以第一极为取向，即走向语言——作者的语言，体裁的语言，流派的语言，时代的语言，民族的语言（这是语言学），最后还走向潜在的语言之语言（这是结构主义、语符学[2]）。又可以以第二极为取向，走向不可重复的文本事件。

两极的存在是无条件的：潜在的语言之语言是无条件的，唯一而

---

[1] 巴赫金："文本问题"，载《巴赫金全集·第4卷·文本、对话与人文》，钱中文主编，白春仁、晓河等译，河北教育出版社，1998年，第302—303页。

[2] "语符学"试图建立一种普遍的语言学理论，把各种具体语言的材料加以极端的抽象，并用来"描写与预测用任何语言表现的任何可能的文本"（Л.叶姆斯列夫：《语言理论导论》，载《语言学新成果》，第1卷，莫斯科，1960年，第277页）。"语符学"的语言理论由是发展为一种普遍的符号体系论。

不可重复的文本也是无条件的。[1]

巴赫金对"表述"的"超语言性"的关注,对话语文本之"主体性"的强调,对话语文本的"双主体性"的确认,对话语文本之"事件性"的论述,实则是对结构主义抛弃主体而封闭于文本、对后结构主义雾化主体而消解作者的一种抗衡;巴赫金对话语文本背后"潜在语言"的关注,对话语文本之不可重复性的确认,正是对文学文本具有无限的意义阐释空间的确认,对文学文本应有的艺术创造性的肯定。话语文本不可简化为物。话语文本在对话中生成。话语文本是主体间的交锋互动所建构的结晶。

> 文本的生活事件,即它的真正本质,总是在两个意识、两个主体的交界线上展开。
> 人文思维的速记——总是一种特殊对话的速记:这是**文本**(研究与考量的对象)与所创造的框架**语境**(质疑性的、理解性的、诠释性的、反驳性的等语境)两者复杂的相互关系:在这一关系中实现着学者的认知性与评价性思考。这是两个文本的交锋,一个是现成的文本,另一个是被创建出来的应答性的文本,因而也是两个主体、两个作者的交锋。[2]

巴赫金的这一思想,对于文学研究是很有启迪的,既有方法论上的意义,又有认识论上的意义。

所谓方法论上的启迪,是说巴赫金的这一交锋说,有助于认识文学研究的内在机理。文学研究过程正是既有文本与应答文本这两个文本的交锋

---

[1] 巴赫金:"文本问题",载《巴赫金全集·第4卷·文本、对话与人文》,钱中文主编,白春仁、晓河等译,河北教育出版社,1998年,第303—304页。
[2] 同上书,第305页,这里据原文对译文中个别地方做了改动。

互动。

所谓认识论上的意义,是说巴赫金的这一应答说,有助于认识文学作品的建构机制。在巴赫金之后,伊瑟尔提出文学文本具有召唤结构,文学作品乃文本的艺术极与读者的审美极之两极合成。在伊瑟尔之前,巴赫金强调"绝不可把第二个意识、接受者的意识取消或淡化"。巴赫金的"话语诗学"关注文本间即主体间的交锋应答,伊瑟尔的"接受理论"高扬读者在文学接受过程中的主体反应机制与积极建构功能。两位大理论家在这里异途同归。

第三节　文学文本——具有双声语的"话语文本"

巴赫金确认话语文本之"主体间的交锋应答"的"对话性",确认话语文本之事件般的不可重复的"创造性",这就由文本的"双主体性"机理进入文本的"双声语"机理。这就是从"话语诗学"切入"文学文本"的生成机制。巴赫金写道:

> 在文学中,纯粹的无客体的单声语在何种程度上是可能的?那种作者在其中听不见他者声音、在其中**只有**他而且**整个儿**就是他的话语,有可能成为文学作品的建构材料吗?某种程度上的客体性是不是任何一种风格的必要条件?作者是否总是站在作为艺术作品的材料的语言**之外**?每一位作家(甚至纯粹的抒情诗人)是否总是这种意义上的"剧作家"——总是将话语分配到那些他者声音上,其中也包括"作者形象"(与另一些作者的面具)?也许,任何一种无客体的、单声语对于真正的创作都是幼稚而不合适的。任何真正创作性的声音一向仅仅可能是话语中的**第二种**声音。唯有第二种声音——**纯粹的态度**——可能成为彻底的无客体的,并不抛出形象的、实体的影子。作

家——这是那种置身于语言之外而善于用语言来工作的人，这是那种拥有非直接的言说之天赋的人。[1]

巴赫金以语言的维度对作家的这一界说，是不是在确认文学文本就是具有"双声语"的话语文本？所谓"双声语"，即具有双重指向的话语，那种形成内在对话关系的、折射出来的他人言语，它既针对一般话语的言语对象，又针对别人的话语即他人言语。

何以见得文学文本一定就具有"双声语"？可以从"话语诗学"来看，也可以从话语文本的功能来看。

从话语诗学的维度来看，文学文本之具有"双声语"，实则是由作者的话语与人物的话语之内在的互动关系所决定的。巴赫金指出：

> 有种种不同的涵义界面，人物的言语和作者的言语就在那些界面上。人物就像被描写的生活的参与者那样说话，这么说吧，从私己的立场，他们的视点是受到这样或那样的局限的（他们比作者知道的要少）。作者置身于被描写出来的（在一定程度上也是由他创造出来的）世界之外。他从那些更高的且性质上是另样的立场来对这一世界加以考量。最后，所有的人物与他们的言语都是作者态度（与作者言语）的客体。但是，人物言语的界面与作者言语的界面是可以交叠的，也就是说，它们之间的对话性关系是可能的。在陀思妥耶夫斯基笔下，人物一个个都是有一套套理论的思想家，作者同这样一些主人公（思想家——有一套套理论的思想家）处于同一个界面。人物的言语与作者的言语之对话性的语境与情景则是本质上不同的。人物的言语参与到内在于作品的被描写的对话之中，而并不直接地进入当代的现实的

---

[1] 巴赫金："文本问题"，载《巴赫金全集·第4卷·文本、对话与人文》，钱中文主编，白春仁、晓河等译，河北教育出版社，1998年，第309页，这里据原文对译文中的个别地方做了改动。

意识形态的对话之中,亦即作品作为整体(人物的言语则仅仅是这一整体的构成成分),参与其中并在其中被意识到的那种现实的言语交际之中。然而,作者正是在这一现实的对话中占有立场,而被当代的现实情境所界定。不同于现实的作者,由他所创造的"作者形象"已失去对现实的对话的直接参与(它只通过整个作品参与到其中),可是它能参与到作品的情节之中,而进入同人物之间的被描写出来的对话之中("作者"与奥涅金的谈话)。描写的(现实的)作者的言语,如果它存在,——是原则上特别的一种类型的言语,是不可能与人物的言语处于同一个界面的。正是它决定着作品最后的统一与作品之最高的涵义级,这么说吧,决定着作品之最高的仲裁。[1]

巴赫金这一进入"话语诗学"中"不同言语界面之互动关系"的论述不太好理解。日本学者 X.萨萨基对巴赫金这一论述作了细致的梳理:

"在这篇文本的这个地方,巴赫金在言语界面上——人物的言语界面、被描写出来的作者的言语界面、作者的言语界面——考察作品与环绕着它的实在的现实之间的关系。"

对它们加以更细的分类,我们就会获得下面几个言语界面:1.诸人物的言语界面;2.被描写出来的作者的言语界面;3.作为作品之创造者的作者的言语界面;4.当代之现实的意识形态对话的界面;5.作品与读者,与生活在另一些时代与另一些文化类型中的读者的对话。

1.诸人物的言语界面构成具体的人物被内在地体验的生命之生活视野,和作为他们活动环境的作品内部的世界。人物之间的对话在这个世界得到展开,主人公的言语也参与那些对话。

2.被描写出来的作者(叙述者)可能只是人物之一,但他也可能是

---

[1] 巴赫金:"文本问题",载《巴赫金全集·第4卷·文本、对话与人文》,钱中文主编,白春仁、晓河等译,河北教育出版社,1998年,第320—321页,这里据原文对译文中的个别地方做了更动。

置身于作品世界之外而客观地对待它的那种人。再者,他也可能是作者之"我"。不管怎么说,没有被描写出来的作者,内在于作品的世界的总体结构将是不完整的。被描写出来的作者的言语界面,处于内在于作品的世界的边缘,被描写出来的作者既诉诸内在于作品的世界,又诉诸作品之外的读者。相对于作者,作为"natura creans et non creata"(能创造却非被创造的自然)的作者,人物——这是"natura creata"(被创造的自然),被描写出来的作者——则是"natura naturata et creans"(被创造而又能创造的自然)。

3. 作为作品之创造者的作者的言语界面——这是一种境况——既立足于在作品中被描写出来的那个世界,又立足于在创造作品的那个世界——的境况。这个作者,既作为纯粹的描写性因子,又作为创造整一的作品的功能。

4. 当代之现实的意识形态对话的界面。构成这一界面的是:(1)在作品中被描写出来的实在的现实(作为模型);(2)对这一现实之种种不同的讨论;(3)与作者、作品同时代的文学环境(当代作品、当代批评、当代文学思潮,等等);(4)当代读者。起初,作品的确孕生于这一"彼时当下"。

5. 作品与生活在另一些时代、另一些文化类型中的读者的对话界面。这是不同时代的读者对作品的创造性接受的进程,那些读者在重构作品,并在这种重构中更新作品。也就是说,这是在作品产生之后对作品不断的新的诠释的进程。在这个进程中,作品以自己的新生命而生存。[1]

可见,文学文本的"双声语"乃作者言语与人物言语之互动机制所必然生成的。

从话语文本的功能来看,文学文本总是有"双主体"的文本,总是

---

[1] Сасаки X. Основы понятия текста у М. М. Бахтина//Диалог. Карнавал. Хронотоп: ежеквартальный науч. журн. 2001. № 3. С.99-115.

"反映之反映""意识之意识""感受之感受""表述之表述""话语之话语"。文学文本的"双声语",实则是其作为话语文本所内在固有的。巴赫金指出:

> 文本作为客体世界之主观的反映,文本——实则是那总在反映着什么的意识之表达。一旦文本成为我们认知的客体,我们就可以来谈论反映之反映。理解文本也就是正确的反映之反映。经过他人的反映而走向被反映的客体。[1]

巴赫金在这里不仅是在探究文学文本的生成机制——文学文本是话语之话语,更是在言说文学文本的接受机制——理解文学文本,就是进入话语之话语的谈论。

第四节 潜对话——巴赫金文本思想的语境与价值

相对于"复调""狂欢化","文本"似乎并不属于最为流行的巴赫金的话语之列。俄罗斯巴赫金学专家娜纳塔莉亚·鲍涅茨卡娅认为:"这恰恰是与思想家心目中审美客体的化身性、非物质性、事件性相关联的。符号材料中的涵义之表达——文本本身的原则——无论如何也不能成为巴赫金的理论兴趣的对象。哲学家多多少少也曾顺应符号学的时尚,在50年代末60年代初给自己提出'文本问题'。不过,巴赫金完全是以自己早期的美学理念来思考文本的。"[2] 在鲍涅茨卡娅看来,巴赫金在"文本问题"上其实是展开了同符号学的一种潜对话:

---

[1] 巴赫金:"文本问题",载《巴赫金全集·第4卷·文本、对话与人文》,钱中文主编,白春仁、晓河等译,河北教育出版社,1998年,第316—317页,这里据原文对译文中的个别地方做了改动。
[2] 纳塔莉亚·鲍涅茨卡娅:《巴赫金的著作中的艺术作品之文本问题》,周启超译,载周启超编选:《俄罗斯学者论巴赫金》,南京大学出版社,2014年,第256页。

"在文本范畴上,他实施了两个手术,两个同符号学的倾向大相径庭的手术。其一,巴赫金仍然是通过揭示出语言材料、符号材料本身的次要性、技术性,而将文本'变成化身'了;其二,他将文本'人性化'了,而使文本与作者分离开来,这几乎就是符号学的主要目标。文本,以巴赫金之见——不是别的,而是表述,对话性地定位于另一些**文本—表述**的表述。"[1]

诚然,巴赫金也看出并认可"每一文本背后都有一个语言系统"。[2] 但是,巴赫金认可这一基本的符号学事实是带有保留的:文本的整个语言层面只应当被认为是"材料与工具"。文本中主要的东西实则是"它的构思,它之被创建出来而所要表达的那个构思","它那里与真相、真理、善、美、历史有关系的东西","能成为某种有个性的、唯一的与不可重复的东西"。文本的这一不可重复的、作者的因素是"无法被装进"本义上的文本之中的——恰恰是因为建构文本的所有语言单位都具有可重复性与普遍的指意性。文本之作者的构思"是由纯粹的语境来实现的"[3]——是由"说出"文本的情境来实现的,是由文本的接受者与阐释者之在场来实现的(接受者的立场原则上也可能成为文本)。

"'文本',在巴赫金看来,一如作品,也具有开放性与事件性。在这里唯一的区别就在于:与'作品'相关联,巴赫金要解决艺术创作问题,而与'文本'相关联——他要解决阐释问题。应当指出,六七十年代总体而言相当多彩的那些片断中,可以作为主导性课题而被标示的正是阐释问题或者人文理解问题。巴赫金在其一生的最后十年里致力于思考人文科学的特征,在这一点上他与西方阐释学传统对接上了。'文本'概念——阐释学本身的概念——成为自具特色的巴赫金阐释学的重要范畴之一……如

---

[1] 纳塔莉亚·鲍涅茨卡娅:《巴赫金的著作中的艺术作品之文本问题》,周启超译,载周启超编选:《俄罗斯学者论巴赫金》,南京大学出版社,2014年,第256页。

[2] *Бахтин М. М.* Эстетика словесного творчества. -М.: Искусство, 1979. C.283.

[3] Там же, C.284.

果说，作品被巴赫金界说为作者与主人公之关系的事件，那么，文本——也是具有对话性质的事件，也是文本作者与阐释者之关系的事件。一如作品，文本——归根到底也不是物性的现实，而是纯粹精神性的现实。"[1]

质言之，文本不是物。文本是一种精神性的现实。文本是主体的建构。文本具有创造性。文本具有召唤与应答机制。文学文本典型地体现着"话语文本"的特质与机理。巴赫金的"大文本"思想，他的既重"科学性"也重"人文性"，强调"主体间性"高扬"对话性"的文本理论，是其独具特色的"话语诗学"建构中的重要链环，是20世纪理论诗学的精彩篇章。它对于文学研究的价值，对于整个人文科学建设的意义，尚待我们有深度的开采。

---

[1] 纳塔莉亚·鲍涅茨卡娅：《巴赫金的著作中的艺术作品之文本问题》，周启超译，载周启超编选：《俄罗斯学者论巴赫金》，南京大学出版社，2014年，第257页。

第六章 巴赫金"话语论"

第一节 "话语"——巴赫金毕生探索的一个核心问题

巴赫金发表过直接阐述"话语"的文章:《话语之构建》(1930)[1]、《生活中的话语与诗中的话语》(1926)[2]。青年巴赫金在 20 世纪 20 年代曾着手撰写了《话语创作美学方法论问题》(К методологии эстетики словесного творчества, 1924)。1934—1935 年间,巴赫金曾撰写了《长篇小说中的话语》(Слово в романе)。

其实,在 20 世纪 20 年代初(1920—1924)的《论行为哲学》(К философии поступка)中,巴赫金就使用过"话语"这个概念,当时他只是附带论及,意在说明:人的具体的话语是他的独一无二的行为。对巴赫金早期哲学而言,存在意味着积极负责地做出自己的行为,存在构成了事件。1924 年,在为《俄罗斯现代人》杂志撰写的文章《话语艺术创作中的内容、材料与形式问题》(Проблема содержания, материала и форма в словесном художественном творчестве)中,巴赫金考察作品的布局形式

---

[1] *Бахтин М. М.* Кострукция выскаывания.// «Литературная учёба». 1930. No. 3.
[2] *Бахтин М. М.* Слово в жизни и слово в поэзии// «Звезда». 1926. No. 6.

时，提出了"产生出的话语，必是它肉体和精神的统一"[1]。这里的"肉体"指言语形式，"精神"指具有某种立场的表意积极性。在1927年的《弗洛伊德主义：批判纲要》中，作者认为："任何具体的话语总是反映出它直接从中产生的那个与己关系最为密切的小小的社会事件——人们之间的交往、谈话。"[2]《生活中的话语与诗中的话语》一文以及《陀思妥耶夫斯基诗学问题》与《马克思主义与语言哲学》两书，则开始把"话语"当作核心范畴之一加以使用，特别是后一部书，作者在批判索绪尔和洪堡特语言理论的基础上，初步建立了自己的话语理论。在以后的长篇小说、言语体裁、文化与人文科学方法论研究中，巴赫金发展了这个理论，使"话语"同"对话"一样，处于显要的甚至中心的地位。

凌建侯1999年完成了直接以巴赫金"话语理论"为论题的博士学位论文《话语的对话本质——巴赫金对话哲学与话语理论关系研究》。这部论文指出"对话"与"话语"是巴赫金理论体系中两个最重要的范畴，但"话语"及其对话性这一复杂问题少有整体的翔实的研究。该文力图结合巴赫金的对话哲学，探讨其"话语理论"中"话语对话性"这一思想是否具有普遍意义。论文作者看出，巴赫金思考语言的路径始终围绕着语言的使用者——说者与听者（作者与读者）——而展开，认为巴赫金的"话语理论"能够提出目前仍具有前沿意义的新课题。论文作者将"话语"（слово）作为巴赫金思想的核心概念，认为对话理论是巴赫金人文思想的核心，而"话语"的内在对话性，最终揭示出个人行为的实现方式，进而则是整个道德的存在形态——平等对话。论文作者将巴赫金的语言学思想概括为"语言的生命在话语，话语的生命在价值，价值产生于对话，对话贯穿于文化"，话语的对话本质可以沿这条线索"立体"地揭示出来，而揭示话语的普遍对话性，可望为理解巴赫金的整个对话主义思想，带来见一斑知全貌的效

---

[1] 钱中文主编：《巴赫金全集》，第1卷，河北教育出版社，1998年，第363页。
[2] 同上书，第463页。

果，为理解语言艺术乃至人文话语，提供一种新的视角。这篇学位论文没有出版，但其部分内容或与之相关的文章已相继在不同的刊物上发表。[1]

凌建候博士细致地梳理出，在巴赫金的俄文原著中，"话语"这个概念有好几种表达法，可以找到五种（слово/высказывание/текст/речь/говорение）；在中文版《巴赫金全集》中，译者为了区别它们的细微含义，把它们分别译为"话语""表述""文本""言语""言说"。其实，它们作为术语，指向的是同一个文化现象。这在俄罗斯学界已得到了公认[2]。巴赫金本人也多次侧面做过阐释：

> 表述（言语作品）有超语言学性质。[3]
>
> 文学作品（长篇小说）的作者创造统一而完整的言语作品（表述）。但他是用性质各异的、仿佛是他人的各种表述创造它（指"统一而完整的言语作品"——本书作者注）的。即使是作者的直接话语，也充满着可被意识到的各种他人的话语[4]。非直接话语，就是把自己的语言看作是可能有的各种语言之一（而不是唯一可能有的和无条件的语言）。[5]
>
> 表述（作为言语整体）不可算做是语言结构最后一个、最高一个层次（在句法之上）的单位。[6]

---

[1] 凌建候：《试析巴赫金的对话主义及其核心概念"话语"（слово）》，《中国俄语教学》1999年第1期。
凌建候：《话语的对话性——巴赫金研究概说》，《外语教学与研究》2000年第3期。
凌建候：《巴赫金话语理论中的语言学思想》，《中国俄语教学》2001年第3期。
凌建候：《巴赫金言语体裁理论评介》，《中国俄语教学》2000年第3期。

[2] *Фёодоров В.В.* О высказывание// «Контекст-1984»,: . –M.Наука, 1986, С.86; *Бахтин М. М.* Эстетика словесного творчества. -М.: Искусство, 1986, Второе издание, С.422.

[3] 钱中文主编：《巴赫金全集》，第4卷，河北教育出版社，1998年，第318页。

[4] 作为巴赫金特有术语的слово只能用单数表示，用复数时它是一个普通名词，意思是"单词""词语"。在巴赫金为回应当时语言学界而写的《言语体裁问题》一文中，出现频率很高的слово一词是以"单词"的意义使用的。在巴赫金的这些术语中只有высказывание（表述）可以单数和复数两种形式使用。

[5] 钱中文主编：《巴赫金全集》，第4卷，河北教育出版社，1998年，第319页。

[6] 同上书，第334页。

表述（言语作品）是不可重复的、属于个人而历史上唯一的整体。[1]

我所理解的他人话语（表述、言语作品）……是指任何非我的话语。从这个意义上说，所有话语（表述、言语作品和文学作品）除了我本人的话语之外，都是他人话语。[2]

为什么在不同的语境中要采用不同的表达法？巴赫金曾阐释说："我针对一个现象使用变通的多样的术语，采用多种角度，不指明中间环节而遥相呼应。"[3] 究其原因，是"话语"这个现象与事物的不同方面相关联，在不同的语境中有不同的侧重。текст（文本、本文）旨在突出话语具有精神文化的特征，высказывание（表述，英译"utterance"——"言谈"）则在于强调话语的语言学属性，其直义首先是"言说"，其次是"表达"，从动词渊源看与говорение（"言讲"）有着极为紧密的亲属关系，但говорение在巴赫金的论著中使用频率相对不高，它着重强调的是日常交谈中口头表述的话语。至于作为术语的слово一词，巴赫金论著的英译本中通译为"discourse"，有学者在特定的地方也直接译成"word"，中国学者沿用"discourse"的通行译法，将它称作"话语"。

在上述几个概念中，слово最为复杂。《约翰福音》开篇讲的"太初有道，道与神同在，道就是神"里的"道"，希腊原文是"逻各斯"，英语文本《圣经》译为"word"，俄语文本中就是用"слово"一词来表示的。巴赫金对слово这个概念情有独钟，晚年曾提出"话语哲学"这个范畴，并用古希腊的逻各斯学说、语言、言语、言语交际、表述、说话人、言语体裁和作者形式等，来阐释"话语哲学"的主要内涵。слово的内涵极为

---

[1] 钱中文主编：《巴赫金全集》，第4卷，河北教育出版社，1998年，第337页。
[2] 同上书，第407页。
[3] 同上书，第424页。

深刻和庞杂，它最能体现出巴赫金学术研究的综合与交叉的视角，或"文化哲学"的视界，或"后索绪尔语言学"的维度；白春仁用"边缘上的"来修饰巴赫金的"话语"范畴，简洁却又意蕴丰富地揭示了这位苏联思想家的研究视角。然而，"话语"的边缘性，也给巴赫金带来诸多不便，特别是在具体的上下文中需要强调某个方面的时候，就不得不使用另外的术语，这当然给读者的理解造成了不小的困难。

应该说，слово包含了其他几个术语的所有内涵，不论强调和突出哪一个方面，"话语"这个现象首先都是指言语交际的现实单位、具体的人的言语成品、说话者（作者）的独一无二的行为。说者/作者的更替是话语的边界，它体现出话语作者/说者独特的思想意识和价值、情感、立场，并且处于与其他相关话语的对话之中。

"话语"及其对话本质，这是巴赫金思想的一个基本命题。它几乎贯穿了巴赫金的整个学术遗产——从行为哲学经由美学、文学学、语言学、符号学、文化学等，直至人文科学方法论。从巴赫金早年的哲学论著看，"话语"是个人参与自己生活的行为。从语言学的角度说，"话语"之小，可指某个人说出的一个感叹词或一句话，写下的一张便条或一封信，撰著的一篇文章或一部书；"话语"之大，则可指某个人、团体或流派的一些或全部的语言文字成品，表现为某个民族的或某个历史时期的文化现象。从符号学的视角考察，"话语"在巴赫金笔下实则代表具体主体独特的思想意识，与众不同的观点、见解和立场的表现，体现出意识形态的特征，具有独一无二的社会性价值。

"话语"更是语言艺术创作的基本材料与主要手段。创作者总是从社会性杂语中采撷各种言语体裁的话语，将它们组织成统一而有序的言语整体。基于其重视主体间对话的"话语观"，而聚焦有多声部蕴涵的"话语文本"，探讨"话语艺术"的"话语诗学"，实则是文学理论家巴赫金对现代诗学的一大贡献。

第二节 "话语艺术"——对"文学何谓"的独到阐释

（一）文学：语言艺术？话语艺术？

文学何谓？并无定解，可以从不同维度来考量，从不同路径来探察。文学是一门艺术，是一门以语言为媒介的艺术，通俗一些说，文学是词语艺术，是遣词造句的艺术，是用词语来抒情叙事、布局谋篇、描绘物象、构建辞象、呈现意象、塑造形象、编织情节、营造意境的艺术。质言之，文学是语言艺术应是一个基本共识。

然而，当代文学理论界已然认识到，如今泛泛地谈文学是词语艺术、文学是语言艺术已经远远不够了，还要看到：文学是一门话语艺术。吸收了巴赫金的话语理论之后，如今我们已然清醒地观察到：文学创作与文学接受都是话语艺术。

谈论文学是一门话语艺术，要阐述"文学三性"，即文学的符号性、文学的审美性、文学的交际性。

如果说，文学的"符号性"要旨在于文学是一门派生符号系统的话语艺术，这就要聚焦文学文本的结构艺术；文学的"审美性"要旨在于文学是一门情感投射的话语艺术，这就要聚焦文学作品的创作艺术与接受艺术；那么，文学的"交际性"要旨则在于文学是一种推崇"交流关系"、讲究书写策略与解读路径的话语艺术，这就要聚焦文学活动的交际艺术。

"文学三性"被学界关注的程度与考察的深度并不平衡。相对于作为话语艺术的文学之"审美性"已经受到学界相当充分的探讨，作为话语艺术的文学之"符号性"与"交际性"则还有很大的阐说空间。对于作为话语艺术的文学之"符号性"，对于作为"派生模拟符号系统"的文学这一源自塔尔图—莫斯科符号学派的理论，似乎尚需要阐说。

继承了巴赫金的当代著名符号学家尤里·洛特曼（Ю. М. Лотман）认

为:"文学是在用独特的语言在言说,这种语言得以在自然语言上衍生构筑,一如一种派生系统;要认可一些句子的某种集合是艺术文本,就应当确信:这些句子会构成派生性结构。"[1]

当代俄罗斯著名巴赫金研究专家瓦列里·秋帕吸收了洛特曼的"派生模拟符号系统"理论。在其《艺术话语·文学理论导论》(2002)一书里,他对于作为话语艺术的"符号性"有这样一番论述:

> 文学作为艺术的一种样式,也是符号性的活动。文学应当被称为"话语艺术"。文学在其他的艺术样式中明显地得以突出,这是由于它采用已然现成的、完全成型而最为完备的符号系统——自然的人类语言。可是,文学运用这一原初性语言之潜能只是为了去创作文本——属于派生性符号的文本,有意义也有涵义的文本。

在作为派生系统而被理解的文本中,拥有艺术性涵义的并不是语词与句法结构本身,而是它们的交际功能:谁在说?怎样在说?说的是什么且与什么相关?在怎样的情境中说?在对谁而说?

文学本身乃"非直接言说"。作者给予我们的并不是(自然的)话语,而是派生性(艺术的)语言。

文学文本并不是直接地诉诸我们的意识——就像在非艺术的言语里发生的那样,而是要经由中介——经由我们内在的视觉、内在的听觉,在内在的言语形式中穿行,进行对文学文本的思索。这一类作用,是由作者的符号学活动来组织的,作者由这些或那些原初的表述——建构成派生性表述:作为"艺术印象诸因素之集合"[2]的整一的文本。

在阅读文学文本时,艺术性表述的这一特征容易被视而不见:要知

---

[1] *Лотман Ю.* Структура художественного текста-М.: Искусство. 1970, C.30.
[2] *Бахтин М.М.* Вопросы литературы и эстетики-М.: Наука, 1975, C.18.

道文本的民族语言通常是已经为我们所熟悉的，但这不是艺术语言。譬如，在果戈理的中篇小说《鼻子》里，作为特定涵义且也是基本涵义之最重要的符号而显现的，毫无疑问，是少校柯瓦廖夫的鼻子不翼而飞这件事本身。鼻子丢了这一情节——这自然是一个符号，但这是什么东西的符号呢？并不存在（同果戈理的中篇小说脱离开来的）那样一种语言——在这种语言的词典里，人的脸部的这种变化会对应着一种特定的意义。

其实，对于文学文本的任何一种阅读性理解都是对于隐藏在我们视线之外的符号系统之类似的重建。每一次例行的阅读便类似于用这一个体化的语言进行一次例行的表述。文学学家在这个层面上成为"职业读者"的角色，这一职业读者有别于普通读者的是，他自己清楚阅读这一事件是怎么回事。

鼻子在果戈理同名小说里的消失，拥有令人印象深刻的各种不同的涵义——在少校与理发师心目中、在主人公与叙事者心目中、在作者与读者心目中彼此不同甚或大相径庭的诸多涵义。[1]

《鼻子》可被解读为一个对官场官迷加以辛辣讽刺的故事。故事中令人发笑的滑稽、令人捧腹的幽默，都是服务于对官僚社会作无情讽刺。官吏一心渴望升迁发迹，终日醉心于功名利禄，无比崇拜高官显爵，日夜梦想飞黄腾达——此类官瘾，乃官僚特权社会体制所滋生；此种官欲，乃"为官掌权就有一切"的封建资本社会机制所产生。《鼻子》由此获得其社会批判价值。

《鼻子》也可被解读为一个隐喻存在之魔幻性的怪诞故事。小说围绕着主人公丢失鼻子、寻找鼻子这一主线展开叙事，其情节本身就是怪诞的：幽灵般的"鼻子"在主宰着故事空间，魔幻般的"鼻子"在左右主人公的人生舞台。在"鼻子"这种"升格"与"膨胀"的过程中，"鼻子"的主

---

[1] 瓦列里·秋帕：《艺术话语·艺术因素分析法》，周启超、凌建侯译，北京大学出版社，2016年，第3、7、8、10、12—13页。

人则成了"鼻子"的一个影子。"鼻子"与人这两个形象在小说中此消彼长而相互"错位"又互相映衬的过程,更是怪诞的。情节与形象这两个层面如此怪诞,实则隐喻这部小说之形而上的主题内涵:存在具有魔幻性。这故事情节的魔幻与怪诞,这人物形象的魔幻与怪诞,又何尝不是在影射、在隐喻这人世、这人生、这生存的魔幻与荒诞呢?

《鼻子》这些不同的主题内涵,基于"鼻子"这一符号之所指,实则是相当丰厚的。"鼻子"这一文学符号的所指不仅仅是官迷。人们可以追问"鼻子"在这篇小说的多重所指:"鼻子"当有"面子"的涵义。"丢了鼻子"可以理解为"丢了面子"。"鼻子"在这里更有"官衔"的涵义,"要鼻子"可以解读为"要官衔"。"鼻子丢了"使得意的少校一下子坠入一场灾难之中:不仅"面子"没了,企图"晋升"的美梦也立刻化为泡影,他惶惶不可终日。"鼻子"之失而复得,则又使少校有了"面子"而又能逢场作戏,又能耀武扬威,又能招摇撞骗。细细品读,"鼻子"在这里其实还有更多所指。其一,生理层面上的"丢鼻子""没鼻子""烂鼻子",此乃一种隐射。其二,交际层面上的"丢鼻子",此乃一种隐喻;然而,果戈理笔下的"鼻子"又不仅仅是一般交际意义上的"面子",不仅仅是通常意义上的"体面""威望""声誉"。"鼻子"在这里"膨胀"成为令人刮目的"鼻先生",一种令人敬畏的幽灵。"鼻子"这一形象其所指其蕴涵,远非"鼻子"与"人"之喜剧性替换所带来的幽默讽刺所能穷尽。"鼻子"一旦"独立自主",人反倒要为这"鼻子"所役。这种"异化",这种植根于人自身的"异化",难道不发人深思,令人发怵吗?其三,存在层面上的"丢鼻子"还是一种象征。"鼻子"没了就意味着一个人人格的丧失,一个人生存的毁灭。"鼻子"之于柯瓦廖夫,绝非一般的五官,简直无异于生命之根。

"鼻子"这一形象在这些不同层面上的不同蕴涵在相互纠结彼此胶着。"鼻子"这一符号的不同所指、不同语义也在这些不同层面自由穿行、自由游移。不同的意涵，犹如不同的音符，共同织就《鼻子》这篇小说异常丰厚的意蕴。在这里，喜剧性与悲剧性相交错，引人发笑与令人深思的东西相共生。也正是这多重意涵的互动共生，使《鼻子》从果戈理不假思索信笔写就的一个幽默讽刺小品，提升为技艺精湛出奇制胜的怪诞艺术佳构。《鼻子》通过对"鼻子"这一文学符号在生理层面、交际层面、存在层面之诸多所指的形象展示，艺术地诠释了生活的非理性一面，生存的魔幻性一面，存在的虚幻性一面。我们既要解读《鼻子》的社会批判价值，又要解读《鼻子》的文化批判激情。《鼻子》尖刻地嘲讽了帝俄京都官迷们不择手段追名逐利的虚荣心态，形象地勾勒了现代人为名声所累、为威望所役、一旦失去它便诚惶诚恐的恐惧心态，生动地呈现出现代文明严重异化、个人患得患失、人生变化无常的怪诞状态：生活被肢解，生命被阉割，生存被扭曲。《鼻子》应当有多解。诚如巴赫金当年所言：果戈理这位作家的艺术"可是要比幽默讽刺要广博得多的"。我们这里从作为话语艺术的文学之"符号性"这一维度来切入果戈理的这篇小说，似乎可以有理据地解析果戈理的话语艺术之广博而深厚的魅力。

  作为一门话语艺术的文学之"符号性"的特质，在"文学符号学"里已有不少探讨。相比之下，作为一门话语艺术的文学之"交际性"的特质，在学界受到的关注还不多。其实，文学这门话语艺术十分注重"交流关系"，十分讲究书写策略，十分在乎解读路径。德国著名巴赫金研究专家、哥廷根大学马蒂亚斯·弗莱泽（Matthias Freise）在其新近发表的《语言抑或可比性：世界文学之网如何发挥作用？》一文里，对文学交流的特殊性从学理上展开了阐说：

> 区别于信息交流，文学交流作为一种关系交流发挥着作用。关系交流需要一个能够维系和拓展这个交流维度的媒介。这个媒介就是艺术性的文学。关系交流的信号无法给出一个明确的意思。正是这一缺

陷导致了关系交流的障碍。然而关系交流的优势就孕育于这一矛盾之中，关系本身就涉及关系中的两个方面，因此它必定是矛盾的。以这种关系特质为基础的交流也必定蕴含矛盾。自己内部包含着不可或缺的矛盾关系，这是关系交流的弱点，同时也是它的优势。我们可以从语言性的角度来窥探文学制造关系交流的手法。文学创作手法负责制造矛盾。正是在制造矛盾的过程中，我们才体察到了文学的特殊性。

信息交流并不是文学的任务，文学的任务也就不取决于文学表述的真实性，反而取决于具体的文学语言的特性。我们只能由文学语言的特性单独承担起构建文学话语在关系交流中的任务。

当我们从文学创作手法的语义功能这个角度来观察话语，绝不是要寻找语言学企图从语义中找到的那个文本的所指。对于文学的语义，所指是不确定的，所指这个概念是和信息交流绑定在一起的。对于关系交流的语义，文字是对一种关系的表达，不是表达理想的或真实的客体。在关系交流中，"妈妈"不是孩子视野中对客体的指认，而是对一种备受关爱与呵护的情况的表达。因此，人们有理由设想，最初的语言获得是在关系交流中进行的。同样，关系交流中文学意指关系的相互关联是一个通过互相连接的语义关系支撑起来的语义空间。我们不能把这个理想空间与文学虚构作品中的仿真空间相混淆。

不能放弃文学文本的原文之理由，并不在于这些原文能使我们更好地理解和区分文本所展现的生活世界，而在于语言性自身。起决定性作用的并不是语言，而是**有独特性的**语言。当人们脱离一部文学作品的语言后，关系交流就失效了，并且这部作品也不再是文学作品了。与形式语义脱节后，文学文本就只剩下信息交流，人们便不再需要它，因为它只是单纯的事件陈述了。当我们读到"K先生的早餐只有一个苹果"这样的情节时，如果我们满脑子想的是这样的早餐是否有营养是否健康有否值得推荐,那就大错特错了。因为我们现在读的不是《大众医学》杂志,而是文学作品《诉讼》,并且我们正在语义空间里移动。在这个空间里,一个苹果可能是极具矛盾语义的。把文学文本简化到主题内容或者实用语境层面(暴政、集权,或者卡夫卡与父亲的冲突)已经是课堂教学的顽疾。甚至母语者在阅读原文时,当文本的整个语言性暴露在我们面前,我们依然会对文本的文学性视而不见。文学的全球化使翻译成为必需品,令这种对文学无知的处理最终合法化。这值得我们担忧。[1]

这位德国巴赫金专家基于文学文本的语言性特质,来论证文学这门话语艺术何以注重"关系交流",何以讲究书写策略与解读路径,实则是从学理上论证文学创作是一种独特的交际艺术,是具有"交际性"的话语艺术。至于文学解读,它也是一种话语艺术,德国的接受美学尤其是伊瑟尔基于其现象学阅读理论而提出的文学文本的"召唤结构"学说,与文学作品由"艺术极"与"审美极"两极合成理论,已经在学理上给出了相当充分的阐说。

看来,现在仅仅谈论文学是一门语言艺术已然不够了。在巴赫金之后,如今我们应当确认:文学是一门话语艺术,是以其符号性、审美性、交际性为基本特征的一门话语艺术。

(二)文学研究:"文艺学"?"文学学"?

文学是一门话语艺术,文学研究便是以话语艺术为对象的一门学问、一个学科:"文学学"。作为一门学问一个学科的"文学学",其起源在德国。具体说,它是原生并比较完善地表述于德国浪漫主义的文学批评

---

[1] 马蒂亚斯·弗莱泽.《语言抑或可比性:世界文学之网如何发挥作用》,王晓菁译,周启超主编:《外国文论与比较诗学》第7辑,知识产权出版社,2020年,第8—9页,第13页。

理论，是 18 世纪末 19 世纪初浪漫主义传统中其他批评家的理论言说。笔者主编的"外国文论精品"（当代国外文论教材精品系列第 2 辑）中的《文学学导论》[1]，即由均出生于 1961 年的德国学者贝内迪克特·耶辛（Benedikt Jeßing）与拉尔夫·克南（Ralph Köhnen）合著。该书译者北京大学德语文论专家王建认为，该书可以看作"文学学"著作的代表。德语文论界对"文学学"有自己独特的建构，对"文学学"理论问题的探讨一向颇为重视。就笔者所知，马克斯·维尔利（M. Wehrli）曾著有《文学学导论》（1948）、《普通文学学》（1951）。《普通文学学》一书主要描述第二次世界大战后西欧诸国的"文学学"现状。该书第一编"总论"论及"文学学地位""文学学系统""文学学历史"。耶辛与克南在其合著的《文学学导论》里指出，1965 年以来文学学的问题越来越多样化，文学学的方法和时尚变幻纷呈，文学学的范式更迭似乎越来越快——这一切只是文学学 200 年来的发展历史的最新阶段。这本《文学学导论》归纳出当代文学学十大范式。这部导论不仅提出一个关于"文学基本知识的概览"，"按照对象、程序、方法和术语诸方面再现了文学学的轮廓"，而且还"中立地展现文学学反思对象本身的全部景象"，对"文学学"的起源与发展、"文学学"的对象与手段、"文学学"的方法与技术，均有相当清晰的论述。

俄罗斯与苏联的"文学学"术语、概念、学科溯源则要追到德国。俄罗斯与苏联做文论研究、做诗学研究的学者从德国理论中吸纳多多。"历史诗学"创始人阿·维谢洛夫斯基（А. Н. Веселовский）、比较文学旗手维·日尔蒙斯基（В. М. Жирмунский）都是在德国留学的。形式论学派首领维·什克洛夫斯基（В. Б. Шкловский）当年对德国艺术学最新成果的借鉴、罗曼·雅各布森（Р. О. Якобсон）的结构主义理念之现象

---

[1] 贝内迪克特·耶辛、拉尔夫·克南：《文学学导论》，王建、徐畅译，北京大学出版社，2016 年。

学源头、巴赫金的对话主义建构对德国哲学的吸收都是例子。一百年前，俄罗斯形式论学派以"文学性"与"陌生化"为标识发起文学革命，也是致力于"文学学"建构，实则旨在将文学研究也作为一门科学，追求文学研究的科学化，这是一个时代的思潮。其时马克思主义学派、社会学学派也把"文学学"作为一门科学。那个时代的"文学学"探索者，针对的是文学研究中的主观主义、印象主义，特别是心理学。雅各布森为什么提出"文学性"这一命题？他要强调：文学科学的对象不是文学，而是"文学性"，"即使得一部作品成其为文学作品的那种东西"[1]。这一具有现象学意味的理论命题也与那个时代的文学创作实践密切关联，尤其是与未来派诗艺探索中的"超理性语"相关联。从日常语言的使用惯习来看，"超理性语"的意义莫名其妙，不可理解，但这类诗语的声音、词语的结构产生意蕴，是有意味的艺术形式。什克洛夫斯基的"陌生化"理论强调，艺术的旨趣并不在于认知，而在于生成一种视像，那是一种可感觉的可感悟的视像，"为了使石头成其为石头"[2]。其实，苏联文论远非只有认识论、反映论。梳理苏联文论发展过程，可以看到它在发展中提出的一些新论实则被我们的引介忽视了。我们对"文学学"苏联学派之建树的认识是不充分的。苏联学界早就把文学看成一门艺术，苏联的文学理论教材一直讲作为一门艺术的文学，且不仅仅讲词语艺术、语言艺术，而是讲"话语艺术"。巴赫金提出，文学作品是在对话中生成的，是在主体间互动中生成的。洛特曼认为，文学作品是在文本的结构与文本外结构的互动共生中生成的。作者主体与读者主体、创作主体与解读主体这些链环都应考虑进去。确认"文学是一门艺术"，确认"文学首先是一门艺术"，确认"文学是一门话语艺术"，在苏联"文学学"进

---

[1] 罗曼·雅各布森：《俄罗斯新诗》，黄玫译，周启超主编《外国文论与比较诗学》第6辑，知识产权出版社，2019年，第78—79页。
[2] 维克多·什克洛夫斯基：《作为手法的艺术》，刘宗次译，维·什克洛夫斯基：《散文理论》，百花洲文艺出版社，1994年，第10页。

程中意义是深远的。既然文学首先是一门艺术，是一门话语艺术，那么，"文学学"就应当优先关注文学这门艺术的语言机制，聚焦话语创作艺术与话语解读艺术，聚焦这两者的载体——文学文本。文学作品形成的文学文本便成为"文学学"的核心客体。于是，文学文本/作品的结构机制功能便成为"文学学"的重心。当代俄罗斯学者不再以"反映""认识""再现""表现"之类的范畴，而是以"符号性""审美性""交际性"，来阐说文学这门话语艺术，来阐说文学的创作机理与接受机制，来阐释文学的社会效应与文化功能。瓦列里·秋帕明确将文学定位为"话语艺术"，也是这位学者多年沉潜的"话语理论"——巴赫金、福柯、哈贝马斯等人的话语理论的结晶。苏联解体之后那几年里，莫斯科大学瓦连京·哈利泽夫（B. E. Хализев）所著的《文学学导论》颇受欢迎，已经5次再版。这部高校文学理论课程教材，前两章都在论述艺术。第一章论述"艺术的本质"，第二章论述"作为一门艺术的文学"[1]。在苏联文学学发展史上，将文学定位为一门艺术已成为一个学术传统。不同的是，不同时期不同学派对这门艺术的阐说不同。譬如，有的学派坚持文学是现实的反映，而强调文学是一门认知艺术，有的学派主张将文学作为一个派生模拟符号系统，而强调文学是一门结构艺术。文学文本作为艺术文本是一种结构，这个结构本身就是艺术。文学作为一门艺术这一定位，甚至使得一些译文中出现"作为艺术品的文学""艺术的文学"。简要地梳理一下俄罗斯与苏联"文学学"发展史，可以看到：什克洛夫斯基在其"文学学"建构中提出"作为手法的艺术"，倡导并身体力行地考察小说艺术中化"本事"为"情节"的编构艺术，雅各布森在其"文学学"建构中提出"文学学"要成为一门科学就要研究"文学性"，倡导并身体力行地探察"诗语"中"文学性"的生成艺术，巴赫金考察长篇小说话

---

[1] 瓦·哈利泽夫：《文学学导论》，周启超、王加兴、黄玫、夏忠宪译，北京大学出版社，2006年。

语的"复调"艺术，洛特曼解析作为一种"艺术文本"的文学文本的结构艺术，俄罗斯与苏联"文学学"一直是将文学定位为一门艺术。然而，如此注重作为一门艺术的文学的俄罗斯与苏联"文学学"，多年来在我们的引介中却被译为"文艺学"。常常有"苏联文艺学"这样的表述，但这样的文章或著作主要是在谈论苏联的文学研究。我们高校的中文系有"文艺学教研室"，甚至中国社会科学院的文学研究所与外国文学研究所均设有"文艺理论研究室"，还有中国文艺理论学会与中国中外文艺理论学会，但这类研究机构里的人主要从事文学研究。"文艺学"在表述上将"文"与"艺"并列并举，在实践上似乎要"以文代艺"，这样的学科建制从学理上实则难以讲通。汉语中的"文艺学"是指称一门研究"文学与艺术"的学问与学科呢？还是指称研究"文学中的艺术"这门学问呢？正是基于以上思考，笔者在新世纪以降20多年来一直坚持的多方位外国文论译介实践中，力主将长期以来在汉语学界似乎已然不证自明的"文艺学"译为"文学学"，以期正本清源，还其本来面目。

（三）"文学学"与"艺术学"

确认文学首先是一门艺术，确切些说，文学是一门话语艺术，进而确认文学研究这门学问这个学科是"文学学"而不是"文艺学"，对于清理文学研究与艺术研究之间的关系，或者说，对于清理"文学学"与"艺术学"之间的关系，想必也许是一条重要路径。

作为一门艺术、一门话语艺术的文学，在整个艺术体系中应该占据什么样的位置呢？如果我们放弃"文艺学"这一似乎已然不证自明其实学理上难以讲通的概念，放弃这个学科建制里隐含的那种要"以文代艺"的觊觎，我们就有可能合乎学理逻辑地清理文学研究与艺术研究之间的关系，就有可能看到"文艺学"这一学科名称本身的问题。我们以其为学问、以其为专业的"文艺学"指称的是什么呢？这是"文学学"和"艺术学"的简称？抑或是指称"文学中的艺术研究"？具体说，"文艺理论"是指称"文学理论与艺术理论"？抑或是指称"文学中的艺术理论"？一是学科建制层面的问题，一是学科学理层面的问题。历史地形成的"文艺学""文艺理论"，这是特定的时代特定的社会特定的文化的产物。从学科学理层面来审视这一学科建制的问题，有助于厘清文学研究在现代艺术体系中的位置。确认文学是一门艺术，是一门话语艺术，对于今天的文学研究，不论是外国文学研究还是中国文学研究，抑或世界文学与比较文学研究，都是颇有现实意义的。诚然，文学自有"兴观群怨"的社会使命文化功能。但文学毕竟首先还是一门艺术，是一门话语艺术。研究这门话语艺术的"文学学"应是"现代艺术体系"中的一个重要组成。这一路径有助于我们深度考量"文学学"与"艺术学"之间的关系，有助于我们反思"以文代艺"的话语实践中的"文学中心主义"取向，探讨文学在整个艺术体系中的定位，确立文学研究在现代艺术体系中基础性的重要位置，梳理"文学学"与"艺术学"在学科学理上的合乎逻辑的关系。确认作为话语艺术的文学是整个艺术体系中一个基础性的门类，应是这一学理性审视与清理中一个有效的路径。在学科体系本身，在学理层面上做这样的清理与审视，既有学术史价值，更有思想史意义。确认文学是一门话语艺术，确认"文学学"是现代艺术体系中基础性的重要组成，这一定位，实则更为契合文学创作艺术与文学阐释艺术这一话语实践，更为契合文学这一以话语艺术来实现的审美活动的原生态。有深度地重审文学研究与艺术研究这两门学问之间的关系，重审"文学学"与"艺术学"这两个学科之间的关系，正本清源，尊重不同学问不同学科内在的学理，是推进学科建设的一大课题。

第三节 "话语实践"——对"文学何为"的独特解读

（一）话语与话语实践

"话语"（法文 discours，英文 discourse，俄文 дискурс）已然成为语言学、文学学乃至整个人文科学中的一个高频词。它见于本维尼斯特的"话语语言学"（《普通语言学》），也见于奥斯汀的"语用学"（《言语行为哲学》），见于福柯的"知识考古学"，也见于巴赫金的"话语诗学"，已然成为今日语言学与文学乃至整个人文科学的一个轴心概念。

所谓"话语实践"，其基本的内涵是指：其一，从思维的语言性出发，人们的活动可以归结为"言语的"活动，即"话语实践"；其二，每一个学科都拥有自己的话语，——以该学科专有的"知识型式"——在词汇库里相互关联的一套概念——的形态而呈现的话语；其三，"话语实践"是一种建构，这种建构能通过对这一或那一具体历史时代的普遍"知识型式"之意识形态的"校对"和"校订"，来保障占据统治性地位的意识形态的权力。

（二）作为一种话语实践的比较文学

基于巴赫金的话语理论，我们应该看到：文学实则是一门话语艺术，比较文学实则是一种话语实践；我们应该看到，我们的比较文学研究是有一些"简化"与"放大"的，我们对比较文学的"身份"与"功能"的认识是有一些"粗放"与"模糊"的。

反思作为一门人文科学的比较文学，就是要对比较文学的学科定位加以反思：比较文学属于"哲学社会科学"，还是属于"人文社会科学"？属于"人文学科"，还是属于"人文科学"？

反思作为一种话语实践的比较文学,就是要对比较文学的文化功能加以反思:比较文学的言说是否可以"介入"现实,是否具有"建构"现实的生产力与文化能量?

反思作为一种跨文化旅行的比较文学,就是要对一国的文学在他国的被译介被接受的境况加以检阅;作为当代中国的比较文学研究者,尤其是要对外国文学在当代中国的存在状态加以审视,对外国文学的作家作品与外国文论的学说思想在当代中国的旅行轨迹与影响印迹加以检阅,对当代中国几代学人从各自不同的外国语言文化语境中积极"拿来"不懈引介外国文学与文论的接受实践加以梳理,或者说,对于汉语语境中的外国文学与文论的"形象建构"问题加以审视。

这种反思,可以解放思想——将比较文学从一般社会科学的捆绑中解放出来,而尊重作为一门人文科学的比较文学自有的规律,而理解作为一门人文科学的比较文学独有的品格。

(三)国际比较文学界有关"世界文学"的最新探讨:多声部的话语实践

对世界文学理念的反思与新探,可谓新世纪以降 20 多年来国际比较文学界的一大前沿热点:我们看到,法国学者在追问"世界文学"在哪里,美国学者在谈论何谓"世界文学",德国学者在进入"世界文学"这一理念之原点的梳理,比利时学者在探讨"世界文学的名称与实质",在组织"世界文学的中心与边缘"的国际研讨。以"世界文学"为主题的暑期学校在波士顿、北京、香港、伊斯坦布尔等地举办。我们看到,"世界文学"的生成机制问题,或者说,进入"世界文学"的路径有哪些——这样一个理论问题已成为今日国际比较文学界十分关心、热烈探讨的话题。

对这些问题,答案自然是多重的。

有普通读者心目中的"世界文学",也有历史学家、政治家心目中的

"世界文学";有作家在阅读的"世界文学",也有文学批评家在讨论的"世界文学";有文学翻译者、出版者在生产的"世界文学",也有文学史研究者、文学理论研究者在梳理在考察的"世界文学"。

然而,大学课堂上如何讲授"世界文学"?文学教科书编撰者如何编写"世界文学"?

这是"世界文学"教学与研究园地一线耕耘者必须要认真思考、认真面对的问题。

对这些问题可以多维度观照,也应当得到多层面思考。

先来看看"世界文学"的**体量**。

一些学者主张,"世界文学"即全世界所有的文学,世界文学史即各国文学各自历史的集成,例如苏联8卷本《世界文学史》(1983—1991)。另一些学者则主张,"世界文学"即各国文学中最优秀的总和,例如捷克四卷本《世界文学》(1984—1987)。

一些学者认为,"世界文学"即不同国家或民族文学中相关或相似的那些作品在超越国家或民族的文学交流中实现的"文学间共同体";维持"世界文学"运转的并非文本的全球流通,而是文本在特定区域内的交换。例如,以自然区域为源头,有作为世界文学的"中欧文学""地中海文学""拉丁美洲文学";或者,以文化基因为纽带,有作为世界文学的"斯拉夫文学""英美文学";或者,以语言为媒介,有作为世界文学的"华文文学""法语文学""德语文学""西班牙语文学""英语文学""阿拉伯语文学",等等。

更有一些学者认为,"世界文学"特指已经取得"正典"地位的作品,其意义超越了所属具体时代与民族文化的作品,是走出原生语境而在异国他乡被翻译被阅读被接受的作品。在这个意义上可以谈论作为"世界文学"的古希腊古罗马文学,作为"世界文学"的法国文学,作为"世界文学"的俄罗斯文学,作为"世界文学"的中国文学,作为"世界文学"的英国文学、德国文学、美国文学、印度文学，等等。

再来看看"世界文学"的**构成**。

可以说，"世界文学"就是那些超越国界的文学作品；也可以说，"世界文学"就是那些在原文化之外流通的文学作品；可以说，"世界文学"就是那些通过翻译而存在，由译者造就的文学作品；也可以说，"世界文学"就是那些跨语言跨国界跨文化旅行中的文学作品。

这些界说，表述不同，其定位却是相通的。它们均将"世界文学"看成是一套文本，一套经典文本，譬如说从《荷马史诗》到卡夫卡的《变形记》这一套"正典"集成。

这些提法，可谓"世界文学"构成上的"实体说"。

有别于这种"实体说"，在"世界文学"的构成上还有"模式说"与"关系说"。

"模式说"看重不同国家或民族文学之间的流通，而提出将"世界文学"看成是一种阅读模式，一种客观地对待与我们自身时空不同的那种世界的一种方式。

"关系说"则强调不同国家或民族文学之间的互动与博弈，而认为"世界文学"是一种多维的网状关系，一种在发生、在建构的文学关系。理解作为关系的世界文学，就要关注其生成性、过程性。

相对于"实体说"，"模式说"与"关系说"其实都是在提倡在"世界文学"的构成上要注重观照视界，注重主体立场；要关注"世界文学"在生成，要看到"世界文学永远在路上"；要看到"世界文学"这个共和国内"首都"与"边疆"远非一成不变；"世界文学"其实就是一个国际间文学互动之"网"，民族间文学博弈之"场"；"世界文学"是不同国家的文学资本彼此角力的舞台，是不同民族的文化资本相互较量的平台。

这就涉及"世界文学"的**空间**。

有学者主张，"世界文学"是一个累积性整体，要达到完整性就要在清单上不断加入新的民族,将其纳入文化宝库目录之中。有学者将"世界文学"看成是一个整一的结构,是一个在时间中流变发展的文学空间,这个空间拥有自己的"中心"与"边缘"。从"边缘"进入"中心"是要讲究策略,要选择路径的。"文学翻译"在这里是工程师。但远离"中心"的文学并不注定会"落后",处于"中心"的文学也不一定必然就是"现代"的。文学资本的积累有自己的机制,文学空间的运作有自己的机理,相对于经济世界、政治世界,文学世界拥有其有自身的独立性;有学者主张,在"世界文学"大家庭里,不同的民族文学具有平等价值,不同的民族文学具有普遍的共通的审美和价值判断标准。我们认为,正是基于不同国度不同民族文学之中所展现出来的共通的审美价值,不同国度不同民族的人们之间的跨文化交流与沟通才有可能,人类命运共同体的形成与维系才有可能。对文学本位的坚守,对文化多元的提倡,是"世界文学"生态健康的基本保障。"世界文学"之建构不应也不可能是某一经济大国某一军事强国独有的专利。

这就涉及"世界文学"的**版本**。

"世界文学"概念本身就预设了人类具有相同的资质和能力。"世界文学"之猜想必然是永远开放的、多声部的话语实践。"世界文学"之指南也必然不是某一国学者的特权;有关"世界文学"的论争已然是众声喧哗。"世界文学"的读本不应当只有一个诺顿版。19世纪与20世纪里,"世界文学"的版本就已经不是单一的。例如,20世纪50年代苏联学者尼古拉·康拉德曾提出"文艺复兴"的另一个版本"东方文艺复兴说":作为一场以重建传统为起始的社会文化革新运动,"文艺复兴"的策源地并非意大利,而是公元8世纪的中国。它最初出现于中国的"文艺复兴","旅行"到伊朗,之后才传播到欧洲。这是不是康拉德这位苏联东方学家与比较文学专家为了同西方对话而制造的一个"神话"?新近有学者梳理出,这一"东方文艺复兴说"之源头,可以追溯到20世纪20年代英国学者、瑞士学者、德国学者的著作；恰恰是一位德国汉学家提出中国的唐宋时代一如欧洲的文艺复兴。1966年，法国著名汉学家与比较文学学者艾田蒲提出：是否应该修正世界文学的概念？1974年，瑞士学者弗朗西斯·约斯特在其《比较文学导论》中专门探讨"世界文学的含义"；1976年，苏联学者伊琳娜·涅乌帕科耶娃推出专著《世界文学史：系统分析与比较分析的课题》；1992年，捷克学者 D. 杜里申写出著作《世界文学是什么》，提出"文学间性"理论。进入21世纪以来，世界文学理论建构空前活跃。世界文学理念的原点之勘探在深入，世界文学理论空间在拓展；法国学者在探讨"世界文学在哪里"，在勘探"文学世界共和国"的结构；美国学者在探讨"什么是世界文学""如何阅读世界文学"；英国学者在探讨"世界文学研究方法：超越欧洲中心主义批评方法的问题"，将"世界文学"这一概念看作是围绕着多个轴心组合而成的话语结构，它主要指向时间、空间、语言和自我观察；德国学者在关注"世界文学的理念：历史和教学实践"，在梳理歌德之前之后的"世界文学"理念演变，提出"世界文学"处于读者、作者、文本、系统这四种关系之中。"世界文学"的版本显然不是一成不变的，远非不证自明的；有美国版、法国版、德国版、英国版的"世界文学"，自然，也应有我们中国版的"世界文学"。

看来，"世界文学"不仅仅是通常人们所以为的那种世界文学名家荟萃名著集成；"世界文学"其实是一种在时间上与空间上变化不定的建构活动，也是一种在体量与构成上不断积累不断丰富的生成过程，更是一种自有机制、自成系统、永远开放且以多声部而展开的话语实践。"世界文学"的教学与研究，正是面对千姿百态丰厚多彩的文学间话语实践的多样性、跨文化性，来实现其促进不同国家不同民族之跨文化交流与沟通的文化使命，来发挥其形塑人类灵魂而培育并维护人类命运共同体的文化功能。

第七章　巴赫金"对话主义"理念

巴赫金的"对话"已然被无边界征用。巴赫金的"对话"内涵不时被简化，外延常常被泛化。

这一现象召唤学者们对巴赫金"对话论"进行深度开采，在巴赫金的概念场中来理解"多声部对话"，来阐释"对话关系"意义上的"对话"、"超语言学"界面上的对话、主体间相对位相应和而不融合不同一的对话。

近些年来，俄罗斯、美国、英国、波兰等国巴赫金专家对"多声部对话论"的新解读，显示出国际斯拉夫学界在巴赫金的"对话主义"这一核心理念上的深耕路径。

以"对话论"为标识性话语的巴赫金文论，在其覆盖面甚大、辐射力甚强的跨文化旅行中，已成为深刻影响当代文学研究乃至整个人文科学学术生产与话语实践的一个"震源"。巴赫金理论的跨文化旅行已进入常态。

这种常态，体现为"巴赫金学"的学术交流一如既往，也体现为"巴赫金学"的文本建设不断拓展，还体现为"巴赫金学"的文献整理进入收获季节。

这里，我们且驻足于最近这几年国际斯拉夫学界对巴赫金"多声部对话论"的新解读，来梳理俄罗斯、美国、英国、波兰几位著名"巴赫金学"专家在对巴赫金这一核心话语上的深耕路径。

第一节　多声部相应和之关系中的"对话"

"对话论"即"多声部对话"，或"对话主义"，它堪称巴赫金理论大厦的一块基石。"复调""狂欢化""外位性"——巴赫金文论这些核心话语都源自"对话主义"这一核心理念。

提起巴赫金的"多声部对话"，自然会令人想起"复调小说论"建构者巴赫金笔下的"对话"，会令人想起巴赫金所探讨的陀思妥耶夫斯基长篇小说中"作者与主人公的对话"，所谓"作者与其所塑造的人物平起平坐的对话"。创造人物的作者怎么能与人物平起平坐呢？多年来，这个问题一直是学界质疑巴赫金"复调小说论"的关节。著名巴赫金专家、俄罗斯科学院哲学研究所高级研究员 Л. 戈戈基什维里（Л. Гоготишвили），在俄罗斯科学院版《巴赫金文集》第六卷《陀思妥耶夫斯基诗学问题·20世纪60年代—70年代论著》（2002），在其对巴赫金晚年第3本笔记的注释中，在其对20世纪六七十年代苏联文学学界对巴赫金的"复调小说论"进行批评之具体细节的清理中，提出了进入对巴赫金视域中"作者与主人公之对话"之深度理解的一条新路径。

现在看来，之所以当年曾出现对巴赫金的"复调小说论"那么多质疑与批评，之所以现如今还有对"作者与主人公平等对话"的困惑与不解，其中一个重要"堵点"也许就在于这些困惑者、质疑者、批评者心目中的"对话"，与巴赫金视域中的"对话"尚不在一个界面。可以说，对巴赫金视域中的"对话"之独特内涵的深度解读，实属"巴赫金学"乃至整个文学学界多年持续的一个期待。国际著名巴赫金专家，俄罗斯国立人文大学语文系理论诗学与比较诗学教研室主任瓦列里·秋帕教授2018年撰写的一篇关于"相应和的对话"（Диалогсогласия）的短文[1]，对巴赫金的"对

---

[1] 瓦列里·秋帕：《共识性对话——论巴赫金对话理论之元语言特质》（后简称《共识性对话》），刘锟译，《浙江大学学报（人文社会科学版）》2020年第5期。

话论"的梳理与阐释令人耳目一新。瓦列里·秋帕在该文里强调，巴赫金的"对话"指的是"对话关系"，它有别于"对话言语"。应当在"巴赫金的概念场"中来梳理巴赫金的"对话"理念与范畴、"对话关系""对话等级"。瓦列里·秋帕指出：

> 问题的实质在于，与独白和对话这样的语言哲学范畴不同，巴赫金的"独白主义"和"对话主义"概念属于"超语言学"[1]，"对话关系……比对话言语更宽泛"[2]。

"对话关系"具有"无穷的差异渐变谱系"。"对话关系"在巴赫金那里有一个明显的等级。瓦列里·秋帕对巴赫金探讨的"对话关系的等级"进行了清理：

在这个等级中的"零对话关系"是无声的喜剧对话，"其中虽有实际的对话接触，但对答之间却没有任何意义上的接触（或想象的接触）"[3]。

对话关系从下至上达到顶峰，最低一级属于"贫乏而无效"的"分歧"[4]，还有"争吵、论争、讽刺性模仿"这些"一目了然但更粗俗的对话形式"[5]。

往上一级则是"对他人的信任和恭敬地接受"，"谦恭有礼"[6]。

在对他人话语的接受—不接受这两个极端之上，存在着"各种意见，它在实质上是倾向于相应和，但这种相应和总是存在着各种差异性和不相融合性"[7]。

---

[1] *Бахтин М.М.* Собрание сочинений: В 7 т. М., 1996–2002. Т5, С.321.

[2] Там же, С.336.

[3] Там же, С.336.

[4] Там же, С.364.

[5] Там же, С.332.

[6] Там же, С.332.

[7] Там же, С.364.

最后，对话关系最高阶段展现的是"丰富多样、内涵各异的相应和"。[1]这种相应和"本质上是自由的"，"它总是在克服距离感并寻求彼此的接近（交融）"[2]。这种相应和的对话，就是巴赫金所说的"意义的叠加""借助融合（但不是同一）的强化"、多种声音的联合（多种声音的通道）、双向的理解[3]。

瓦列里·秋帕认为，"相应和"比"相融合"更准确地传达了巴赫金的理念。这就像巴赫金在另一处所说的那样，"复调中的相应和不会使多种声音融合在一起，它不是同一，也不是机械的传声筒"[4]。"在陀思妥耶夫斯基的世界中，即便是**相应和**也保留着**对话**性质，也就是说，永远不会导致多种声音和真理**融合**为一个统一的**无个性差异**的真理（像在独白小说中那样）。"[5]

瓦列里·秋帕指出，在巴赫金看来，进入"相应和之对话关系"是"一切对话的终极目的"[6]。在巴赫金的概念场中这种关系可从三方面加以阐释：

第一，最起码的相应和[7]可以被认为是"对话的必要条件（共同语言，至少能够相互理解）"，因此它实际上也是一切交往中"（具有意识导向性的）思想"[8]。就像另一位对话主义者O.罗森斯托克–修斯所说："如果不能被理解为说话者和受话者共有的某种普遍观念的变体，世界上任何一种对话的任何一个部分都是没有意义的。"[9]

---

[1] 瓦列里·秋帕：《共识性对话》，刘锟译，《浙江大学学报（哲学社会科学版）》2020年第5期.
[2] Бахтин М.М. Собрание сочинений: В 7 т. М., 1996–2002. Т5, С.364.
[3] Там же, С.332.
[4] Там же, С.302.
[5] Там же, С.108.
[6] Там же, С.364.
[7] Там же, С.336.
[8] Там же, С.364.
[9] Розеншток-Хюсси О. Речь и действительность. М., 1994. С.53.

第二，从巴赫金对陀思妥耶夫斯基进行阐释的观点来看，"最高意义上（'黄金时代''天国'等等）的自由之相应和"[1]的前景——是面向"永恒"的[2]，因此争论永远是具体条件下的，是暂时的。

第三，"在相应和之中实现独立、自由和平等，比争论中的对抗更难"。"俗语说众人齐心鬼都害怕，但这齐心却是要丧失个性……"[3]

瓦列里·秋帕强调："相应和"是"最为重要的对话范畴"[4]，是对话关系的最高形式。要想理解作为对话关系最高形式的"相应和"，就应深入研究巴赫金对"对话主义"这一范畴本身所赋予的内涵，这个"对话主义"是要"比对话更宽泛"[5]，也就是说，它也包括独白在内[6]。

之所以把独白话语也归入对话领域，第一，这是指在"在深刻的独白性言语作品之间总是存在对话关系"[7]，第二，这种关系不只存在于语句之间，它们本质上也"渗透于某些语句内部"[8]，第三，在巴赫金看来，独白主义也常常出现在对话言语的结构形式之中。[9]

瓦列里·秋帕看出，通过"定义独白主义"，使之成为"最终话语中对他者的拒绝"[10]，不是通过阐释对白，而是阐释"作为对话单位的声音"[11]——这个声音有时是由一个词呈现的[12]——巴赫金清楚地表明，他

---

[1] *Бахтин М.М.* Собрание сочинений: В 7 т. М., 1996–2002. Т5, С.353.

[2] Там же, С.156.

[3] Там же, С.302.

[4] Там же, С.364.

[5] Там же, С.361.

[6] 布罗伊特曼（С.Н. Бройтман）指出［戈戈基什维里（Л.А. Гоготишвили）也持此观点］，对巴赫金来说，独白和对话不是体现为辩证的二元对立，而是"某种对话关系谱系"的两极。(Бройтман С.Н. Диалог и монолог (от «Проблем творчества Достоевского» к поздним работам Бахтина)//Дискур С.2003. № 11.С.46–48.)

[7] *Бахтин М.М.* Собрание сочинений: В 7 т. М., 1996–2002. Т5, С.336.

[8] Там же, С.321.

[9] 瓦列里·秋帕：《共识性对话》，刘锟译，《浙江大学学报（人文社会科学版）》2020年第5期。

[10] *Бахтин М.М.* Собрание сочинений: В 7 т. М., 1996–2002. Т5, С.362.

[11] Там же, С.361.

[12] 试比较："一个词语就是一场由三个人物参与完成的戏剧。"（Бахтин М.М.Собрание сочинений: В 7 т. М., 1996–2002. Т5, С.332.）

这里所指的是由其交往行为所展示的意识个体间、主体间的关系。

从这种观点来看，"对话主义"是人与人之间真正属于人类的、具有人道主义特点之关系的一种特征。巴赫金把人类的统一"不是作为天生单一存在的，而是不相融合的对方或几方达到的对话性相应和"[1]。要想"把握一个人的内心，看清楚并理解他是不可能的，只能把他作为冷静中立地进行分析的对象……不论是对于他者，还是对于自身来说，只有在交往中，在人与人的相互作用中才能揭示'人身上的人'"[2]。

"独白主义"掌握了"终极话语"的专属权，忽略了他者身上之人的特性及其内心深处，剥夺了自己的话语对象（或在独白主义中呈现的对话形式中的受话人）——"人身上的人"之内在地位。在这种情况下，独白者本身把他者排除在外，把他人变成自己思想之无声的客体，失去了人"真正对自身拥有对话关系的可能性"[3]。

这样，根据巴赫金的思想来判断，独白主义就是对真正人的相互关系的歪曲，是借助功能—角色形式对交往中个性内容的压制。在真正有活力的交往中"话语是不能赋予某一个说话人的。作者（说话人）对话语具有不可分割的权利，但自己的权利同时也是听话人的权利，而且那些作者所预选的词语中所包含的声音的所有者也具有自己的权利"[4]。与此同时，在社会主体的官方—角色功能化的过程中，"话语权"的重要性和完结性是被严格规定的。

上述一切表明了巴赫金对一切抗拒、争论、分歧的否定态度。非正式争论的情景使对话参与者地位平等，彼此之间的对话也由此形成（"对话的粗俗形式"），但反驳他人的思想则导致独白主义，与之相邻而居，因为它拒绝了异己思想的"话语权"。

---

[1] *Бахтин М.М.* Собрание сочинений: В 7 т. М., 1996–2002. Т5, С.346.
[2] Там же, С.156.
[3] Там же, С.332.
[4] Там же, С.332.

瓦列里·秋帕认为，这一切都使人确信，作为"具有伦理导向性思想"[1]的"复调性的相应和"[2]是巴赫金思考的一个基本概念。[3]

瓦列里·秋帕的这一梳理，显然有助于我们深入思考巴赫金的"多声部"或"复调说"与"对话主义"理念、与"对话论"之间的关系。

对"相应和的对话"这一轴心范畴的梳理，不仅在理解巴赫金的"对话论"上具有学术史价值，也有助于认识巴赫金倡导的这一形态的"对话"之思想史意义。由此，瓦列里·秋帕还要考察"相应和的对话"在当代学术语境下的地位如何。

瓦列里·秋帕认为，巴赫金的相应和之对话也是一种交际策略。交际主体的立场可以认为是说话人（或写作者）选择的某种修辞手段。相应和的对话在这方面不是要求"话语艺术作品"[4]的作者对自己的主体性进行自我限定，也不要求自我确认，而是要求他自我实现，即把自己的主体性客体化："只有使自身客体化（即使自己外显）的时候，'我'才获得了与自己形成真正的对话关系的可能。"[5]由相应和的对话所决定的受话人的立场在文本所产生的创造性认知方面，是以接受性认知的双向性为前提的。它产生于交往意识的双方彼此的责任中的战略时机，并要达到"可资进入对话"[6]的"双向理解"[7]。

瓦列里·秋帕还梳理出，从起源上看，主体间的相应和是一种基督教思想。《新约》的话语不同于《旧约》，它非常深奥并且原则上是对话性的，《旧约》的话语则是独白性的（巴赫金的观点）。[8]

---

[1] *Бахтин М.М.* Собрание сочинений: В 7 т. М., 1996–2002. T5, C.364.
[2] Там же, T6, C.302.
[3] 瓦列里·秋帕：《共识性对话》，刘锟译，《浙江大学学报（人文社会科学版）》2020年第5期。
[4] *Бахтин М.М.* Собрание сочинений: В 7 т. М., 1996–2002. T5, C.336.
[5] Там же, C.332.
[6] Там же, C.561.
[7] Там же, C.332.
[8] 瓦列里·秋帕：《共识性对话》，刘锟译，《浙江大学学报（人文社会科学版）》2020年第5期。

身为文学理论家，瓦列里·秋帕在这里特别提示：相应和的对话这种"具有伦理导向性的"思想，对于深入理解巴赫金论拉伯雷那部书具有直接关系，这部书有时候会被当作"反文化"或反基督教的著作来理解。

在巴赫金的阐释中，最初的狂欢节是众人齐心的，它不是对话性的，而是众口一声的——不是相应和，而是全体一致。但在文化的独白性结构的历史情境中"笑的因素和狂欢性的世界感受……解放了人类意识……"[1]可以肯定地说，巴赫金在这里指的是对话性的相应和之"可能性"："在中世纪封建特殊的等级结构和人与人之间极度的阶级分层处于团体疏离状态这一背景下"，临时关注已丧失的齐心合力——但这已经不是前独白（合声的）的，而是后独白（对话化）的一致——人仿佛由于新的，纯粹的人与人的关系而重生，人回到自身并自感是群体中的人。[2]

我们可以补充一句，相应和的对话作为对话关系中的一个形态，一种境界，也有助于多维度地理解历史上与现实中的"狂欢化"功能。其实，相应和的对话这一理论的解释力并不局限于文学文本的解读。这一重要思想还可以用于对俄罗斯文化传统之现实的审视。正是在这个意义上，我们可以理解瓦列里·秋帕用以结束这篇短文的这句话的深意：

>对话性的相应和这一概念，作为巴赫金"隐于水下的冰山"的思想中一个最基本的观点，它不只代表一种学术兴趣。[3]

巴赫金笔下的"对话"，具有独特的内涵，不应被简化，不应被泛化。

---

[1] *Бахтин М.М.* Творчество Франсуа Рабле и народная культура Средневековья и Ренессанса. М., 1965. С.56.
[2] Там же, С.13.
[3] 瓦列里·秋帕：《共识性对话》，刘锟译，《浙江大学学报（人文社会科学版）》2020年第5期。

第二节　具备文化哲学品格的"对话"

巴赫金本人曾申明，他从事的是哲学人类学。2011年分别以英、俄两种文字出版并同时在莫斯科与匹茨堡面世的《俄罗斯文学批评史：苏联与后苏联时代》第六章"1930年代的苏联文学理论：对现代性疆界的寻找"中，可以读到国际著名巴赫金专家加林·吉汉诺夫院士对巴赫金"对话论"的新解读。有别于瓦列里·秋帕教授的定点专论，加林·吉汉诺夫院士采取的是宏观视角，力图经由"巴赫金在文学理论与文化理论中的遗产"的总体回望来通观"巴赫金的理论化风格"。加林·吉汉诺夫写道：

> 巴赫金沉潜于其中的首先是文化哲学。作为思想家的巴赫金位于一个独特的空间——诸学科之间。正是在这个空间里他创造出他专有的隐喻，那些隐喻使得他自由地游弋于不同学科，潜心于那些已然超越学科所确定的知识域极限的问题。巴赫金时常是不动声色，但总是提出一些范畴，超越它们所属学科之观念性的局限，赋予它们新的生命，洗去它们先前的观念上的身份。我们不妨以对话思想——被巴赫金移植到多种不同学科音区的对话思想为例证。[1]

这位英国学者也看到巴赫金的"对话"范畴具有"超语言学"品位：在巴赫金对"对话"这一概念的使用中我们可以感觉到语言学的基质，这一基质可以追溯到列夫·雅库宾斯基与另一些早期苏联语言学家。然而，巴赫金对这一范畴之专有的诠释要宽广得多，它被运用于各种各样叙事之整套光谱，被运用于作为整体的文化。

---

[1] История русской литературной критики: советская и постсоветская эпоха Под ред. Е.Добренко, Г.Тиханова -М. НЛО, 2011. С.307.

关注"对话"并不是巴赫金的专利,让我们来看看扬·穆卡若夫斯基的文章《对话与独白》。从术语上看,穆卡若夫斯基的文本更具"学科规范",巴赫金则解决问题,使我们对于对话的理解焕然一新,邀请我们去听取每一个说出来的话语内部的对话;去听取在那些表达相反的世界图景的声音之中被呈现的对话;去听取那种已然成为广阔的多方面的文化形态类型学之基础的对话。[1]

加林·吉汉诺夫从理论化的风格这一层面推崇巴赫金听取"对话"的视界。吉汉诺夫看出,这是一种转换,它使术语服从于内在的生长(有时则有损于精准性);这是一种转换,在这转换过程中概念扩展其相干性规模而直至变成隐喻。正是这一改造性的能量,使得巴赫金有别于他那些在不同学科里的先驱——语言学、社会学、神学或艺术学——可能的抑或明显的先驱。梳理巴赫金的一些概念——"构筑术""空间""哥特式现实主义"——是如何在德国艺术学传统中成长的,这并不困难。可是,对于梳理上述概念是如何在巴赫金论据的熔炉里经历相当可观的转换——这种梳理并不会给予太多的帮助。

吉汉诺夫敏锐地看出:

> 巴赫金作为一个思想家之独创性,就在于一个伟大的综合者实际具有的独创性,这样的综合者自由地运用来自多种不同学科——语言学、艺术史、神学等等——专门化的话语之中的概念,然后予以改变并扩大这些概念相互作用的场域。这自然而然会产生一个问题:究竟是什么促使巴赫金会这么做?尤其是在20世纪30年代他创作出有关长篇小说的奠基性著作之际?

---

[1] История русской литературной критики: советская и постсоветская эпоха Под ред. Е.Добренко, Г.Тиханова -М. НЛО, 2011. С.307.

巴赫金是如何由伦理学与美学走向文化哲学的？加林·吉汉诺夫在这里回到思想史视域中来进行清理：巴赫金整个思想演变是在同心理主义斗争的旗帜下——宽泛些说——是在对主观性（在其古典的本体论的版本中）坚持不懈地予以否定这一旗帜下穿行的。他曾对柯日诺夫坦言，胡塞尔与马克斯·舍勒在巴赫金作为思想家，作为对心理主义经历深刻怀疑的思想家的成长中是起了关键性作用的[1]。这一演变始自巴赫金将陀思妥耶夫斯基看成罕见与不可复制的作家而高度赞扬（1929），强调其创造性元素——1929年他那部专著《陀思妥耶夫斯基创作问题》的书名本身就很说明这一点——巴赫金在20世纪30年代的著述里（在其论长篇小说的著作里），在1963年（修订他那部论陀思妥耶夫斯基的专著）走向人格化体裁记忆，而没有给原本意义上的个人创作留下位置，走向对于诗学专有特征的研究（只需要关注一下他那部专著的书名在1963年易名为《陀思妥耶夫斯基的诗学问题》）。吉汉诺夫认为：

> 巴赫金的整个创作，就是同被传统地理解的、稳定的主观性作斗争的真正战场：从我们会渐渐地丧失对其控制的身体问题——在论拉伯雷那部专著里被最为激进地提出来的这个问题，到语言问题——它经由那些已然确定的体裁模型走向我们，但从来也没有完全地属于我们的语言，它仿佛已然在别人的口中滞留。长篇小说的命运完满地体现这种对古典的主观性的拒绝：单个作家其实没有意义，他至多不过是一个工具，借助这个工具体裁使自身物质化，他至多不过是一个传声筒，经由这个传声筒体裁，记忆在说话。换句话说，尽管对这样一些典范性人物诸如歌德、陀思妥耶夫斯基与拉伯雷是明显有兴趣，但

---

[1] *Кожинов В.В.* Бахтин и его читатели Размышления и отчасти воспоминания//Диалог. Карнавал. Хронотоп. 1993 - № 2-3. C.124-125.

在其念想之中，巴赫金是有心要写一部无名文学史。[1]

经由对巴赫金其文形象的总体性勾勒，对巴赫金学术探索轴心旨趣的分析性清理，加林·吉汉诺夫进入对巴赫金其人形象的整体性描写，对巴赫金这位思想家个性的概括：

> 巴赫金这人的思想智力面貌的特征在于——它渐渐地——而且比同时代大多数人更优秀地构筑了那样一个理论平台，可以将之称为无主观性（或者说，至少也是在身份认同理论之古典意义上被理解的那种无主观性）的人文主义。在其成熟期与晚年的著述中，我们可以找到奇特的巴赫金人文主义——去中心化的、并非围绕着个人而与之成为一体，而是围绕着人类之普世性能力——同天生的剧变论相抗衡，同对真理的意识形态垄断相抗衡的能力——而与之成为一体。巴赫金应当就是20世纪这一类型人文主义之最有才华与最令人信服的代表人物，这种人文主义在其根基上不再带有对单个人的信念；这种人文主义对人类怀有遥远宇宙般的爱，将人类看成是那些在持续不断生产且再生产的意义之伟大的生产者，那些意义会在其奔向长远时间的怀抱之最终的回归中获得胜利。[2]

加林·吉汉诺夫这段文字是《俄罗斯文学批评史》第六章中的一节，这一章是论述20世纪30年代苏联的文学理论。加林·吉汉诺夫从对巴赫金其人其文之理论化风格的总体勾勒回到那个年月巴赫金之具体的理论建树：在主要是在20世纪30年代写就的论拉伯雷那部专著里，这一新的、

---

[1] История русской литературной критики: советская и постсоветская эпоха Под ред. Е.Добренко, Г.Тиханова- М. НЛО, 2011. С.310.
[2] Там же, С.311-312.

去中心的人文主义采取了那种似乎有几分肯定人民崇拜的形式,但甚至在那里,巴赫金还是立足于易变的、多维度的集体形象,那个集体打破了身体与文体音区之间的界限。可见,这一新型的不带主观性的人文主义不仅是巴赫金作为思想家在 20 世纪 30 年代的最重要成就,也是他在思想智识舞台上具有长久生命力的一个源泉。在思想智识舞台上巴赫金的那些文本在继续发出教导:亲近而不带同情,乐观而不必完成。

巴赫金是其独具一格的"对话论"建构者,是独具魅力的"对话主义"倡导者,也是这一理论的积极践行者。作为现代斯拉夫文论中"形式论"学派与"结构论"学派的同时代人,巴赫金与所谓"形式主义""结构主义"的关系,一直是国际斯拉夫学界在探讨的话题。最近几年,在这个话题上又有哪些值得关注的新观点或新路径呢?

第三节 同"形式主义"与"结构主义"的"对话"

巴赫金与俄罗斯形式论学派的"对话"一般要分为两个层面。其一是所谓"巴赫金小组"[1]当年对形式论学派的批评,其二是巴赫金本人作为署名作者在后来才面世的那些文章与著作里对形式论学派的回应。

《俄罗斯文学批评史:苏联与后苏联时代》第二章"四个流派与一种实践"的作者,国际著名巴赫金专家、美国普林斯顿大学斯拉夫语文系凯瑞·爱默生教授,对当年"巴赫金小组"对形式论学派方案的批评进行了梳理。这一梳理聚焦四个层面:基本的主导;支撑性学科或相亲缘的学科;在艺术与生活之间关系上"谁服从谁";文学科学中个人与"物"之间关

---

[1] "巴赫金小组"指的是 20 世纪 20 年代比巴赫金更为知名的几位同事:语言学家瓦列京·沃罗希诺夫(1895—1936),文学批评家巴维尔·梅德韦捷夫(1892—1938),与古典作家研究者、文学形式理论家里沃夫·蓬皮扬斯基(1891—1940)。

系上的最佳尺度。[1]

从全部四个参数来看，对照特别显著。如果说，形式论学派的主导理念指向自足的自治性话语，那么，"巴赫金小组"则推崇对外开放的、互相依赖的、主体间的人格姿态；如果说，正统的形式论者当年都感到与结构主义语言学有血缘关系，那么，"巴赫金小组"那时都体验到与德国道德哲学的亲近。两个学派都清晰地区分了艺术与生活，两家都坚持两种现实，彼此成为对方绝对的必需。如果说，对于形式论学派来说主要的是物与物或者物与个人之间的关系，那么，对于"巴赫金小组"来说，其出发点与落脚点还是个人与个人之间的关系。

"巴赫金小组"对形式论学派之追根究底的回应，见于梅德韦捷夫的著作《文学学中的形式主义方法》（1928），这一回应也带有折中主义——马克思主义的背景。形式论学派最为敏感的几个话题，在这里都被触及。

在凯瑞·爱默生看来，梅德韦捷夫的批评，尽管在很多层面是有论据的，但终究是直线的与粗暴的。他针对的是形式论学派那些早期的、最具有进攻姿态的取向，然而及至1928年，形式论学派作为一种流派已处于被粉碎的威胁之中。仅仅因为形式论者注重"作为原本意义上"的声音，以二元对立方式思考，尤其看重戏拟的翻转，就指责他们在对待内容上与意义上的"虚无主义"，这是不公正的。[2]

凯瑞·爱默生指出，巴赫金对形式论学派的回应并不为梅德韦捷夫批评中的那些否定所穷竭。巴赫金准备出自己的专论《话语艺术创作中的内容、材料与形式问题》，拟于1924年发表。可是，它只是在1975年才面世，故而从半个世纪的文学争论中脱落下来。在这里巴赫金建构出自己的、相当专门的对二元对立的理解。这不是物与物，也不是物与个人，而宁可

---

[1] История русской литературной критики: советская и постсоветская эпоха Под ред. Е.Добренко, Г.Тиханова -М. НЛО, 2011. С.220.
[2] Там же, С.222.

说是两个人格范畴——"我"（我本身，内在地感觉到的进而是开放的、模糊不清—未完成的）与"他者"（从外部可见的因而总好像是被发声的与被表达的）之间的创作性张力。

凯瑞·爱默生认为，巴赫金公开地将形式论方法同康德、谢林这些他深切尊敬的哲学家的思想旨趣拉开距离，巴赫金将形式论学派对艺术的理解界定为"材料美学"，带有显著的"原始主义"与"几分虚无"；有别于梅德韦捷夫，巴赫金在四年之后并未为了完成特定任务而站出来反对这样的视界，而给予日尔蒙斯基与托马舍夫斯基的作诗法研究以高度评价。

凯瑞·爱默生在其简约的梳理中特别提示读者，在20世纪20年代末，巴赫金的《陀思妥耶夫斯基创作问题》（1929）这本专著本身就带有"形式主义的"任务。它明确地将关于陀思妥耶夫斯基创作的那些方面（道德哲学、神学、畸形心理、大俄罗斯沙文主义）的阐说排除在外。巴赫金将这些文学外的话题放在一边，将自己的注意力聚焦到陀思妥耶夫斯基作品中话语的分析上。带着这样的目的，他提出对小说话语加以系统化，其系统被分层被细化的程度并不亚于雅各布森那些表格（在1929年的版本里这个表格被收入第2编第1章（《小说语言类型：陀思妥耶夫斯基笔下的话语》，1929，第127页）。依巴赫金之见，发出的话语，原本意义上的话语，要到它被发送至另一个已然开放而准备接受的意识之中（或者，在其在场时已然诞生的意识之中），才会存在。巴赫金"复调说"的胆识——在于这样一种设定，话语确实能创造出不受控制的、自由发展的"生命"，这生命只是由小说家给出，它却被主人公们作为他们自己生命的生命、未完成的生命来感觉的。主人公是作者为使读者惊奇而创作出来的，主人公们能应答、能反抗。长篇小说的复调——巴赫金认为这是话语领域里真正的哥白尼革命——正是陀思妥耶夫斯基一个最精彩的形式上的手法。[1]

---

[1] История русской литературной критики: советская и постсоветская эпоха Под ред. Е.Добренко, Г.Тиханова -М. НЛО, 2011. C.225.

从凯瑞·爱默生这一番梳理中，不难发现，今日国际斯拉夫学界在更为细致的清理中已经观察到：巴赫金与俄罗斯形式论学派的关系并不是简单的对立对峙，巴赫金当年对形式论学派的理论与实践其实是一种有批评有反对而也有借鉴有吸收的复杂交集。

无独有偶。《巴赫金与俄罗斯形式论者：一个未被察觉的交集》（2017）正是国际著名巴赫金专家，俄罗斯科学院世界文学研究所理论部研究员伊琳娜·波波娃一篇文章的题目。该文针对的是学界存在的这一现象："20世纪最后的二三十年，'巴赫金与形式主义者'在方法论上的对立激化到不可化解的地步，要求研究者做出抉择：'等距'援引形式主义者和巴赫金的著作被认为或者是专业上不在行，或者是专业上温情。"[1] 伊琳娜·波波娃主张，应当历史地直面巴赫金对形式论派批评这个问题，要厘清事件的历史真实。

作为俄罗斯科学院版《巴赫金文集》第四卷第二册《弗朗索瓦·拉伯雷的创作与中世纪以及文艺复兴时期的民间文化·拉伯雷与果戈理（话语艺术与民间笑文化）》（2010）的主编，伊琳娜·波波娃基于自己对巴赫金的文章《拉伯雷与果戈理》（1940, 1970）写作史的梳理，基于对相关档案资料的清理，发现了在对果戈理小说诗学特征的解读上巴赫金同艾亨鲍姆的交集：

> 巴赫金同艾亨鲍姆之后的其他研究者一样，从曼德尔施塔姆的书中，找到了对拉伯雷的语言和果戈理的语言进行比较分析的例子，这里运用的不是原始实证方法，而是严格的形式论诗学概念体系。巴赫金的一系列研究尤其关注语言游戏的声音手法、面部表情和声音手势。在建立自己的果戈理风格概念时，巴赫金不曾完全摆脱"形式主

---

[1] 伊琳娜·波波娃：《巴赫金与形式论学派：一个未被察觉到的交集》，郑文东等译，载《社会科学战线》2019年第5期，第179页。

义方法"的理论。[1]

经过一番悉心清理与论证，伊琳娜·波波娃明确指出，20世纪30年代与40年代，巴赫金在其小说研究里描述长篇小说话语对话关系的形成过程中运用的一个关键概念"多语"（杂语），就是其吸收形式论学派思想成果的一个例证：在这之前，艾亨鲍姆已运用"多语"（杂语）概念而将拉伯雷风格和果戈理风格问题理论化。[2]

第四节　作为人文科学独特认知路径的"对话"

作为大思想家，作为在"文化哲学"园地耕耘的大理论家，巴赫金的"对话论"或"对话主义"不仅体现于他对具体的长篇小说话语对话关系的探讨，体现于复调（多声部）小说理论的建构，还体现于他对人文科学独特认知对象、独特认知路径的深度思考。"对话论"的一个起点就是"对话"与"独白"的对立。这一对立缘起于巴赫金对人文科学与自然科学在认知路径上的区分：

巴赫金在自然科学与人文科学之区分上提出独白与对话这一对概念，而使得人们对自然科学与人文科学这两者之区别的理解得以丰富起来。自然科学被巴赫金界定为独白型知识形态，人文科学呢——则被界定为对话型知识形态。前者的独白性在于："人以智力对物进行观察而表达对这物的看法。这里仅仅有一个主体——在认知（在观察）而在言说（在表达的）主体。与之相对的仅仅是无声之物。"[3] 自然科学认知是典型的"主体—客体"关系，人文科学认知是典型的"主体—主体"。因而，人文科

---

[1] 伊琳娜·波波娃：《巴赫金与形式论学派：一个未被观察到的交集》，郑文东等译，载《社会科学战线》2019年第5期，第185页。

[2] 同上，第187页。

[3] *Бахтин М.М.* Эстетика словесного творчества. Москва: Искусство, 1979. С.363.

学作为认知者同被认知的主体之相遇,乃对话型认知形态。[1]

国际著名巴赫金专家、波兰格但斯克大学社会科学系博古斯拉夫·祖尔科教授在其《巴赫金观点系统中的人文科学》(2016)一文里,对巴赫金运用"对话论"探讨人文科学的特质与认知路径的思索进行了再检阅。

博古斯拉夫·祖尔科观察到,不同于狄尔泰,巴赫金是以别样的视界来看取人文科学的对象本身。根据狄尔泰的理论,人文科学的对象是在文化作品里被体现出来的"精神"。狄尔泰学说的基本范畴,诸如体验、表达、理解,均属于这一超个性的范围。在巴赫金这里,占据这一不确定的"精神",在文化作品里得以客体化"精神"之位置的,是"有表达力而能言说的存在"[2]。

正是创建各种各样(而不仅仅是话语的)文本的人——这样的人,在巴赫金看来,才是诸人文学科共同的对象。在上文征引的这一界说之中,文本之巨大的作用引人注目,文本成为所有的人文学科中第一性的现实。这样一来,人文知识就不是直接地同"精神"打交道:在历史学家、哲学家、语文学家与"精神"之间总是存在着文本,曾经由什么人在什么时候所创建出的文本。

精神(自己的或他人的)不可能作为物(自然科学之直接的客体)而被提供,只能以符号性的表达而被提供,在为自己也为他人的文本中而得以实现。[3]

人文科学所研究的是人的精神之文本的表现。因而巴赫金将人文科学称为"语文科学"[4]。这一界定在补充性地强调话语、文本作为人文思维之根本的基础作用。

---

[1] 博古斯拉夫·祖尔科:《巴赫金观点系统中的人文科学》,周启超译,《社会科学战线》2016年第4期,第231页。
[2] *Бахтин М.М.* Эстетика словесного творчества. Москва: Искусство, 1979. С.410.
[3] Там же, С.284.
[4] Там же, С.363.

在对巴赫金有关人文科学是"对话型"知识形态的论述进行梳理之后，博古斯拉夫·祖尔科进入巴赫金有关人文科学认知路径的探讨：根据狄尔泰的理论，"理解"是人文科学所适合的方法。文化作品不可重复，它总要被赋予个性。在这个层面上，文化乃由清一色的特例而构成，任何"普遍性"规律都无法对它们加以"解释"。精致细微地建构出来的理解学说（阐释学）理应成为人文科学的基本方法。巴赫金以下面这番话对"理解"这一概念进行诠释：

> 理解在某种程度上总是具有对话性。[1]

祖尔科在这里再一次观察到巴赫金的理论建构一个典型特征：要把所有的基本概念具体化并极力用语文学（在其广义上）的术语来对这些概念加以转述。在博古斯拉夫·祖尔科看来，巴赫金的学术思维带有独特的语文学化特点：巴赫金善于用语文学精神来对基本哲学范畴进行再阐释（人文科学的对象——"能言说而有表达力的存在"，人者——"亦即能表达自己（能言说）者也"，人文学科——"语文学科"，解释——"独白性的关系"，理解——"对话性的关系"等等）。[2]

可见，"对话"与"独白"、"对话性关系"与"独白性关系"这些"对话论"基本思想也被巴赫金运用到他对人文科学同自然科学在认知路径上的区分上。

既有自己独特的认知对象也有自己独特的认知路径的人文科学，同自然科学之间是否存在绝对不可逾越的界限？博古斯拉夫·祖尔科将其对巴赫金在这个论题上的理论遗产的梳理继续推进：

---

[1] *Бахтин М.М.* Эстетика словесного творчества. Москва: Искусство, 1979. С.289-290.
[2] 博古斯拉夫·祖尔科：《巴赫金观点系统中的人文科学》，周启超译，《社会科学战线》2016年第4期，第231页。

可以说，巴赫金否定自然科学与精神科学之间存在着绝对不可逾越的界线。这里的问题也不仅仅在于一些量化的（数学的）方法对人文科学的入侵。

巴赫金认为，属于（以人本身为首）文化世界的任何现象，均可以在两个取向——物与个性，客体与主体——上来加以考量。仿佛存在着两个认知限度——物与个性。任何对象，其中也包括文本，均可以被置于这两个视界中的一个而得以研究。在这里重要的恰恰是，物与个性——这正是某种限度，某种极，而不是静止不动的、实体性的立场。

一旦接近个性这一极，文本便在其中被人格化——以巴赫金之见——便会听见个性的声音。一旦接近物这一极，文本便得以物体化，物化。在第一种（人格化）情形下，我们要做的事是以对话性态度看取文本，人文科学所致力的正在于此；在第二种（物化）情形下，则是以独白性态度看取文本，而把文本变成无声之物。[1]

博古斯拉夫·祖尔科指出，巴赫金对于这些视界中的任何一种都没有截然否定，只要它们守持住自己的界限。结构主义的"文本解剖学"——分解出文本的——用巴赫金的话来说——"机械的对立"，将文本物体化，其实是在延续实证主义的科学模型——这种"文本解剖学"，完全正当合理，只要它守持在自己的界限里，而并不去奢望成为对于事物之完满的、完整的认知。在这里，回想起巴赫金对于俄罗斯形式论学派之根本性立场的批评也是适宜的：形式论者的"材料美学"在一些局部性问题上是有理而正确的，在话语创作的某些"技术性"层面的分析，是有理而正确的，但不可能成为整个文学作品理论，文学作品除了其之外在的物质，自身还

---

[1] 博古斯拉夫·祖尔科：《巴赫金观点系统中的人文科学》，周启超译，《社会科学战线》2016年第4期，第232页。

包含着非物质性的审美客体。

博古斯拉夫·祖尔科在这里的梳理已敏锐地直面巴赫金对人文科学之"准确性"的思考：

> 巴赫金还将这一在两个取向——物与个性——上考量文本的潜能同人文知识的准确性与深度关联起来。可以说，准确性乃是对文本进行描写——在其"材料的"、物的现实这一维度上进行描写——的目标。准确性要求的是物与其自身的吻合。准确性乃是为"实践上的把握"所需[1]。深度则是文本之涵义的、表达力的、"个性的"层面所具有的特征，而且对于人文科学而言它原本就是标记而有特别意义。[2]

博古斯拉夫·祖尔科说得好：在文学批评、文学研究这样具体的人文科学话语实践里，准确性，一如在数学学科里人们对之理解的那种准确性，只是在对文本之"物"的方面进行描写时才有可能，且是适当的。文学文本的价值—涵义方面则不可能领受"准确的"描写，"因为它是不可能被完结的，而且它也不会与其自身相吻合（它是自由的）"[3]。

在巴赫金的概念场中来理解"多声部对话"，我们就会看到，巴赫金的"对话"是多声部相应和之关系中的"对话"，是具备文化哲学品格的"对话"；巴赫金的"对话论"是在同"形式主义"与"结构主义"对话这一具体的历史语境中形成的。巴赫金"对话论"的思想史价值则在于它阐明"对话"乃人文科学独特的认知路径。

---

[1] *Бахтин М.М.* Эстетика словесного творчества. Москва: Искуство, 1979. С.410.

[2] 博古斯拉夫·祖尔科：《巴赫金观点系统中的人文科学》，周启超译，《社会科学战线》2016年第4期，第232页。

[3] *Бахтин М.М.* Эстетика словесного творчества. Москва: Искуство, 1979. С.410.

第八章　巴赫金"外位性"视界

在巴赫金的理论建构中，与"多声部对话性"分量一样、等级一样的另一个核心话语，要数"外位性"。

"外位性"（вненаходимость, outsideness），作为一种学说，也作为一种视界，作为一种理念，贯穿于巴赫金一生的理论建构与研究实践。

"外位性"首次出现于 20 世纪 20 年代初巴赫金最为重要的一部论著《审美活动中的作者与主人公》之中，而在巴赫金晚年《答〈新世界〉编辑部》的访谈[1]之中，我们还可以看到巴赫金对"外位性"思想的阐述。

巴赫金在对拉伯雷的《巨人传》、歌德的"教育小说"的研究中显然体现了"外位性"视界，至少体现他身为外国文学批评家天然带有的那种"文化上的外位性"；在其对陀思妥耶夫斯基小说艺术的考察中，巴赫金也在自觉践行其"外位性"理念，不过这已是另一种类型的"外位性"，"隐在的外位性"，至少是"时间上的外位性"。

通观巴赫金的文学批评实践与义学理论建构历程，"外位性"无疑是巴赫金一生钟爱的一个核心话语，是巴赫金不断建构的一个重要学说，也

---

[1] 苏联大型文学月刊《新世界》编辑部对巴赫金的这次访谈是在 1970 年 9 月，主题是"今日文学学"。《新世界》1970 年第 11 期刊发了这次访谈，其题目是《答〈新世界〉编辑部》。

是巴赫金毕生践行的一大核心理念。

巴赫金的"外位性"理论建构也是在不同的学科界面上展开的，具有不同的维度。

有在美学研究界面展开的"审美外位性"，也有在伦理学研究界面展开的"伦理外位性"，更有哲学研究界面上展开的"认知外位性"。

"外位性"视界上的"多声部对话"，有助于听取作为主体之人在表达、在言说的活生生的"声音"，有助于文学研究的"人文化"。

第一节　"审美外位性"与"认知外位性"

巴赫金"外位性"理论的建构，起步于文学研究，起步于叙事艺术中作者与主人公之关系结构的探讨。在巴赫金《审美活动中的作者与主人公》的一个片断里，我们可以看到他当年对叙事文学中作者与主人公多种关系的分析，对"审美活动"路径的阐述。这里的"外位"是指作者身为形式缔造者所处的那种地位。在艺术创作中所形成的作者在艺术上的那种能动性的始源地位，在这里被界定为时间上的、空间上的和涵义上的"外位"。它毫无例外地外在于艺术观照中内在建构范围里的内部因素；只有取得这一"外位性"视界，才能以统一的积极确认的能动性，来统摄整个建构——价值上的、时间上的、空间上的和涵义上的建构。巴赫金曾以普希金的诗作《为了遥远祖国的海岸》为素材，而开始建构其"外位性"学说。以巴赫金之见，那种认为在抒情诗中作者被融化于抒情主人公之中的看法，实则是很有问题的，这里同样也存在着"作者积极的审美的形构的能量"——巴赫金有这样的表述。这表现在主人公们的时空视野的标记上，同他们发生相互作用的是作者的时空视野，与男女主人公的视野相比，作者的视野拥有观照与理解上更大的统摄面。作者之于主人公的"外位性"，是创建艺术世界的条件。[1] 叶莲娜·沃尔科娃在对巴赫金的"审美外位性"进行解读时所做出的这一梳理是十分到位的。

"审美外位性"理论要强调的是，艺术家有着独一无二的、不可重复的视角，这个视角允许艺术家对作为艺术世界中的生活界面形象的主人公采取评价的态度，完成"从内部对事物和人物进行观照"。整个审美观照的过程是从这个"外位"的视角上被积极地实现着的。

审美观照中的"外位性"视角是如何得以实现的呢？

巴赫金是通过将艺术创作与日常生活的对比来加以描述的：在日常生活中完整地看一看一个人其实并不简单：需要经历偶然性与装出的面孔这个阶段，也需要超越自己，超越自己那些偶然的反应："需要从最为亲密的——看上去是十分熟悉之人的脸上揭去多少层面纱——借助于偶然的生活情境而披到他脸上的那些面纱，才能看出该人之真正的完整的面孔。艺术家为主人公之一定的稳定的形象所作的奋斗，在不小的程度上乃是一种与他自身所作的较量。"[2] 作者可不仅仅是在主人公在其中看并看见的那个向度上看见主人公。艺术家之"外在的"的立场——"外位性"立场——提供出"将主人公及其生活集合起来，并去填补他本人对其自身并不能企及的那些因素而直至完整"的可能性。[3] 审美的态度，产生于使自身位移至他者这一范畴之下，而伴随着其后而至的对自身的返回，我们可以对他人的印象加以构形并使之完形。体悟与完形并不是一个跟着一个，它们是融为一体的，是整一的。在审美的视角中返回自身是必不可少的，否则，就会发生真正的感染，譬如，感染上他人的痛苦，而观照在那时就会成为不可能的了。何况一般而言，"纯粹"的体悟，绝对的位移，其实

---

[1] 叶莲娜·沃尔科娃：《审美事件：外位性与对话（节选）》，萧净宇译，载周启超编选：《俄罗斯学者论巴赫金》，南京大学出版社，2014年，第164页。
[2] *Бахтин М.М.* Эстетика словесного творчества. –Москва: Искусство. 1979. С.8.
[3] Там же, С15.

是不可能的。巴赫金这是在谈论开通个性在美学上的完成之"金钥匙"。[1]

作者与主人公的关系来自外部也来自内部。艺术创作从观照、体悟、构形、完形,每一环节都需要"外位性"视界。正是"外位性"视界为占据坚实的"外在的"立场提供出可能性,为赋予我们正在感知的东西以"外在的、有分量的、有血有肉的躯体"提供出可能性,我们用精神上—物象上的价值色彩来环绕这一"躯体"。在这种情形下,观照场就会由外至里地"为我燃点其悲剧性的光芒,发觉喜剧性的表情,变得美丽和崇高起来"[2]。如果我放弃观照的立场,放弃"外位性",而与主人公融为一体(我既是作者又是观众),那么,我就不再能用新的创作视角来丰富主人公的生活事件,这种新的创作视角乃主人公从其唯一的位置出发所无法企及的。那种融合则会把审美视角转变成伦理视角或者实用视角。[3]

在"外位性"理论构建中,一旦审美视角被转化成伦理视角或实用视角,"伦理外位性"问题或"认知外位性"问题也就出现了。

对于认知维度上的"外位性"的阐述,巴赫金诉诸人对人的感知中的环境与视野上的互动互补互证互识机制。如果两个人面对面,他们看自己和看他人的视野是不同的。一个人是看不到自己身体的某些部位的,譬如,自己的面部表情、自己背后的世界;相反,此人却可以看到他人的环境,那是他人的视线所无法企及的:"当我们互相对视时,我们的眼帘里映出的是两个不同的世界。"[4] 要将这两种视野融合起来实际上是不可能的:要做到这点就必须成为他人。观察者对被观察者的"视界剩余"(一译"超视"),在决定着对他人所看不见的环境之统摄之掌握。在评价他人、他的外表和伦理行为时,是无法从自身位置之具体的唯一性之中脱开身来的,

---

[1] 叶莲娜·沃尔科娃:《审美事件:外位性与对话(节选)》,萧净宇译,载周启超编选:《俄罗斯学者论巴赫金》,南京大学出版社,2014年,第165页。

[2] *Бахтин М.М.* Эстетика словесного творчества. –Москва: Искусство. 1979. С.63.

[3] 叶莲娜·沃尔科娃:《审美事件:外位性与对话(节选)》,萧净宇译,载周启超编选:《俄罗斯学者论巴赫金》,南京大学出版社,2014年,第165—166页。

[4] *Бахтин М.М.* Эстетика словесного творчества. –Москва: Искусство. 1979. С.22.

我的视野以自身位置之具体的唯一性来统摄来掌握他人的环境，但绝对统摄不了自身的环境。我无法像他人那样来看自己，无法观察到自己肌肉的紧张，自己的身姿和自己的表情。我是内在地被展现在自己面前的，他人则是通过其外部表现而被展现在我面前。正是通过这一外部表现，我进入他人的心灵。我是观照性地感知他人，而非从他人的内心对他进行感知。任何一种反思（伦理的、认知的、美学的）均要求返回到自身，返回到自己的位置，而不是溶化于他者之中。我不能看见自己：我的外部表现与内心感受融会在一起。因而，他人对我的外部表现之情感—意志反应这一"屏幕"，对于"我眼中之我"这一形象的建构就不可或缺，或者说，"他人眼中之我"对于完成"我眼中之我"这一形象不可或缺。正是"外在的"立场、"外位性"视界提供出认识自我这一认知活动得以完成的可能性。用巴赫金的话来讲，"自我之我"有赖于"他者之我"。同样，"他者之我"又离不开"我之他者"。这样，"外位性"体现的正是这种多类型的主体间的互动关系："自我之我""他者之我""我之他者"之间的对话关系。

不难看出，巴赫金对"认知外位性"的理论建构已进入哲学界面，已由伦理哲学进入文化哲学界面了。巴赫金早期基于艺术创作中"作者与主人公"的关系所建构的"审美外位性"已经得到学界普遍关注与广泛解读。相比之下，巴赫金的"认知外位性"尤其是文化哲学界面上的"认知外位性"尚未得到有深度的考察。其实，巴赫金在文化哲学界面上建构的"认知外位性"，具有巨大的潜能。对于文学研究，尤其是比较文学研究与世界文学研究，对于跨文化的文学理论研究乃至一般的跨文化研究甚至跨文化交流实践，"认知外位性"作为视界，作为立场，作为理念，都提供了学理上的支撑与方法论上的启示。

有趣的是，最早对巴赫金的"外位性"理论抱有浓厚兴趣并予以阐说的主要是两位女学者。在国际巴赫金学界，继莫斯科大学教授叶莲娜·沃尔科娃之后，普林斯顿大学教授凯瑞·爱默生也聚焦"外位性"——这个巴赫金本人将其看成是研究他者文化的"外位性",而将"外位性"理论置于她对巴赫金思想的这些钻研的中心。[1] 在巴赫金诞辰一百年之际,爱默生推出了《巴赫金的第一个百年》[2] 一书。在这部专著里,这位美国巴赫金专家梳理巴赫金理论学说接受史,对巴赫金世界里的三个主要学说进行再思考,其中对"外位性"理论的梳理与探讨就占了全书的六分之一强。[3]

第二节 作为研究他者文化之前提的"外位性"

"外位性"的确被巴赫金视为研究他者文化的前提。在晚年的巴赫金为数不多的刊行于世的理论思考成果之一《答〈新世界〉编辑部问》这篇短文里,巴赫金明确指出:

> 有一种非常有势力但片面的因而是不正确的观念:为了更好地理解别人的文化,好像就应当沉浸于其中而忘却自己的文化,用别人文化的眼光去看世界。这样的观念,我已说过,是片面的。诚然,对别人文化某种程度上的移情,用别人文化的眼光去看世界的可能性,在理解别人的文化之过程中是一个不可或缺的环节;但是,如果理解被这一环节所穷尽,那么,这一理解就会是简单的复制,而不会带来任何新的会对之加以丰富的东西。创造性的理解并不拒绝自己,并不拒绝自己在时间中的位置,并不拒绝自己的文化,并且什么也不会忘却。对于理解而言,有一个伟大的东西——这就是理解者的外位性——

---

[1] 《卡瑞尔·爱默生谈巴赫金》,周启超译,载《外国文论与比较诗学》第1辑,知识产权出版社,2014年,第258页。(注:卡瑞尔·爱默生即凯瑞·爱默生,下同)

[2] Emerson C.: *The First Hundred Years of Mikhail Bakhtin*. -New Jersey: Princeton University Press. 1997.

[3] 陈涛:《"外位性":巴赫金批评研究的方法与意义——评卡瑞尔·爱默生著〈巴赫金的第一个百年〉》,《外国文论与比较诗学》第2辑,知识产权出版社,2015年,第264页。

在时间中，在空间中，在文化中——对于他有心去进行创造性理解的那种对象的外位性。要知道，一个人自己连自身的外在相貌都不可能真正地看见，任何镜子与照片均无济于事；他的真实外在形貌只有别人能看见才能理解，别人凭借其空间上的外位性，凭借他们身为别人才看见才理解。

在文化领域，外位性——推动理解的最强大的杠杆。别人的文化只有在他者文化的眼光中才能更丰富更深切地（但并不呈现其全部的丰富性，因为会有另一些文化，他们会看见更多理解更多）展开自己。在同他者的涵义、"别人的"涵义相遇之后，一个涵义就会展示自己的深度；对话——超越这些涵义的封闭性与片面性的对话——好像就会在它们之间开始。我们会给别人的文化提出新问题——那种文化自己不会提出的问题，我们在别人的文化里寻找对我们这些问题的回答，别人的文化会回答我们，会在我们面前打开其新的层面、新的涵义深度。没有自己的问题就无法创造性地理解任何他者的与别人的东西（不过，当然，问题应是重要的、真正的）。在两种文化这样的对话性相遇之中，它们并不融合也并不混合，每一种文化都保存自己的整一性与开放性的完整性，但它们得以互相丰富。[1]

巴赫金在这里强调，"外位性"视界是推动对他者文化进行创造性理解的基本条件。葆有"外位性"视界是理解活动中一个伟大的事业。可见，"外位性"思想理念在他看来是多么必要，多么重要！巴赫金不仅是"外位性"理论建构者，也是"外位性"立场的践行者。

---

[1] *Бахтин М.М.* Собрание сочинений: в 7 т.-М.Русские словари, Языки словянской культуры. 1996–2002. Т.6.-М.: Русские словари, Языки словянской культуры. 2002. С.457.

第三节　对"外位性"理论的自觉践行

巴赫金不仅是"外位性"理论建构者,也是"外位性"立场的践行者。

爱默生在其《巴赫金的第一个百年》一书里,对巴赫金这一文学批评实践做了梳理。在其细致的梳理中我们可以看出:在论拉伯雷的著作中,身处"外位"的巴赫金从来不曾断言,"狂欢的笑"具有积极地塑造合乎道德的个性之能力,或者是作为"战略"能真正创建出政治领域中某种牢固的东西,而这些恰恰是欧美某些评论家所认为的狂欢的终极意义,以茱莉亚·克里斯特瓦为代表的欧美评论家认为巴赫金的狂欢话语颠覆了权威话语,是从政治的涵义上被理解的一种颠覆社会制度的力量。然而,爱默生却没有受缚于此,她把巴赫金重置于"俄罗斯的语境"中,看到了欧美的这种接受是一种涵义层面的延伸,并没有衍生出深刻的具有实质性内容的诠释。

这一解读,自然是与爱默生对巴赫金作为理论家作为思想家之整体形象的理解密切相关的。早在1993年夏,这位美国教授在接受以巴赫金学为主题的著名杂志《对话·狂欢·时空体》编辑部的专程采访时,就曾坦言:

> 巴赫金对于20世纪思想的另一个重大的贡献——也许,不太有原创性,但在当今时代确实并不是不重要——就在于他曾是一个深刻的非政治的思想家这一事实之本身。他早年的那些论伦理的著述,是那么令人鼓舞地摆脱了那些超个性的理论建构与乌托邦式的、"造神的"姿态,而涵纳着整整一套准则——精神上的与日常生活中行为上的操行准则。一如索尔·莫尔逊与我所推断的那样,巴赫金认为,人

之被创造出来就是为了密切的接触,人首先是交际的(或者说,交流的)动物,而不是政治的动物。当巴赫金的崇拜者们试图将政治塞进他的方案中之时,结果往往是出现某种同巴赫金之总体的伦理定位直接相对立的东西,要不就是某种滑稽可笑的东西(譬如说,当有人将狂欢化同马克思主义的革命精神相关联之时,或者,当骗子、小丑与傻瓜——以巴赫金之见,他们在长篇小说的演化中会起巨大作用——被理解为"被压迫阶级之被组织起来的声音"之时,就会出现这样的结果)……在米歇尔·福柯这一类型的思想家——将人与人之间的相互作用简化为无个性之力这一类问题的那些思想家——的时代,巴赫金的"人格化的"声音带来久久期盼的修正。……分解、解构与绝望在使世界简单化。巴赫金则(好也罢,坏也罢)偏爱于使世界复杂化,偏爱使声音与视角多样化。他确实就是赋予人类创造性的而不是毁灭性的力量。也正因为是这样,他会与我们同在,犹如某个总是有什么潜在的新的讯息要披露要宣布之人。[1]

爱默生对巴赫金在 20 世纪思想史上的独特建树所做的这一评价,是不是也得力于她身为当代美国学者所具有的那种"外位性"——在时间中、在空间中、在文化中"外位性"?

也许同样是基于"外位性"视界,使得爱默生的导师、著名巴赫金专家迈克尔·霍奎斯特(M. Holquist)得以提出这样一个论题:作为语言哲学家与意识哲学家,巴赫金在曾经席卷我们这个世纪的在"谁掌握语言"这一话题上那一尖锐的争鸣中是持中间立场的。在一个极端上,人格主义者断言:"我掌握语言",我能迫使它去意指我有心要它去意指的那个东西;结构主义者坚持认为,句子的组成成分之间的那些结构性关系(也就

---

[1]《卡瑞尔·爱默生谈巴赫金》,周启超译,《外国文论与比较诗学》第 1 辑,知识产权出版社,2014 年,第 254 页。

是"关系主义")决定着意义,因而,"我"——宁可说是言语行为的结果,而不是它的支配者;在另一个极端上呢——解构主义者则确信:"谁也不能掌握语言",而语言,原本意义上的语言,实际上会拒斥任何言说者要来支配它的企图。巴赫金避开这样一些极端的定势而声称:谁也不能掌握语言,但我们有义务去租用它一段时间,也就是说,我们可以在任何时刻约定现实的、可靠的、具体的意义。

迈克尔·霍奎斯特认为,巴赫金的语言哲学既不同于人格主义者,又不同于结构主义者,更不同于解构主义者。巴赫金在这些极端的定势中开辟了新的路径。爱默生认可她的导师当年给巴赫金在语言思想史上的独特贡献所作的这一定位。爱默生强调,巴赫金坚定地相信人要在语言中穿行的那种间接性,而不相信"我"与"他者"之对立,并要消除个人与社会之间的不信任,这种不信任可是西方的语言理论(以及对那些理论的把握)所素有的。[1]

巴赫金之所以取得这些独特的理论建树,巴赫金的理论遗产之所以在其苏联之外被一次又一次地开采,一个重要的动力也许正是巴赫金时刻葆有"外位性"视界,在其理论探索中勇于对话,善于对话,在对话中独辟蹊径地提出真问题,实现"创造性理解"。

"创造性理解"正是人文科学中一个伟大的事业。关注巴赫金思维过程之特征的爱默生也看出,巴赫金重视"解释"与"理解"的区分。爱默生在访谈中说:

> 一如"认知",解释具有独白性;我先是去对某种东西加以了解,然后,我给你来解说这个。在这期间,你可以是消极的,或者是无动于衷地听着,我则仍然可以去继续行动。精确科学或者自然科学是以

---

[1]《卡瑞尔·爱默生谈巴赫金》,周启超译,《外国文论与比较诗学》第1辑,知识产权出版社,2014年,第249页。

这一模型来运作的。巴赫金说道：观察自己的星星的天文学家，就是这样的，或者，勘探岩石的地质学家，就是这样的。文本实在是静止的，而承受着考量。

"理解"呢，则恰恰相反，不可避免地具有对话性。我只是在给你阐释某个东西的时候，在邀请你随时做出校正、打断、提问的那个时候，才会了解到这个东西。人文科学的模型就是这样的，在人文科学里，一切文本并不具有"顺从性"这一特点。不论是这一面，还是另一面，无论如何也不能准确无误地或者一成不变地知晓，而这恰恰是会经常不断地激活对话、激活对于对话之兴趣的那种东西。[1]

巴赫金是以有无"对话关系"来区别自然科学的"解释"与人文科学的"理解"。

在进行解释时——仅仅存在一个意识，一个主体；在进行理解时——则存在两个意识，两个主体。对客体不可能有对话关系，因而解释已失去对话元素（除了形式—修辞学上的）。理解在某种程度上总是具有对话性。[2]

巴赫金在这里的表述是相当严谨的。他为什么没有断然肯定"理解总具有对话性"？这是不是考虑到真正的对话之实现是需要前提的？这是不是考虑到"对话关系"也是有等级有谱系的？瓦列里·秋帕在《相应和的对话》一文中已经论述巴赫金的"对话关系"的不同类型或不同阶段，强调巴赫金的"对话"之超语言性，巴赫金笔下的"对话"不能被简化，是

---

[1]《卡瑞尔·爱默生谈巴赫金》，周启超译，《外国文论与比较诗学》第1辑，知识产权出版社，2014年，第250—251页。

[2] *Бахтин М.М. Эстетика словесного творчества.* -Москва: Искусство. 1979. C.289-290.

具有人文精神的"对话主义"意义上的对话，是针对"独白主义"的对话。在我们现在的这个语境中，应是经由巴赫金所践行的"创造性理解"而实现的对话，采取巴赫金所守持的"外位性"视界而展开的对话。立足于"外位性"立场的"创造性理解"总会具有巴赫金视域中的"对话性"。葆有"外位性"视界的对话，追求"创造性理解"的对话，有助于维护文学研究这类人文学科的人文品格：

> 人文科学——研究人及其特性的科学，而不是研究无声之物与自然现象的科学。人之为人的特性是总在表达自己（在言说），也就是在创建文本（即便是潜在的）。[1]

正是"外位性"立场上的对话、"外位性"视界上的对话，有助于听取作为主体之人在表达在言说之活生生的"声音"；正是因为"外位性"这一思想这一理念在巴赫金对人文科学的人文品格的建构中具有如此重要的功能，我们才将"外位性"看成巴赫金理论的一个核心话语，一个在巴赫金理论建构中与"多声部对话性"分量一样等级一样的核心话语。

"多声部对话性"与"外位性"堪称巴赫金人文科学理论大厦中的两大支柱。前者是对人文科学基本内涵的表述，后者则是对人文科学运作方式的表述。"多声部"是指结构，"外位性"是指方式，"对话主义"则是贯穿于结构与方式的根本精神。"多声部的""外位性的"对话主义，显然有助于文学研究的"人文化"。文学研究作为人文学科理应充分尊重人之为人的主体性，而不是将人降格为无声的客体，将人"物"化。作为人文学科的文学研究，理应倾心听取人之为人的声音，而不是听而不闻，无视有生命之人的心声，将人"工具化"。在这个文明高度发达，技术日新

---

[1] *Бахтин М.М.* Эстетика словесного творчества. -Москва: Искусство. 1979. C.285.

月异，工具理性霸气十足的时代，作为人文学科的文学研究，其社会功能、文化功能恰恰在于它对人被技术文明"物化"、人被工具理性"奴化"、人被资本"商品化"这种现实的积极抵抗，恰恰在于它对人之为人不可或缺的精神家园的护卫涵养。

第九章　巴赫金对世界文学与比较文学学科的贡献

巴赫金的理论建构，同"世界文学"理念反思与世界文学理论探讨这一国际学术前沿现实热点有什么关联？

观察当代国际巴赫金学界对巴赫金理论遗产的"深耕"，可以看到已有一些学者进入巴赫金与"世界文学""比较文学"关系的勘探，这使得我们可以谈谈巴赫金对世界文学与比较文学的贡献。

1993 年，在罗兹出版的《"东方／西方文学理论比较前景"国际学术研讨会论文集》里，已经有《米哈伊尔·巴赫金与比较文学研究》这样的文章[1]；1995 年，在马德里面世的《巴赫金与文学·戏剧文学符号学研究所第 4 届国际学术研讨会论文集》里，已经有《论"长远时间"：文学界限之消失》这样的研究[2]。2002 年，在美国的《叙事理论》杂志"本雅明与巴赫金：新路径—新语境"专号上刊出直接以"巴赫金与'世界文学'"

---

[1] Malcuzynski M.-Pierrette. Mikhail Bakhtin et les etudes comparatistes//*Actes du Colloque International"Perspective Comparatiste Orient / Occident en theorie Litteraire"*, Lodz, 1993, pp.91-101.

[2] Sanches-Mesa-Martines Domingo. El"Grantiempo": Mas alla de Los limites de la literatura//*Bajtin y literatura. Actas del IV Seminario Internacional del Inst.de Semiotica Literaria Teatral.* Madrid: Visor, 1995, pp.388-399.

为题的文章[1]，2014 年，俄罗斯科学院世界文学研究所与法国国家科研中心联合定期举办的双年交流会的成果——一部论文集《以比较的方式谈论比较文学学》刊载《比较文学者——巴赫金》一文[2]。细察当代国际巴赫金学最新进展，可以说"世界文学研究者巴赫金"与"比较文学者巴赫金"的形象建构已然进入今日巴赫金专家的视野。至少，美国学者的《巴赫金与"世界文学"》、俄罗斯学者的《比较文学者巴赫金》、中国学者的《解体之后的复兴——当代俄罗斯比较文学学科体制与学术机制之观察》这三篇文章，已然进入巴赫金作为世界文学者与比较文学者这一形象的建构。

第一节　名家名著的解读与世界文学理论的建构

《巴赫金与"世界文学"》一文出自大名鼎鼎的卡特琳娜·克拉克（K. Clark）。耶鲁大学斯拉夫语言与文学系资深教授，著名巴赫金专家，英语世界第一部《巴赫金评传》（1981）作者——卡特琳娜·克拉克在这篇论文里，将 20 世纪 30 年代晚期处于流放之中的巴赫金所撰写的三个文本（1937—1938 年间论时空体的文章，关于教育小说的残存部分（1938 年之前），1940 年呈交苏联科学院世界文学研究所关于拉伯雷的学位论文），同那个年代苏联的"世界文学"运动关联起来，将巴赫金论拉伯雷、论歌德、论时空体的著述置于 20 世纪 30 年代中后期跨民族的反法西斯运动的特定语境。克拉克看出，"世界文学"曾是 20 世纪 30 年代苏联文化平台的一个中心问题：1935 年 6 月，标举"文化捍卫运动"的国际作家大会（这是左派知识分子反法西斯运动的一个标志性事件）在巴黎召

---

[1] Clark Katerina. M.M.Bakhtin and"World Literature"//*Journal of Narrative Theory* 32.3（Fall 2002）pp.266-292.

[2] *Сергей Зенгин*. Бахтин-компаративист//Сравнительно о сравнительном литературоведении: транснациональная история компаративизма / Под ред. Е. Дмитриевой и М. Эспаня.-М.: ИМЛИ РАН. С.236-244.

开。反法西斯的斗士们挺身捍卫"理性""人道主义""文化"与"世界文学"。"世界文学"在那个年代实则是针对法西斯民族主义的对抗手段。

1934年8月27日，高尔基文学所更名为"世界文学（研究）所"；1938年4月16日，该所被命名为苏联科学院世界文学研究所）（ИМЛИ），1938年5月17日，这一建制获得苏联科学院主席团批准。克拉克检阅到1936年2月9日《真理报》刊登的一则消息：新的世界文学研究所已经开始为其图书馆搜集资料，最近完成了"五十卷本的左拉集、拉伯雷的作品以及西班牙文学经典文集"。在《真理报》报道的世界文学研究所新近选购5万本书籍这则消息中，可以看出法国人民阵线以及西班牙反法西斯斗争的重要性。克拉克力图勘察巴赫金当年何以在世界文学众多作家中选择拉伯雷？1935年1月23日《莫斯科晚报》刊登了一则关于《文学大百科》第9卷即将问世的消息，这部百科全书的（П-Р）辞条中向读者推荐了三个作家：普希金、拉伯雷、罗曼·罗兰。"拉伯雷"辞条的撰写者是列宁格勒大学西欧文学所教授А. А. 斯米尔诺夫，这位专家强调拉伯雷的"人文主义"以及"怪诞"文笔。

克拉克认为，在巴赫金视域里，"世界文学"指的是文学发展的更高层面，一种已经实现或者将要实现的理念。拉伯雷与歌德是朝着"世界文学"高地行进的真正主人公。在对拉伯雷小说的研究中，巴赫金事实上提出了每个体裁与他所研究的以"主义"为标识的"文学跨民族的谱系学"。"狂欢"在从古罗马到巴黎直至纽伦堡与科隆的不断演变中，已跨越民族的边界。[1]

克拉克指出，后来的《摹仿论》作者奥尔巴赫的一些观点同30年代里巴赫金的观点是相似的；无论是在时空体的文章里还是在关于拉伯雷的

---

[1] 卡特琳娜·克拉克：《巴赫金与"世界文学"》，陈涛译，《东岳论丛》2022年第2期，第45—49页。

那本书里，巴赫金强调了文艺复兴时期开拓的新世界对文学产生的巨大影响，因为在文艺复兴时期作家们力求突破当时占主导地位的世界视野。奥尔巴赫在《摹仿论》关于拉伯雷之章节中的个别观点与巴赫金相似，奥尔巴赫为这种世界视野提供了一个框架，然而巴赫金认为世界的延展感并不主要反映在表面的情节上，因此在其论述中也并不那么强调这一点。巴赫金认为，从18世纪开始，与形式有关的主题表现在那个时期的作品里，歌德作品中展现出来的新世界的内容并不多，但这些作品所带来的不同世界感却隐含着更为宽阔的视角。[1]

克拉克提出，新世纪里以"世界文学猜想"闻名的美国学者莫莱蒂的"世界文学"模式则需要同巴赫金的"世界文学"模式进行对比。克拉克认为，"世界文学"对巴赫金而言既是超本土的也是本土的，但不是莫莱蒂认为的形式与内容之间那种机械化公式的区分。相反，文学作品的方向或模式，文学作品的"世界感"，用超本土性改变了本土性。[2]

事实上，在20世纪30年代的苏联，处于流放之中的巴赫金，供职于萨兰斯克大学"总体文学教研室"的巴赫金，给予拉伯雷与歌德以中心地位的巴赫金，不仅是世界文学名家名著的杰出研究者，也是"世界文学"理论的建构者。

第二节 出色的比较文学实践与独特的比较文学理念

巴赫金是一位杰出的世界文学研究者，也是一位杰出的比较文学学者。这既体现在实践层面，也体现在理论层面。从其学术生涯看：巴赫金曾执教于"总体文学教研室"。巴赫金自1936年秋—1945年秋（中间有间断）在萨兰斯克，在其供职的摩尔多瓦国立师范学院，曾主持"总体文

---

[1] 卡特琳娜·克拉克：《巴赫金与"世界文学"》，陈涛译，《东岳论丛》2022年第2期，第46页。
[2] 同上文，第43页。

学研究室";1946年11月15日在苏联科学院世界文学研究所进行学位论文答辩之前,巴赫金是在莫斯科师范学院通过其副博士学位基本知识考试的,主持其考试的也是"总体文学教研室"。由苏联最高学位委员会任命的授予巴赫金学位的评审专家委员会,是由罗曼—日耳曼与古典语文学专家、西方语文学专家所组成的;苏联学术专业名称里长期没有单独的"比较文学"这一专业。在卫国战争胜利之后的1946年,在"反世界主义运动"中,"比较文学"被官方宣布为"资产阶级的""伪科学"。很长时期里,苏联学界的"比较文学"的著作一般用"历史诗学",重点关注的是文学进程中的跨民族共性。巴赫金当年在其《长篇小说的时间形式与时空体》中用的副标题就是"历史诗学"。当代苏联学界不少学者也推崇巴赫金在"历史诗学"领域的突出建树。

从其学术著作来看,巴赫金两部专著均涉及比较文学。《拉伯雷的创作与中世纪以及文艺复兴时期的民间文化》中的"论拉伯雷与果戈理",《陀思妥耶夫斯基诗学问题》中的"体裁与情节结构特点",不可谓不是典型的比较文学研究。

当代俄罗斯著名法国文论专家,国立人文大学高等人文研究院谢尔盖·森津(Сергей Зенгин)教授在其《作为比较文学家巴赫金》一文里,对巴赫金的比较文学实践进行梳理,将比较文学家巴赫金的贡献概括为以下五个方面:

其一,巴赫金将文学置于宏阔的前景之中来考察,将文学视为整一的文化空间,古希腊古罗马、西欧、俄罗斯都在其中得以发展的空间,整一的文学进程在其中得以发展的空间。这一理念源自浪漫主义文化,源自歌德以及同时代的赫尔德,还有之前的施略策提出的"世界文学"。对于巴赫金来说,俄罗斯文学就是世界文学中可以被用来与别的文学平等地加以比较的一种;巴赫金在其论拉伯雷的学位论文里增加了"论拉伯雷与果戈理"一章,而在1963年再版的论陀思妥耶夫斯基的那部专著里,也增加了一章来论述这位作家之作品的"体裁与情节结构特点"。巴赫金将之归入世界文学传统，而不是俄罗斯文学传统。总体上，他寻求的是任何民族传统中都存在的、跨民族的结构："……体裁，作为整体的形式（进而，也是具体的有涵义的形式）是语言间的，具有国际性的。"比较文学家巴赫金所考察的话语创作的结构（体裁结构、时空体结构）被置于本义的话语之上或是另一边，没有重新编码与转换，而穿越民族文化的界限。对于文学与文化的民族特征之如此冷漠会提供一种免疫力，使语文学家去抵抗时常受到的诱惑——"科学地"论证本民族文学之绝对独特的意义。在当年以拉伯雷为论题的学位论文答辩过程中，针对巴赫金的主要批评之一是，将果戈理与拉伯雷拉在一起并列相论似乎是不得体的。论文评阅者们的这一意见的表述尽管大多是吞吞吐吐、含糊其词，然而其潜台词还是很容易捕捉的：将祖国文学的经典作家与一个不太体面的16世纪的法国作家置于统一的历史进程的框架之中这一想法是不被允许的。甚至对列宁有关每一种文化都有两种阶级文化并存之宏论的征引，也未能挽救巴赫金。将俄罗斯文学置于其他民族文学之上这一官方评价骨子里蕴含的民族主义的标尺在斯大林时代的苏联文学学界更强大。[1]

其二，其时间观上的泛时主义对应着比较文学家巴赫金在空间观上的普适主义。文学被他纳入"长远时间"。的确，在《答〈新世界〉编辑部问》（1970）一文里，他将这个时间界定为"对于伟大的文学作品"的接受时间，那些作品经受了自己时代的考验而被赋予新的涵义而丰富起来；可是在其研究实践中，巴赫金实际上将"长远时间"这一原理运用于众多鲜为人知的作品，那些作品除了得到语文学的考据性研究并未获得长久的接受，这并不妨碍被他纳入这一或那一文学形式之千百年来的生成进程：譬如，构成梅尼普这一体裁之片断史的那些文本就是这样的。不仅是读者

---

[1] 谢尔盖·森津：《作为比较文学家的巴赫金》，周露译，载《外国文论与比较诗学》第5辑，浙江大学出版社，2018年，第55—56页。这里笔者据原文对译文中的个别表述有所修订。

对作品的接受,也还有那些作品之间的互相继承、互相影响都要作为自古至今的统一的历史来得到考察。[1]

其三,文学史是以连续的方式而发展着的。巴赫金很少关注文化史上的革命性转折,并没有给自己提出对文学时代进行多少精确的分期这样的任务。文学时代之分期这一范畴与他是不相干的。他所确立的宏大的二元对立——诸如独白性话语同对话性话语这样的对立——贯穿整部世界文化史,而要比任何时代的变化都要强烈。梅尼普这一体裁的模式是自古希腊人至陀思妥耶夫斯基、乔伊斯都一成不变的。巴赫金(也是在《答〈新世界〉编辑部问》中)曾指责奥斯瓦尔德·施本格勒将文化史描述成一系列封闭的、彼此隔绝的循环。巴赫金在文化史中寻找的更多的是常量,而不是变量。他沉潜于其中的与其说是那些彼此交替的类型的区分,不如说是——以浪漫主义的语言理论与文化理论——来阐明文学演化中被逐渐模糊但在当代作者笔下在最出乎意料的时刻能被重新激活,能重新庆祝"自己再生的节日"的那些源头、文化原型、"内在形式"。文学的演变,呈现为古老的形式之熵一样的,被销蚀与周期性的"再生"之波浪般的进程。这一学说外表上类似于俄罗斯形式论学派之"陌生化"的演化理论,从历史上来看它更像是源自更老的波捷布尼亚诗学,因为它被定位于对旧有形式的激活,而不是对新颖形式的创造。在我们面前再次出现的是浪漫主义的对立——威廉·冯·洪堡所说的那种生成与已然成形之对立、能量与功效之对立。[2]

其四,文学演变是动态地发展着的,如同两种因子之冲突。这一命题并不与之前的观点相矛盾,因为文学演变中彼此冲突的路径是平行地发展而持续地相互对抗,在文化中创造出不间断的能产性的张力。诗与小说,

---

[1] 谢尔盖·森津:《作为比较文学家的巴赫金》,周露译,载《外国文论与比较诗学》第5辑,浙江大学出版社,2018年,第57页。这里笔者据原文对译文中的个别表述有所修订。
[2] 同上,第57—58页。这里笔者据原文对译文中的个别表述有所修订。

独白性话语与对话性话语，长篇小说发育中的"第一路径"与"第二路径"就是这样的。这一对术语令人记起文化史上涵盖一切的对立，自19世纪初在学术界与批评界就有的对立——古典主义与浪漫主义之间的对立。的确，术语的分布在大多数接受这一对立的作者与巴赫金那里，时常会是逆向的：在巴赫金看来，"诗"更多具有"僵死"的特征，古典主义那种类型的独白性长篇小说——则是"活生生的"浪漫主义的类型。在20世纪这一对立依旧被接受了，其中就包括在俄罗斯也被接受了，它同马克思主义文学学的线性进化的模式相竞争，后者不是将"古典主义"与"浪漫主义"描述成外在于时间的创作类型，而是看成单线进化的阶段，彼此更替然后被"现实主义"所取代的阶段。对古典主义/浪漫主义之超历史的理解，在20世纪20年代的苏联理论家，在维克多·日尔蒙斯基那里也可以找到。不过在巴赫金的笔下可以遇见历史冲突的另一种模型——的确，已经不是在纯文学领域，而是在普遍文化学之中。这里说的是"官方文化"与"狂欢文化"。它们并不只是彼此永恒地对抗，而是在中世纪的岁月里周期性地互相取代。这里发挥作用的是现代思想史上被突出的一个极为重要的思维模式——等级的转变模式，它在俄罗斯形式论学派的文学演化理论中找到自己的对应（后生代之正典化），但历史上则也可以溯源到浪漫主义时代，溯源到黑格尔在《精神现象学》里提出的主人与奴隶辩证法，溯源到马克思笔下这一模式的社会主义的转写（其余音则是列宁的"两种文化"思想），这一模式曾被巴赫金用来对其关于拉伯雷的那本书进行意识形态上的护卫，还可以溯源到弗洛伊德笔下意识与无意识之动态机制——这位作者依旧为巴赫金所十分了解，被他的好友沃罗希诺夫在《弗洛伊德》那部书里作了详细考察。在所有这些情形中，互相博弈的两极不但处于经常不断的冲突之中，而且一个会主宰另一个，不过在个人生活或社会生活的危急关头，被压制的一级却时不时地冲到表面——在革命中，在狂欢中，在心理病态中。[1]

其五，文学之发展具有有机性。这一有机性之主要的负载者对于巴赫金来说，不是抽象的逻辑范畴——诸如，一般与个别、外在与内在这类范畴，它们外在于时间而总是存在于文化之中——也不是具体的经验性单元，它们由传统所提供（譬如，19 世纪文化—历史学派视域中的神话，或者库尔蒂乌斯笔下的 топосы），而是中等规模的整一——体裁。体裁是自我发育与自我确立的有机结构，这一结构能走向自我意识，这一结构的演化最终甚至都不是用演化这个概念而是经由神秘而有机的"体裁记忆"这一范畴而得以描述的。"体裁活在当下，但总是记得自己的过去，自己的开端。"在主张体裁形式具有超历史的自我等同之际，巴赫金进入了同近代文学之现实的发展的冲突之中，体裁意识在文化的顶层被销蚀，可是在其底层，在其"大众的"层面则得到支持。又一次呈现在我们面前的是可以溯源到浪漫主义时代的倾向与问题，那个时代里，欧洲文学中传统的体裁进入危机，而现代意义上的大众文学出现了。[2]

综上所述，整整一系列参数表明，巴赫金的比较文学理论同浪漫主义的智力范式相关联。在 20 世纪，在返回现代之开端，在返回到浪漫主义的那些思想之后，比较文学家巴赫金以"世界文化"这个标尺来考量它们，来实现浪漫主义之普适性的，而不是民族的——拘泥传统墨守成规的取向。

---

[1] 谢尔盖·森津：《作为比较文学家的巴赫金》，周露译，载《外国文论与比较诗学》第 5 辑，浙江大学出版社，2018 年，第 58—60 页。这里笔者据原文对译文中的个别表述有所修订。

[2] 同上，第 60 页。

第三节　对学科合法性的论证与基本路径的阐述

笔者在《解体之后的复兴——当代俄罗斯比较文学学科体制与学术机制之观察》[1]（2024）一文里强调，比较文学家巴赫金最大的建树在于方法论上的贡献。

从其理论建构看：巴赫金以其对"外位性"视界之必要性的阐述，以其对研究"他者文化"之必要性的阐述，从学理上论证了比较文学这一学科的合法性与重要性。

巴赫金身为俄罗斯学者对法国作家拉伯雷小说的出色解读，堪称一个外国文学批评家自觉应用"外位性"视界这一"最强大杠杆"进入对他者文化之"创造性理解"的杰出典范。美国著名巴赫金专家，普林斯顿大学教授爱默生在其《巴赫金第一个百年》一书里，对巴赫金这一文学批评实践做了梳理：

> 巴赫金这部有关拉伯雷的专著，是一部关于外国作家的学术著作，主要取自非俄罗斯的基本材料与文献，营造了一种批评的"外位"。在《拉伯雷》这部书中处处渗透了俄罗斯民间传说的母题、自然崇拜以及前基督时期的感受力及其对整体的掌控。最为重要的是巴赫金把"拉伯雷"的笑嵌进了时间范畴，比起法国学者来说要更开放。"外位性"视界的占据，使得巴赫金能够比拉伯雷本国同胞要更能敏锐地欣赏到这种乌托邦的"乌有之地"，虽然这在俄罗斯语境中有种神奇的幻觉，"一种不可能统一的统一"。然而，这种笑并没有任何弦外之音，也只能在西方才能想象得出来，在俄罗斯本土是一个完

---

[1] 周启超：《解体之后的复兴——当代俄罗斯比较文学学科体制与学术机制之观察》，《中国比较文学》2024年第3期。

全的他者。然而,因为俄罗斯听众的强大,笑的乌托邦又渗透了东斯拉夫之本源的活力与非法性。这就是一种神奇的"外位性"的获得过程:巴赫金研究拉伯雷的笑,是把俄罗斯文化中不可能的他者在异国实现之后,又反射到本国的自我之身,从而获得了更高的学术价值。[1]

世界比较文学的一些出色实践已经证明且继续在证明:对于理解而言,一个伟大的事业——这就是理解者的"外位性"——在时间中,在空间中,在文化中——对于他有心去进行创造性理解的那种对象的"外位性"……在文化领域,"外位性"——推动理解的最强大的杠杆。别人的文化只有在他者文化的眼光中才能更丰富更深切地展开自己……在两种文化这样的对话性相遇之中,它们并不融合也并不混合,每一种文化都保存自己的整一性与开放性的完整性,但它们得以互相丰富。

"外位性"视界确乎是推动对他者文化进行创造性理解的强大杠杆。巴赫金是"外位性"理论建构者,也是"外位性"立场践行者。如今我们难以具体探讨巴赫金的歌德研究,然而巴赫金身为一位20世纪俄罗斯学者,他对16世纪法国作家拉伯雷小说的出色解读,则堪称一位比较文学者自觉应用"外位性"视界这一"最强大杠杆"进入对他者文化之创造性理解的杰出个案。

巴赫金精心阐发并自觉践行的"外位性"视界的伦理维度、审美维度、认知维度,确乎有助于从学理上阐明比较文学这一学科之独特的存在价值,论证了比较文学这门学问的合法性,确乎有助于从认识论上阐释同他者积极对话对于跨文化交流中去除盲点、激发洞见的独特功能,确乎有助于从方法论上阐述比较文学的基本路径。

---

[1] 陈涛:《"外位性":巴赫金批评研究的方法与意义——评卡瑞尔·爱默生著〈巴赫金的第一个百年〉》,《外国文论与比较诗学》第2辑,知识产权出版社,2015年,第267页。

第十章　巴赫金文论核心话语的
　　　　中国之旅：回望与反思

　　巴赫金文论在当代中国的旅行已然走过四十多个春秋。几十年来，学界对"狂欢化"过度偏爱，对"外位性"则相对冷落。当代中国学界对巴赫金文论的借鉴还在路上。这种状况之形成，自有多种原因。其中，对于巴赫金文论核心话语的内涵与外延之了解得不透，对于"复调""对话""狂欢化""多声部""外位性"这些话语的生成语境之把握得不准，应是造成我们对巴赫文论核心话语的认知尚处于若明若暗之中的一个重要的症结；况且，巴赫金文论在中国的旅行经历了来自欧陆、美英、俄苏等多条路径，理论旅行途中发生的"改写"与"增生"也在影响着理论传播与接受。正是这些问题在召唤我们来回望、来反思巴赫金文论核心话语的中国之旅，既梳理实绩，更要发现问题。

　　巴赫金文论在当代中国的旅行，或者说，当代中国从事欧陆文论、美英文论、俄苏文论之引介与研究的学者们对巴赫金理论学说的"拿来"与接受，自1982年《世界文学》第4期刊发《陀思妥耶夫斯基诗学》第一章汉译，已经经历四十多年的路程。

　　一项有关1993—2007年间当代中国几家重要期刊上外国文论大家专题研究的频率统计表明，巴赫金、德里达、詹姆逊、拉康、萨义德这几个名字是最常被提及的。在中国社会科学院 2013—2017 年为期五年的创新工程"当代外国文论核心话语反思"方案中,巴赫金也与巴尔特、伊瑟尔、伊格尔顿一起被确认为对当代中国文论乃至整个文学研究话语实践影响最大的"四大理论家"。巴赫金文论核心话语的中国之旅,鲜明而生动地映射着当代中国对国外文论的拿来与借鉴实践中的曲折印迹,也相当典型地折射着文学理论跨文化旅行中被吸纳也被重塑、被传播也被化用的复杂境遇。

回望巴赫金文论核心话语的中国之旅,有不小的成绩值得梳理,也有一些问题有待反思。譬如,将巴赫金的"对话"套用于中小学课堂教学活动中的问答;许多文章均被冠以"狂欢"之名,许多言说都在涌动着"狂欢"话语。这种现象的出现,一个很重要的症结,就在于对巴赫金文论核心话语的丰富内涵与外延之了解得不透,对巴赫金笔下的"复调""狂欢化""对话主义"之生成语境把握得不准,对巴赫金学术思想的原点与语境尚处于"若明若暗"的状态。

"巴赫金学"中这一"若明若暗"状态远非当代中国独有的现象。著名的巴赫金专家钱中文先生对此一直有清醒的观察。这位中国巴赫金学开拓者与领路人老骥伏枥,仍然在"巴赫金学"领域执着深耕。在向主题为"巴赫金与 21 世纪:跨文化阐释与文明互鉴"的全国巴赫金研究会 2022 年会提交的文章中,钱中文先生指出:半个多世纪以来,巴赫金的思想一直处于哲学、人文科学的前沿,备受赞扬。一位前贤说过,如果一个学者的思想被过度地阐释,而成为一种理论崇拜与时髦,其思想就不免会被滥用、曲解与庸俗化。20 世纪 60 年代到 80 年代,巴赫金的思想传播开来后,很多俄罗斯与外国的人文学者纷纷撰文,出现了不少优秀著作,同时也出现了一些因条件限制而理解不深的文章,甚至不少攀附应景的文章,它们引用巴赫金的观点,不证自明,视为绝对真理。这种现象,俄罗斯学者早就注意到了。上面提及的谢·鲍恰罗夫的文章[1]，就指出了不少矛盾现象；尼·瓦西里耶夫指出的问题正是这种现象的变形[2]。20 世纪 90 年代中期，巴赫金研究专家纳丹·塔马尔钦科等人启动《巴赫金术语辞典——词目表》[3]的编写工作。其编者前言就学界对巴赫金学说的滥用也颇有微词：有些以谈论巴赫金的陀思妥耶夫斯基研究为题的著述者其实是在"自我表达"，说的是一些与巴赫金的思想毫不相干的东西；或者相反，有些人只是做了巴赫金思想的"主人公"，而不能持有一个外在于它的有论证有回应的立场。这里，我们就以"狂欢化""复调"这两个话语之被滥用为例。

第一节 "狂欢化"之被滥用与巴赫金之"狂欢"观念史的梳理

且来看看巴赫金视域中的"狂欢"。

"狂欢"概念——这是巴赫金《拉伯雷的创作与中世纪和文艺复兴时期的民间文化》这部著作的一个中心概念，是一个得到最为充分建构的概念。巴赫金至少是在两个意义上谈论狂欢的：一是"狭义的"，一是"广义的"。狭义的"狂欢"——大斋前禁止食肉那一周里的一个节日。原本意义上的"狂欢节"这一节庆生活，它的整体、它的整个存在、它所涉及的种种关联与关系——上帝与人、空间与时间、身体与心灵、吃与喝、笑谑与严肃等等，实则是"狂欢"所要意指的那种生活感、那种"思想—形象"之原初的形式。

---

[1] *Бочаров С.Г.* Об одном разговоре и вокруг него//Новое литературное обозрение. 1993. No. 2.

[2] *Васильев Н. Л.* Михаил Михайлович Бахтин и феномен «Круга Бахтина»: В поисках утраченного времени. Реконструкции и деконструкции. Квадратура круга. - Москва: ЛИБРОКОМ, 2013.

[3] Бахтинский тезаурс С.Материалы и исследования: Сб. Ст. /Под ред Н.Д. Тамарченко и др.-М.: Российск. Гос.гуманит. унт, 1997. C.5.

多年潜心研究巴赫金论拉伯雷这部名著的俄罗斯学者，俄罗斯科学院世界文学研究所理论部研究员伊琳娜·波波娃，对巴赫金的"狂欢"观念的孕育已做出思想史意义上的梳理。伊琳娜·波波娃在勘察"《拉伯雷》的基本术语：起源与意义"时指出：

"对广义的'狂欢'的界说，贯穿于巴赫金论拉伯雷这部著作的整个创作史：自20世纪30年代所写的草稿直至1965年该书出版。不仅如此，恰恰是'狂欢'这一术语在巴赫金的笔记本里的出现，标志着这部书之写作的开始，而将那些为这部书而作的准备性札记，同在长篇小说理论与历史的语境中来对拉伯雷的小说加以研究，区分开来。

"'狂欢'这一术语在巴赫金的笔记中的确定是发生在20世纪30年代，其基本的涵义也并没有经历实质性的变化，狂欢理论在论拉伯雷一书写作的历史过程中还是有发展有深化的，它的一些基本概念，其中包括'狂欢'概念，呈现出更为精致的细微差别。

"对于'狂欢'这一术语的涵义，一如上文所说，巴赫金是在《狂欢的思想》草稿中加以界说的，这篇草稿围绕着歌德的《意大利之旅》中的1787年罗马狂欢节之描写提纲而构成。工作札记的结构直观地展示，巴赫金是如何由歌德的'狂欢哲学'转向他自己将要写的那部书之基本的论旨。诚然，已说出的这一切并不是意味着歌德的文本就是狂欢学说基本的甚至是唯一的源头。不言而喻，巴赫金在这里是在将那些早就深思熟虑的——基于文学上的、科学上的与哲学上的不可轻视的传统——论题，给确切简练地表达出来，可是，对于理解研究者的入思逻辑，这一语境具有特别的意义：我们要再次重申，在这里可以看出，20世纪30年代里巴赫金的两个构思——论歌德（教育小说）与论拉伯雷——彼此之间是相关联着的，'狂欢思想'成为凝聚性的与框架性的。

"'狂欢'这一概念的语义,在这里得到极为广泛的界说;它既涵盖语言,或者说,作家的'文体风格面孔'("作为'词语狂欢'的拉伯雷的文体风格面貌"),也涵盖对于现实主义特征的界说,巴赫金起初称之为'哥特式的',后来则称之为'怪诞式的':'狂欢的现实主义'思想。

"在《论拉伯雷》最初的手稿中,'狂欢'这一概念,已经得到细致的构建,它拥有'储备'——不论是在1940年的版本里,还是在1965年的版本里,这都并没有得到全部彻底的呈现。在这里,这一概念尚且充盈着意义上细微的差异,不论是在其自身的容量上,还是在那些派生的概念的容量上,都得到了清晰的划定:'狂欢的广场''狂欢的自由''狂欢的放纵''狂欢的身体''世界之狂欢的肉身化''对时间之狂欢的接受''狂欢的乌托邦主义''狂欢的节庆形象''形象建构上的狂欢型''形象的狂欢细节''狂欢的怪诞''狂欢怪诞的形象''原初的狂欢般—童话的直觉'('霍夫曼的世界'之直觉与狄更斯的直觉)、'宏大的狂欢风格''狂欢般的节庆形式''狂欢般的乌托邦的原生力'、作为'正在更替的时代与世界观之相遇'的狂欢、'对世界之狂欢性的反思(被运用于对历史进程的感知)''对历史之狂欢性反思'('对历史之新年般的感知')。不过,在这里,巴赫金不倦地提醒原本意义上的术语具有'假定性':我们的术语:'怪诞'与'狂欢'之假定性[1]。

"在'狂欢'这一术语及其派生的术语构建上,具有根本性意义的下一步,是在《论拉伯雷》第二版——1949—1950年间准备的那一版——里迈出的。为了界说狂欢情结对于日常意识与文学意识的影响,对于艺术形象与文学语言的影响,巴赫金引入'狂欢化'这一概念。后来,他将该概念保存于《论拉伯雷》1965年版,并将它纳入《陀思妥耶夫斯基诗学》一书被修订的第四章。在《论拉伯雷》第二版里,'狂欢化'这一术语被

---

[1] *Бахтин Михаил Михайлович*: Собрание Сочинений. Т.4(Первый полутом)С.675. М.: Языки славянской культуры, 2004.

用于：对第四章的补充（'意识之狂欢化'），第七章里——在对"擦拭用纸"的情节分析之后（'世界、思想与话语之狂欢化'），作为对地狱形象特征界说的一种补充（对于官方的基督教的那些地狱观念之狂欢化，也就是对于地狱、炼狱、天堂的狂欢化），作为对于kokalan文体分析的一种补充（"这也是一种言语的狂欢，将它从官方世界观之充满敌意的阴沉的严肃性中解放出来，也将它从那些流行的真理与寻常的视角中解放出来"）；在第八章里，作为对于16世纪语言特点与拉伯雷语言特点之界说的一种补充（'在这里，在语言领域里——也发生了那样的意识的狂欢化'）；在结尾（'意识的狂欢化乃通向新的科学的严肃性——摆脱了恐惧与虚伪的景仰之严肃性——之形式而必需的台阶'）。"[1]

如此看来，巴赫金笔下的"狂欢"，既可以指生活中可见的"狂欢节"景观，也可以指意识中潜隐的"狂欢情结"，更可以指思想上同世界进行对话的一种"狂欢式姿态"；巴赫金笔下的"狂欢化"，既可以指一种生活方式，也可以指一种艺术样态，既可以指一种文学表现方式，更可以指一种话语表述方式，一种生存状态。

正是基于"狂欢"与"狂欢化"之如此丰厚的内涵，才有"狂欢化的形象""狂欢化的氛围""狂欢化的意识""狂欢化的话语""狂欢化的世界""狂欢化的存在"之类的表述。"狂欢"与"狂欢化"由一种民间文化现象向文学创作机制、文化发育生态绵延拓展。对于"狂欢"与"狂欢化"的勘察与考量，便由民间文学研究向世界文学研究、向人类文化研究逐层辐射；进而，有关"狂欢"与"狂欢化"的言说谈论，便由民间文艺学向文学学、文化学、人类学不断穿越。

巴赫金文论的核心话语，就是这样在语言学、文学学、符号学、阐释学、美学、哲学等诸多人文学科之间穿行，可谓博大精深。其博大，在于

---

[1] *Попова И.Л.* Книга М.М.Вахтина о Франсуа Рабле и её значение для теория литературы.-М.: ИМЛИРАН, 2009. C.134-143.

巴赫金文论的核心话语具有丰厚的内涵；其精深，在于巴赫金文论的核心话语具有多重的意指。

第二节 "复调"之被简化与巴赫金之"复调"话语蕴涵的深耕

再来看看巴赫金笔下的"复调"。

"复调"具有多重涵义，在不同的界面它有不同的所指。然而，在巴赫金笔下，"复调"首先是一个隐喻，是巴赫金从音乐理论中移植到文学理论中的一个话语。"复调"这一话语的意义涵纳，实际上是经历了从音乐形式，到小说结构，到艺术思维范式，直至文化哲学理念这样一种"垂直变奏"，一种滚雪球式的扩展与绵延。在"复调"的诸多所指构成的一环套一环的"意义链"上，"小说体裁"这一环，显然是巴赫金"复调说"的思想原点。巴赫金首先用"复调"来指称陀思妥耶夫斯基的长篇小说。巴赫金是在将陀思妥耶夫斯基首先看成一位语言艺术家，而对其叙事艺术形式加以深入解读这一过程中，发现陀思妥耶夫斯基是"复调型长篇小说"的首创者，进而提出其"复调小说理论"的。那么，"复调小说理论"的基本要点是什么呢？让我们先听听巴赫金本人对他所钟爱的陀思妥耶夫斯基这位大作家的艺术世界的解读，为此就要打开巴赫金的成名作——从《陀思妥耶夫斯基诗学问题》谈起。

细读这部著作，可以看出：

以巴赫金之见，陀思妥耶夫斯基的小说中，人物的主体意识世界是那么丰富多彩，人物的声音充满着矛盾两重性与内在对话性，其关联其结构，恰似一种多声部。

巴赫金看到，陀思妥耶夫斯基小说中多种形态的对话，无论是发生于不同人物的主体意识之间的公开对话，还是展开于某一人物的主体意识内部的内心对话，抑或是作者与人物之间的对话，最终都体现于小说话语的结构，落实于人物言语的"双声语"结构。巴赫金指出，在陀思妥耶夫斯基的人物言语中：

> 明显占着优势的，是不同指向的双声语，尤其是形成内心对话关系的折射出来的他人言语，即暗辩体、带辩论色彩的自白体、隐蔽的对话体。[1]

"双声语"，既针对一般话语的言语对象，又针对别人的话语即他人言语而发。具有双重指向的双声语，使陀思妥耶夫斯基小说的对话对位艺术植根于小说话语这一层面。

可见，巴赫金是由人物的主体性来谈论其独立性，是由意识的流动性来谈论其多重性，是由话语的双向性来谈论其对话性，如此一层一层地论证了陀思妥耶夫斯基小说艺术在结构上与复调音乐的对应。

巴赫金的"复调性"的核心语义乃是多声部的"对话性"。巴赫金所谓的"复调"，可以说，就是与"独白性"针锋相对的"对话性"艺术思维的别称。"对话性"作为一种新的艺术思维方式，在全面地革新作者的艺术立场、人物的艺术功能与作品的结构范式。这种确认笔下人物也具有主体性而恪守"外位性"的作者立场，这种获得内在自由具有独立意识因而能与他人（作者与其他人物）平等"对话"的人物功能，这种以作者与人物、人物与人物这些不同主体之间不同声音的并列"对位"而建构的作品范式，充分体现了"复调性"对"独白性"艺术思维方式的突破与超越。巴赫金十分重视这一突破与超越，甚至把艺术思维的这一变革比喻为"小规模的哥白尼式的转折"。

---

[1] 米·巴赫金：《陀思妥耶夫斯基诗学问题》第五章，载《巴赫金全集·诗学与访谈卷》，钱中文主编，白春仁、顾亚铃等译，河北教育出版社，1998年，第270—271页。

当巴赫金将"复调性"艺术思维对"独白性"艺术思维的突破,与哥白尼的"日心说"宇宙观对"地心说"宇宙观的突破相提并论时,"复调性"这个概念的所指便升级了:"复调性"不仅指称一种艺术思维方式,更是指称一种哲学理念乃至一种人文精神。"日心说"使地球移出其宇宙中心的"定位",天文学家由此而得以进入宇宙复杂的交流互动实况重新观察;"复调性"使作者迁出其在作品世界话语中心的"定位",文学家由此而得以进入对生活本相、对"内在于若干各自独立但彼此对立的意识或声音之对话关系中互动共生的统一体"作出生动逼真的艺术描写;"复调性"更可以引导思想家进入对自我意识如何运作于文学世界以外的人际交往活动的重新理解,进入对主体间的交往机制乃至真理的建构机制、意义的生成机制等一系列关涉哲学、社会学、美学、伦理学、语言学、符号学、人类学、文化学等重大命题的重新思考。"复调性"作为一种哲学理念乃至一种人文精神,在当代人文学科诸领域引发的变革,用"小规模的哥白尼式的转折"来比喻,实不为过。尊重他人的主体性,确认交流中的多声部性,倡导彼此平等的对位对话与共存共生,这些"复调性"的元素的思想原子能量,确实难以估量。

"复调性"作为哲学理念,其精髓乃"不同主体间意识互动互识的对话性",其根源乃"人类生活本身的对话性"。巴赫金从"复调性"与"对话性"出发,考察作为主体的人相互依存的方式,考察两个个体的相互交往关系,进入他那独具一格的哲学人类学建构。他谈的是文学学问题,实际上阐发的却是哲学思想。巴赫金的文学理论已然溢出其传统的界面。譬如说,"复调性"艺术思维要求不同的意识保持"对位"状态,巴赫金便以此为思想原点,论述人的存在问题。当人物与作者平起平坐,人物的意识与作者的意识并列对位,就构成存在中的"事件",就形成一种交往。"存在就意味着进行对话性的交往","两个声音才是生命的最低条件,生存的最低条件……"巴赫金文论的核心话语还向美学、伦理学、宗教学延伸，譬如说，他论述两个不同主体各自独立的意识"既不相融合也不相分割"，才构成审美事件；两种意识一旦重合，就会成为伦理事件；一个主体意识面对一个客体时，只能构成认识事件；而当另一个意识是包容一切的上帝意识的时候，便出现了宗教事件。在这个意义上，就可以理解巴赫金本人并不是用"文学理论"，而是"哲学人类学"来描述他一生的活动领域。在这个意义上，就可以理解虽然一生以文学教学与研究为职业，巴赫金却要人家注意到他"不是文学学家"，而是"哲学家"。

巴赫金的文学理论，的确是以深厚的哲学思想为底蕴为支点。艺术思维方式上的"复调性"与"对话性"，是建立在巴赫金关于真理的建构机制、意义的生成机制等伦理哲学与语言哲学之上的。巴赫金文论中的"对话性"，植根于他的伦理哲学的本体论。巴赫金认为，真理并不存在于那外在于主体的客体，也不存在于那失落了个性的思想之中。真理不在我手中，不在你手中，也不在我们之外。真理在我们之间。它是作为我们对话性的接触所释放的火花而诞生的。巴赫金甚至坚持，创作过程即主体间对话过程，意义只能在对话中产生。在这个意义上，可以说，小说结构与艺术思维中的"复调性"，乃源生于巴赫金的"大对话哲学"。对于"大对话哲学"，"复调说"只不过是一种局部的、应用性的变体。

然而，追根究底，巴赫金的"大对话哲学"所高扬的"对话性"，乃植根于"话语"的"对话性"。巴赫金的话语理论，与福柯的话语理论一样，为我们从新的视界理解文学创作、文学批评、文学研究乃至整个人文科学这样的话语实践，开辟了新的空间，开拓出新的路径。围绕着巴赫金的"话语理论"，我们至少可以追问：

"话语"的"对话性"具有哪些特征？

"话语"何以具有"对话性"？

所有类型的话语都具有"对话性"吗？抑或只是"诗性话语""文学话语""审美话语""人文话语"才具有"对话性"？

由文学话语的"对话性"出发，从"主体间性"到"文本间性"（互文性）这样的转换化，是如何发生的？

文学话语的"双声性"或"多声性"是何以产生的？

人文话语何以具有"应答性"与"开放性"？

这些关涉当代文学理论乃至整个人文研究之基本的同时，又是前沿的轴心问题，需要给予专题性的有深度的讨论。

同样值得深度开采的还有巴赫金的"外位性"思想。

第三节　贯穿"复调"与"狂欢化"之"外位性"视界的践行

回望巴赫金文论核心话语的中国之旅，相对于"复调""对话"与"狂欢化"受到当代中国人文学界普遍的关注与广泛的应用，"外位性"这一话语的使用频率是不高的。学界对巴赫金的"外位性"思想的研究大多局限于审美的角度。其实，"外位性"思想贯穿于巴赫金的"复调""对话""狂欢化"理论。

巴赫金"外位性"思想的基本内涵是什么？"外位性"理论产生的思想语境是什么？如何理解"外位性"思想是一种视界，也是一种立场，更是从事具体的外国文学研究、投身具体的跨文化交流所应把握的一种方法论？如何系统地理解"外位性"思想的伦理维度、审美维度、认知维度？这就要系统地梳理巴赫金文学研究实践中的"外位性"视界（拉伯雷研究中的"外位性"批评、《陀思妥耶夫斯基诗学问题》中的"外位性"批评），系统地梳理存在于"复调""对话""狂欢化"这些核心话语之孕生发育进程之中的巴赫金的"外位性"思想流变轨迹。这就要从哲学基础与方法论意义上来探讨"外位性"视界与文学研究空间的拓展。其实，巴赫金的"外位性"思想从学理上阐明了世界文学与比较文学研究之独特的存在价值,充分论证了这些学科学问的合法性,精辟阐述了世界文学与比较文学探索的基本路径。

近些年来,国内已有一些学者进入巴赫金"外位性"这一核心话语的探讨。例如,陈涛2015年5月8日通过答辩的博士学位论文《巴赫金"外位性"思想与文学研究》[1]已尝试探讨以上问题。这篇论文以巴赫金文论的核心话语"外位性"为主题,通过对巴赫金"外位性"思想生成的历史背景之探究,对巴赫金"外位性"思想不同维度内涵之阐发,对巴赫金文学研究实践中"外位性"视界的具体呈现之梳理,来探讨"外位性"在巴赫金整个思想探索与理论建树中的轴心地位,来揭示"外位性"视界对于文学研究对于跨文化交流的方法论价值。该论文的一个基本论点是,巴赫金的"外位性"视界对于文学研究的重大意义恰恰在于人们可以重新认识"对话""复调""狂欢化"。对话主义的哲学基础恰恰就是"外位性"。"外位性"视界、对话思想、复调理论和狂欢化学说——这才是巴赫金文学研究的基本路径。该论文的另一个基本论点是,"外位性"视界有助于从两个维度对文学研究方法论实现重要突破。一是转变研究对象。另一个是转变思维方式。文学研究的对象不再是孤立存在的文学作品,而是处于开放中的、诸多对话关系中的文化空间里的文本间对话、主体间对话。文学研究的思维应是一种开放式的对话型思维。在"外位性"视界里,文学研究为了永葆活力,需要在文学文本的意义阐释中考察其他意识形态环境里其他文化的参与,在不间断的、未完成的、开放性思考中彼此互摄;也只有置身于巴赫金的"外位性"思想所孕育的文化场里,巴赫金的思想力量才能获得充分释放。其实,这篇论文还应从认识论层面来阐述"外位性"视界对于文学研究中"去除盲点,激发洞见"的功能。

诚然,我们也可以巴赫金毕生倡导并大力践行的"外位性"视界、"外

---

[1] 陈涛:《巴赫金"外位性"思想与文学研究》,中国社会科学院研究生院博士学位论文,2015年。

位性"立场、"外位性"方法来检阅当代"巴赫金学"。俄罗斯、欧美、拉美以及其他国度和地区的巴赫金研究者去了解中国的"巴赫金学"之最新成果,中国的巴赫金研究者来了解俄罗斯的"巴赫金学"、欧美的"巴赫金学"、拉美以及其他国度和地区的"巴赫金学"之最新进展,这不正是在践行巴赫金的"外位性"思想而进行的学术对话吗?我们一次又一次以巴赫金理论学说为主题的国际学术交流正在努力形成真正意义上的多声部对话的"复调",正在努力进入"各自独立彼此平等的主体声音在对话关系中的互证互识互动共生",正在努力进入中国文化的一个核心话语所表述的"和而不同"的境界;我们一次又一次以巴赫金理论学说为主题进行多边的跨文化对话,实则已成为巴赫金话语意义上的"事件",而在持续不断地书写国际"巴赫金学"史册上承先启后而精彩纷呈的新的一页。

结　语

　　国际学界对巴赫金理论遗产 60 年来的开采已经证实，巴赫金善于在语言学、文学学、符号学、阐释学、美学、哲学这些不同学科间穿行，其建树可谓博大精深。其博大，在于巴赫金文论的核心命题具有丰厚内涵；其精深，在于巴赫金文论的核心话语具有多重意指。

　　一如"陌生化"之于什克洛夫斯基，"文学性"之于雅各布森，"文学作品的具体化"之于英加登，"作为符号学事实的艺术作品"之于穆卡若夫斯基，"复调""对话""狂欢化""多声部""外位性"则是巴赫金对现代斯拉夫文论所贡献的核心话语。这些核心话语深为巴赫金所钟爱，它们凝聚着巴赫金的学术理念，饱含着巴赫金的思想激情。要走近巴赫金，要走进巴赫金的理论世界，就要直面巴赫金理论的话核心话语。在巴赫金的视域中，在巴赫金的概念场中梳理"复调""对话""狂欢化""多声部""外位性"这些话语的原生语境，进入这些话语生成与发育的历史场景、文化背景，勘察这些看上去不难理解其实有丰富蕴藉的话语的多重内涵。"复调""对话""狂欢化""多声部""外位性"这些话语，承载着既是语言学家，又是符号学家，既是文学理论家，又是哲学人类学家的巴赫金一些最为基本的思想、最为根本的理念、最为核心的旨趣。只有进入这些核心话语的孕生与使用的历史之中进行深耕，只有进入巴赫金理论的话语体系结构之中进行勘查，才有可能把握巴赫金文论的精髓。

  作为四十余年来中国"巴赫金学"的见证者、参与者，笔者一直在巴赫金的理论世界进行学习与研究，在巴赫金研究园地进行耕耘，对巴赫金的"复调""对话""狂欢化""多声部""外位性"的思想魅力有些体会。笔者谨以《巴赫金文论核心话语研究》这部拙作，向巴赫金致敬，向中国的"巴赫金学"致敬，向国际"巴赫金学"致敬！

主要参考文献

(一) 俄文文献

Бахтин М.М. Проблемы творчества Достоевского. —Лелинград: Прибой, 1929.

Бахтин М.М. Проблемы поэтики Достоевского. —Москва.: Сов. Писатель, 1963 (Переизд. 1972, 1978).

Бахтин М.М. Проблемы творчества Достоевского. 5-е изд., доп. —Киев: «NEXT». 1994.

Бахтин М.М. Творчество Франсуа Рабле и народная культура средневековья и Ренессанса. —Москва.: Худ. Литература, 1965 (2-е изд. 1990).

Бахтин М.М. Вопросы литературы и эстетики. —Москва: Худ. Литература, 1975.

Бахтин М.М. Эстетика словесного творчества. —Москва: Искусство, 1979 (2-е изд. 1986).

Бахтин М.М. Литературно- критические статьи. —Москва: Сов. Писатель, 1986.

Бахтин М.М. (под маской) / Под ред. И.В.Пешкова.—Москва: Лабиринт. 2000.

Бахтин М.М.: Собрание Сочинений всемитомах.—Т.5. Работы 1940-х—начала

1960-х годов. —Москва: Русские словари, 1996.—732 с.

Бахтин М. М.: Собрание Сочинений.всемитомах.—Т.2. Проблемы творчества Достоевского（1929）; статьи о Л. Толстом（1929）; Записки лекций по истории русской литературы（1922-1927）. Москва-: Русские словари, 2002. —799с.

Бахтин М Мч: Собрание Сочиненийвсемитомах. —Т.6. Проблемы поэтики Достоевского（1963）; Работы 1960-1970-х гг. Москва: Русские словари, Языки славянской культуры, 2002. -800 с.

Бахтин М.М.: Собрание Сочинений.всемитомах. —Т.1. Философская эстетика 1920-хгодов Москва: Русские словари, Языки славянской культуры, 2003. —957с.

Бахтин М.М.: Собрание Сочинений.всемитомах. Т.4（Первый полутом）. ФрансуаРабле висторииреализма Материалык книге о Рабле Комментарии и приложения —Москва: Языки славянской культуры, 2008. —1120 с.

Бахтин М.М.: Собрание Сочинений.всемитомах. Т.4（Второй полутом）. ТворчествоФрансуаРаблеинародная культураСредневековьяиРенессанса. Рабле иГоголь（Искусство словаинароднаясмеховая культура）-Москва: Языки славянской культуры, 2010. —752 с.

Бахтин М.М: Собрание Сочиненийвсемитомах. Т.3.Теория романа（1930-1961）. -Москва: Языки славянской культуры, 2012. —880 с.

Беседы В. Д. Дувакина с М.М. Бахтиным. - Москва: Прогресс, 1996. - 342с.

М.М. Бахтин как философ: сборник статей/Отв. ред. Л.А. Гоготишвили, П. С.Гуревич. - Москва: Наука, 1992. - 251 с.

Бахтинология: исследования. Переводы, публикации; к столетию рождения Михаила Михайловича Бахтина（1895-1995）/ сост. и ред. К. Г. Исупов.

- Санкт- Петербург: Алетейя, 1995. - 370 с.

Невельский сборник. Статьи и воспоминания. К 100-летию М. М. Бахтина / отв. ред. Л. М. Максимовская. —Санкт-Петербург: Акрополь, 1996. - Выпуск 1. —160 с.

Бахтинский сборник / отв. ред. Д. Куюнджич, В.Л. Махлин. - Москва: Прометей, 1990. - Выпуск 1. - 130 с.

Бахтинский сборник / отв. ред. Д. Куюнджич, В.Л. Махлин. - Москва, 1992. - Выпуск 2. - 403 с.

Бахтинский сборник / отв. ред. В.Л. Махлин. - Москва: Лабиринт, 1997. - Выпуск 3. - 400 с.Бахтинский сборник / под ред. В.Л. Махлина. - Саранск: Мордовский государственный педагогический институт, 2000. - Выпуск 4. - 153 с.

Бахтинский сборник / отв. ред. и сост. В.Л. Махлин. - Москва: Языки славянской культуры, 2004. - Выпуск 5. - 632 с.

М.М. Бахтин в зеркале критики: сборник / отв. ред. и сост. Т.Г. Юрченко. -Москва: ИНИОН, 1995. - 191 с.

М.М. Бахтин: pro et contra. Личность и творчество М.М. Бахтина в оценке русской и мировой гуманитарной мысли. Сост., вступ.и коммент. К.Г.Исупова- СПб.: Издательство Русского христианского гуманитарного института, 2001.- Т. 1. - 552 с.

М.М. Бахтин: pro et contra. Творчество и наследие М. М. Бахтинав контексте мировой культуры. Сост., вступ.и коммент. К.Г. Исупова- СПб.: Издательство Русского христианского гуманитарного института, 2002. - Т. 2. - 712 с.

Бахтинский тезауруС.Материалы и исследования: сборник статей / под ред. Н.Д. Тамарченко, С.Н. Бройтмана, А. Садецкого.- Москва: Российский государственный гуманитарный университет, 1997. - 183 с.

Бахтинский тезаурус//Дискурс: коммуникативные стратегии культуры и образования. - 2003. - Выпуск 2. - № 11. - 123 с.

Михаил Михайлович Бахтин / под ред. В.Л. Махлина. - Москва: Российская политическая энциклопедия, 2010. - 440 с.

Аверинцев С.С. Личность и талант ученого//Литературное обозрение. - 1976. - № 10. - С.58-61.

Аверинцев С.С. Михаил Бахтин: ретроспектива и перспектива//Дружба народов. - 1988. - № 3. - С.256-259.

Аверинцев С.С. Бахтин и русское отношение к смеху//От мифа к литературе. Сборник в честь 75-летия Е.А. Мелетинского. - Москва: Российский университет, 1993. - С.341-345

Автономова Н.С. Открытая структура: Якобсон-Бахтин-Лотман-Гаспаров. -Москва: Российская политическая энциклопедия. 2009. -503 с.

Алпатов В.М. Волошинов, Бахтин и лингвистика. -Москва: Языки славянюских культур, 2005.-432 с.

Бочаров С.Г. Об одном разговоре и вокруг него//Новое литературное обозрение. - 1993. - № 2. - С.70-89

Бочаров С.Г. Бахтин-филолог: книга о Достоевском//Вопросы литературы. -2006. - № 2. - С.48-67.

Бройтман С.Н. Диалог и монолог —от «Проблем творчества Достоевского» к поздним работам Бахтина//ДискурС.2003. № 11.С.40-59.

Бройтман С.Н. Испытание Бахтиным//Новый филологический вестник. - 2006. -Выпуск 2. - С.199-205.

Васильев Н.Л. Михаил Михайлович Бахтин и феномен «Круга Бахтина»: В поискахутраченного времени. Реконструкции и деконструкции. Квадратура круга — Москва: ЛИБРОКОМ, 2013. -408 с.

Гаспаров М.Л. История литературы как творчество и исследование: Случай Бахтина//Русская литература XX-XXI вв.: Проблемы теории и методологии изучения. - Москва: Издательство Московского университета, 2004. - С.8-10.

Гоготишвили Л.А. Варианты и инварианты М.М. Бахтина//Вопросы философии. - 1992. - № 1. - С.115-133

Гоготишвили Л.А. Библер, Бахтин и проблема автора//Вопросы философии.

-2008. - № 9. - С.85-110.

Гоготишвили Л.А. Соотношение между полифоническим романом М. Бахтина и музыкальной полифонией (замечания к проблеме)//Вопросы философии. - 2019. -№ 3. - С.143-156.

Грякалов А.А. Структурализм в эстетике: Критичесий анализ.-Ленинград: Издательство Ленинградского университета. 1989.

Дымшиц А.Л. Монологи и диалоги//Литературная газета. - 1964. - № 82. - 11 июля.

Захаров В.Н. Проблема жанра в «школе» Бахтина (П.Н. Медведев, В.Н. Волошинов, М.М. Бахтин)//Русская литература. - 2007. - № 3. - С.19-30.

Егоров Б. Жизнь и творчество Ю.М. Лотмана.—Москва: Новое литературное обозрение, 1999.

Зенкин С. Работы о теории.—Москва: Новое литературное обозрение. 2012.

Зенкин С.Н. Теория литературы—М.: Новое литературное обозрение. 2018.

Иванов Вяч. ВС. Значение идей М. М. Бахтина о знаке, высказывании и диалоге для современной семиотики//Труды по знаковым системам. - 1973.

- Выпуск VIII . - С.5-44.

Исупов К.Г. Бахтинский кризис гуманизма//Бахтинский сборник. - Москва: [б. и.], 1991. - Выпуск 2. - С.127-155.

Исупов К.Г. Бахтин академический//Вопросы литературы. - 2013. - № 3. - С.309-332

История русской литературной критики: советская и постсоветская эпоха. Под ред. Е.Добренко, Г.Тиханова.— Москва: Новое литературное обозрение. 2011.

Кожинов В.В. Михаил Михайлович Бахтин: Краткий очерк жизни и деятельности / В. Кожинов, С.Конкин//Проблемы поэтики и истории литературы: сборник статей. -Саранск: Мордовский государственный университет, 1973. - С.3-61.

Кожинов В.В. «Так это было...»//Дон. - 1988. - № 10. - С.156-159.

Конкин С.С. М. М. Михаил Бахтин: Страницы жизни и творчества / С.С.Конкин, Л. С.Конкина. - Саранск: Мордовское книжное издательство, 1993. - 400 с.

Коровашко А.В. Михаил Бахтин / А. В. Коровашко. - Москва: Молодая гвардия, 2017. - 452 с.

Махлин В.Л. Бахтин и Запад (Опыт обзорной ориентации). Статья I//Вопросы философии. - 1993. - № 1. - С.94-114

Махлин В. Бахтин и современное литературоведение//Вопросы литературы. - 1996. - № 3. - С.65-67.

МахлинВ.Л. Лицом к лицу: программа М. М. Бахтина в архитектонике бытия-события XX века//Вопросы литературы. - 1996. - № 3. - С.82-88.

Махлин В.Л. Москва-Пекин-Бахтин//Бахтинский сборник. - 2000. - Выпуск 4. -С.108-115.

Махлин В.Л. Рукописи горят без огня. Вместо предисловия//Михаил Михайлович Бахтин. - Москва: Российская политическая энциклопедия, -2010.— С.5-22.

Николаев Н.И. Издание наследия Бахтина как филологическая проблема (Две рецензии)//Диалог. Карнавал. Хронотоп. - 1998. - № 3. - С.114-115.

Николаев Н.И. М. М. Бахтин в Невеле летом 1919 г.//Невельский сборник. -Санкт-Петербург: Акрополь, 1996. - Выпуск 1. - С.96-101.

Николаев Н.И. Невельская школа философии (М. Бахтин, М. Каган, Л. Пумпянский в 1918-1925 гг.): По материалам архива Л. Пумпянского / Н//М. М. Бахтин и философская культура XX века: Проблемы бахтинологии: сборник статей. -Санкт-Петербург: [б. и.], 1991. - Выпуск 1. - Ч. 2. - С.31-43.

Николаев Н.И. Невельская школа философии и марксизм. Доклад Л. В. Пумпянского и выступление М. М. Бахтина//Михаил Михайлович Бахтин. - Москва: Российская политическая энциклопедия, 2010. - С.363.

Осовский О.Е. Диалог в большом времени: литературоведческая концепция М. М. Бахтина - Саранск: Мордовский государственный педагогический институт, 1997. С.-192.

Осовский О.Е. Бахтин М. М. Собрание сочинений: в 6 т.//Известия Российской академии наук. Серия литературы и языка. -2015 № 2. —С.61-67.

Осовский О.Е. Большое время идей: мышление М.М. Бахтина сквозь призму современности//Русская литература. - 2017. - № 1. - С.252-253.

Осовский О.Е. Филолог или философ? Интеллектуальное «странничество» М. М. Бахтина: взгляд из 1990-х//Русская литература. - 2018. - № 1. - С.250-251.

Осовский О.Е. Бахтин в Шанхае: «Уроки китайского» для бахтинистики//Вопросы литературы. - 2019. - № 2. - С.207-223.

Осовский О.Е. Бахтин, Федин, Шкловский. Два малоизвестных эпизода из биографии Михаила Бахтина / О. Е. Осовский, С.А. Дубровская//Вопросы литературы. 2021. - № 1.. - С.191-216.

Паньков Н.А. Позвольте представить: «Диалог. Карнавал. Хронотоп»//Вопросы литературы. - 1995. - № 1. - С.376-377.

Паньков Н.А. О памятном, о важном, о былом... (устные воспоминания С.И. Каган и Ю. М. Каган)//Диалог. Карнавал. Хронотоп. - 1995. - № 2. - С.165-181.

Паньков Н.А. Керченские терракоты и проблема «античного реализма»: Книга М. М. Бахтина о Рабле и русская наука об античности конца XIX - первой половины XX в.//Новое литературное обозрение. - 2006. - № 3 (79). - С.101-119.

Паньков Н.А. М. М. Бахтин и теория романа//Вопросы литературы. - 2007. - № 3. - С.252-315.

Паньков Н.А. Смысл и происхождение термина «готический реализм»//Вопросы литературы. - 2008. - № 1. - С.227-248.

Паньков Н.А. Вопросы биографии и научного творчества М. М. Бахтина -

Москва: Издательство Московского государственного университета, 2009. - 720 с.

Паньков Н.А. Главы из книги о М. М. Бахтине//Диалог. Карнавал. Хронотоп. -2018. - № 1. - С.48-58.

Перлина Н. Достоевский в собрании сочинений М. Бахтина: от «проблем творчества» до «проблем поэтики»//Вопросы литературы. - 2013. - № 4. - С.294-309.

Пискунова С.И. Воздушные пути. Историческая поэтика романа в трудах М. Бахтина//Вопросы литературы. - 2013. - № 3. - С.332-355.

Попова И.Л. Книга М. М. Бахтина о Рабле в контексте идей школы Фосслера (к постановке проблемы)//Новый филологический вестник. - 2005 - № 1. - С.224-233.

Попова И.Л. Почти «юбилейное»: замечание к десятилетию выхода 5-го тома Собрания сочинений М. М. Бахтина//Новое литературное обозрение. - 2006. - № 3 (79). - С.50-55.

Попова И.Л. «Лексический карнавал» Франсуа Рабле: книга М. М. Бахтина и франко-немецкие методологические споры 1910—1920-х годов//Новое литературное обозрение. - 2006. - № 3 (79). - С.86-100.

Попова И.Л. «Рабле и Гоголь» как научный сюжет М. М. Бахтина//Известия Российской академии наук. Серия литературы и языка. 2009 № 6. —С.12-18.

Попова И.Л. Книга М. Бахтина о Франсуа Рабле и её значение для теории литературы. -Москва: ИМЛИ РАН. 2009-464 с.

Поспелов Г. Преувеличения от увлечения//Вопросы литературы. - 1965. - № 1. - С.95-108.

Русская теория: 1920-1930 е годы./ Сост. и отв, ред С.Зенкин-Москва: РГГУ. 2004. -318 с.

Русское академическое литературоведение: имена, школы, концепции.-Под общей редакцией О.А, Клинга и А.А.Холикова-М.; СПб.: Нестро-История. 2012. -320 с.

Русские литературоведы XX века: Биобиблиографическийсловарь.Т.I : Сост.А.А. Холиков;Под общей редакцией О.А, Клинга и А.А.Холикова-М.; СПб.: Нестро-История. 2017. —532 с.

Тамарченко Н.Д. М. Бахтин и П. Медведев: судьба «Введения в поэтику»// Вопросы литературы. - 2008. - № 5. - С.160-184.

Тамарченко Н.Д. «Эстетика словесного творчества» М. М. Бахтина и русская философско-филологическая традиция — Москва: Издательство Кулагиной, 2011. - 400 с.

Тиханов Г. «Почему современная теория литературы возникла в Центральной и Восточной Европе?»(пер. с англ. С.Силаковой)//НЛО. 2002/1 (53). С.75-88.

Фридлендер Г.М. Новые книги о Достоевском//Русская Литература. -1964 №2. -С.179-190

Фридлендер Г.М. Вопросы поэтики и теории романа в работах М. М. Бахтина / Г. М. Фридлендер, Б. С.Мейлах, В. М. Жирмунский//Известия Академии наук СССР. Серия литературы и языка. -1971. Выпуск 1. -С.53-61.

Хализев В.Е., Холиков А.А., Никандрова О.В. Русское академическое литературоведение. История и методология (1900—1960-е годы). -М. ; СПб.: Нестро-История. 2015. -176 с.

ЧжоуЦичао. После и помимо понятий «полифония», «диалог», «карнавализация». Изучение Бахтина в современном Китае//Вопросы литературы. -2015. - № 6. -С.219-237.

Эмерсон К. Столетний Бахтин в англоязычном мире глазами переводчика// Вопросы литературы. - 1996. - № 3. - С.68-81.

Эмерсон К. Двадцать пять лет спустя: Гаспаров о Бахтине//Вопросы литературы. - 2006. - № 2. - С.12-47

Эпоха «остранение». Русский формализм и современное гуманитарное знание/

Сост. Я. Левченко, И Пильщиков.—Москва: Новое литературное обозрение, 2017.- 672. с.

Эпштейн М. Знак пробела: О Будущем гуманитарных наук. -Москва: Новое литературное обозрение, 2004.

Якубинский Л. О диалоге//Русская речь: Сборники статей. под ред. Л. В. Щербы, проф. Петрогр. ун-та. —Петроград: Фонетич. ин-т практич. изучения языков, 1923.

（二）英文文献

A History of Russian Literary Theory and Criticism: The Soviet Age and Beyond, Eds. by E.Dobrenko & G.Tihanov. —Pittsburgh: University of Pittsburgh Press. 2011.

Bennett, Tony: *Formalism and Marxism.* —London: Methuen &Co.Ltd. 1979.

Bennett, Tony: *Formalism and Marxism.* —London and New York: Routledge. 2003.

Bojtar, Endre: *Slavic Structuralism.* —Amsterdam/ Philadelphia: John Benjamins Publishing Company. 1985.

Clark K., Holqust M. *Mikhail Bakhtin: A Biography.* —Cambridge: Mass.: Harvard University Press. 1984.—XIV. -398 p.

Critical Theory in Russia and the West Eds. by AlastailRenfrew, GalinTihanov, —London & New York: Routledge. 2010.

Emerson, C.: *The First Hundred Years of Mikhail Bakhtin.*—New Jersey.: Princeton University Press. 1997.296 p.

Emorson, C.(Ed). *Critical Essays on Mikhail Bakhtin*—New York: G.K.Hall. 1999. -418p.

Face to Face: Bakhtin in Russia and the West, —Sheffield: Sheffield University Press. 1997.

Fokkema, D.W. Continuity and change in Russian Formalism, Czech Structuralism and Soviet Semiotics//*PTL*, 1976, Vol.1. N01.

Fokkema, D.W, Kunne-Ibsch, E. *Theories of Literature in the Twentieth Century*—London: Hurst Co. Ltd. 1977.

Jefferson, A., Robey, D.: *Modern Literary Theory: A Comparative Introduction.* —London: Batsford, 1986.

Literary Theory: An Anthology / Eds. by Julie Rivkin, et al., —Oxford: Blackwell, 1998.

Liu, Naiyin: *Reading the Canterbury Tales: A Bakhting Approach*, —Shanghai: East China Normal University Press. 1999.

Lodge, D. *The Modes of Modern Writing: Metaphor, Metonymy, and the Typology of Modern Literature.* —London: Arnold. 1977.

Mikhail Bakhtin. Ed.by Michael E.Gardiner, 4 Vols. —London.: Sage. 2003.

Marina Grishakova and SilviSalupere (Eds.), *Theoretical Schools and Circles in the Twentieth-Century Humanities: Literary Theory, History, Philosophy*— London and New York: Routledge, 2015.

Ning, Yizhong: *Carnivalization and Joseph Conrad's Fictional World*—Changsha: Hunan Normal University Press. 1999.

Striedter, J.: *Literary Structure, Evolution, and Value: Russian Formalism and Czech Structuralism Reconsidered.* —Cambridge, Mass. —Harvard University Press, 1989.

Thomson,C.Crisis in Calgary Some Impressions of «Dialogue and Culture» (The Eighth International Mikhail Bakhtin Conference, 2025 June, 1997, University of Calgary)//*Диалог. Карнавал. Хронотоп.* - 1997. - № 4. - C.166-173.

Theoretical Schools and Circles in the Twentieth- Century Humanities: Literary Theory, History, Philosophy/Eds.by Marina Grishakova and SilviSalupere. —London & New York: Routlege, 2015.

The New Princeton's Encyclopedia of Poetry and Poetics. Edt.by Alex Preminger / T.V.F. Brogan, —Princeton, N.J.: Princeton University Press. 1993.

Tihanov, Galin: *The Birth and Death of Literary Theory: Regimes of Relevance in Russia and Beyond*. —Stanford: California: Stanford University Press, 2019.

（三）中文引用文献

1. 外国学者著作汉译

【美】《卡瑞尔·爱默生谈巴赫金》，周启超译，《外国文论与比较诗学》第 1 辑，北京：知识产权出版社 2014 年版。（注：卡瑞尔·爱默生即凯瑞·爱默生）

【美】米·爱泼斯坦：《惊悚与奇特——论西·弗洛伊德与维·什克洛夫斯基的理论相会》，张冰译，《外国文论与比较诗学》第 4 辑，北京：知识产权出版社 2017 年版。

【苏】米·巴赫金：《陀思妥耶夫斯基的复调小说和评论界对它的阐述》，夏仲翼译，《世界文学》1982 年第 4 期。

【苏】米·巴赫金：《答〈新世界〉编辑部问》，刘宁译，《世界文学》1995 年第 5 期。

【苏】米·巴赫金：《关于人文学科的方法论》，刘宁译，《世界文学》1995 年第 5 期。

【苏】米·巴赫金：《陀思妥耶夫斯基诗学问题》，载钱中文主编：《巴赫金全集》第 5 卷，白春仁、顾亚铃等译，石家庄：河北教育出版社 2009 年版。

【苏】米·巴赫金、沃罗希洛夫：《弗洛伊德主义》，佟景韩译，上海：上海文艺出版社 1988 年版。

【苏】米·巴赫金：《文艺学中的形式主义方法》，李辉凡、张捷译，桂林：漓江出版社 1989 年版。

【苏】米·巴赫金：《巴赫金集》，张杰编，上海：上海远东出版社 1998 年版。

【苏】米·巴赫金：《巴赫金全集》7 卷本，钱中文主编，石家庄：河北教育出版社 2009 年版。

【苏】米·巴赫金：《巴赫金全集》6 卷本，钱中文主编，石家庄：河北教育出版社 1998 年版。

【苏】米·巴赫金:《巴赫金文论选》, 佟景韩编, 北京: 中国社会科学出版社 1996 年版。

【苏】米·巴赫金、沃洛希诺夫:《弗洛伊德主义批判》, 张杰、樊锦鑫译, 北京: 中国文联出版公司 1987 年版。(注, 沃洛希诺夫即沃罗希诺夫)

【苏】米·巴赫金、沃洛申诺夫:《弗洛伊德主义评述》, 汪浩译, 沈阳: 辽宁人民出版社 1987 年版。(注: 沃洛申诺夫即沃罗希诺夫)

【苏】米·巴赫金:《关于陀思妥耶夫斯基一书的修订》, 载《巴赫金全集·第 5 卷·诗学与访谈》, 钱中文主编, 白春仁、顾亚铃等译, 石家庄: 河北教育出版社 1998 年版。

【苏】米·巴赫金:《论陀思妥耶夫斯基小说的复调性——巴赫金访谈录》, 周启超译,《俄罗斯文艺》2003 年第 2 期。

【苏】米·巴赫金:《陀思妥耶夫斯基诗学问题》, 白春仁、顾亚玲译, 北京: 生活·读书·新知三联书店 1988 年版。

【苏】米·巴赫金:《陀思妥耶夫斯基诗学问题》, 载《巴赫金全集·第 5 卷·诗学与访谈》, 钱中文主编, 白春仁、顾亚铃等译, 石家庄: 河北教育出版社 1998 年版。

【苏】米·巴赫金:《文艺学中的形式方法》, 邓勇、陈松岩译, 北京: 中国文联出版公司 1992 年版。

【苏】巴赫金:《陀思妥耶夫斯基诗学问题》, 刘虎译, 北京: 中央编译出版社, 2010 年版。

【日】北冈诚司:《巴赫金: 对话与狂欢》, 魏炫译, 石家庄: 河北教育出版社 2002 年版。

【法】让·贝西埃等主编:《诗学史》(下), 史忠义译, 天津: 百花文艺出版社 2002 年版。

【英】托尼·贝内特:《俄国形式主义与巴赫金的历史诗学》, 张来民译,《黄淮学刊》1991 年第 2 期。

【俄】伊琳娜·波波娃：《巴赫金与形式论学派：一个未被观察到的交集》，郑文东等译，《社会科学战线》2019 年第 5 期。

【俄】伊琳娜·波波娃：《狂欢》，周启超译，载周启超编选：《俄罗斯学者论巴赫金》，南京：南京大学出版社 2014 年版。

【美】唐纳德·范格尔：《巴赫金论"复调小说"》，熊玉鹏摘译，《文艺理论研究》1984 年第 2 期。

【荷兰】D.W. 佛克马、E. 贡内—易布斯：《二十世纪文学理论》，林书武等译，北京：生活·读书·新知三联书店 1988 年版。

【荷兰】D. 佛克马：《俄罗斯形式主义、捷克结构主义和苏联符号学派之延续与变化》，张晓红、贺江译，《外国文论与比较诗学》第 2 辑，北京：知识产权出版社 2015 年版。

【苏】格·弗里德连捷尔等：《巴赫金著作中的小说诗学与小说理论问题》，载周启超编选：《俄罗斯学者论巴赫金》，南京：南京大学出版社 2014 年版。

【美】詹·霍尔奎斯特：《巴赫金生平及著述》，君智译，《世界文学》1988 年第 4 期。

【美】凯特琳娜·克拉克，迈克尔·霍奎斯特：《米哈伊尔·巴赫金》，语冰译，北京：中国人民大学出版社 1992 年版、2000 年版。

【法】茱莉亚·克里斯特瓦：《克里斯特瓦谈巴赫金》（1995），周启超译，载《剪影与见证：当代学者心目中的巴赫金》，南京：南京大学出版社 2014 年版。

【俄】谢·孔金、拉·孔金娜：《巴赫金传》，张杰、万海松译，北京：东方出版中心 2000 年版。

【英】罗里·赖安、苏珊·范·齐尔编：《当代西方文学理论导引》，李敏儒等译，成都：四川文艺出版社 1986 年版。

【苏】阿·卢那察尔斯基：《论陀思妥耶夫斯基的"多声部性"——从巴赫金的〈陀思妥耶夫斯基创作诸问题〉一书说起》，干永昌译，《外国文学评论》1987 年第

1期。

【英】格·佩奇:《巴赫金,马克思主义和后结构主义》,张若桑译,《文艺理论研究》1996年第1期。

【俄】瓦列里·秋帕:《共识性对话》,刘锟译,《浙江大学学报(人文社会科学版)》2020年第5期。

【波兰】博古斯拉夫·祖尔科:《巴赫金观点系统中的人文科学》,周启超译,《社会科学战线》2016年第4期。

【法】让—伊夫·塔迪埃:《20世纪的文学批评》,史忠义译,天津:百花文艺出版社1998年版。

【美】安娜·塔马尔琴科:《米哈伊尔·米哈伊洛维奇·巴赫金》,载巴赫金、沃罗希洛夫:《弗洛伊德主义》,佟景韩译,上海:上海文艺出版社1988年版。

【加】克里夫·汤姆逊:《巴赫金的对话诗学》,姜靖译,《国外文学》1994年第2期。

【法】茨维坦·托多罗夫:《巴赫金、对话理论及其他》,蒋子华、张萍译,天津:百花文艺出版社2001年版。

【法】茨维坦·托多罗夫:《巴赫金思想的三大主题》,唐建清译,《文论报》1998年6月4日第3版。

【法】茨维坦·托多罗夫:《对话与独白:巴赫金与雅各布森》,史忠义译,《俄罗斯文艺》2008年第1期。

【法】茨维坦·托多罗夫:《批评的批评》,王东亮、王晨阳译,北京:生活·读书·新知三联书店1988年版。

【法】茨维坦·托多罗夫编选:《俄苏形式主义文论选》,蔡鸿滨译,北京:中国社会科学出版社1989年版。

【俄】E.B.沃尔科娃,E.A.博加特廖娃:《文化盛世中的巴赫金》,梁朋译,《哲学译丛》1992年第1期。

【苏】叶莲娜·沃尔科娃:《审美事件:外位性与对话(节选)》,萧净宇译,载周启超编选:《俄罗斯学者论巴赫金》,南京:南京大学出版社 2014 年版。

【俄】B.C. 瓦赫鲁舍夫:《围绕巴赫金的"狂欢化"理论的悲喜剧游戏》,夏忠宪译,《俄罗斯文艺》1999 年第 3 期。

【捷克】穆卡若夫斯基:《对话与独白》,庄继禹译,《布拉格学派及其他》(《世界文论》【7】),《世界文论》编辑委员会编,北京:社会科学文献出版社 1995 年版。

【英】特雷·伊格尔顿:《20 世纪西方文学理论》,伍晓明译,北京:北京大学出版社 2007 年版。

【俄】弗·扎哈罗夫:《当代学术范式中的陀思妥耶夫斯基和巴赫金》,梁坤译,《俄罗斯文艺》2009 年第 1 期。

2. 中国学者著作

《对话中的巴赫金:访谈与笔谈》,王加兴编选,南京:南京大学出版社 2014 年版。

《中国学者论巴赫金》,王加兴编选,南京:南京大学出版社 2014 年版。

《俄罗斯学者论巴赫金》,周启超编选,南京:南京大学出版社 2014 年版。

《剪影与见证:当代学者心目中的巴赫金》,周启超编选,南京:南京大学出版社 2014 年版。

《欧美学者论巴赫金》,周启超编选,南京:南京大学出版社 2014 年版。

白春仁:《巴赫金——求索对话思维》,《文学评论》1998 年第 5 期。

白春仁:《边缘上的话语——巴赫金话语理论辨析》,《外语教学与研究》2000 年第 3 期。

白春仁:《融通之旅:白春仁文集》,哈尔滨:黑龙江人民出版社 2007 年版。

斑斓、王晓秦:《外国现代批评方法纵览》,广州:花城出版社 1987 年版。

陈建华主编:《新时期巴赫金文艺思想研究》,载《中国俄苏文学研究史论》

(第二卷），重庆：重庆出版社2007年版。

陈平辉：《以人为根基建构小说的艺术空间：对巴赫金"复调小说"理论和中国当代小说的思考》，《文艺理论研究》1997年第3期。

陈涛：《"外位性"：巴赫金批评研究的方法与意义——评卡瑞尔·爱默生著〈巴赫金的第一个百年〉》，《外国文论与比较诗学》第2辑，北京：知识产权出版社2015年版。

陈晓明：《复调和声里的二维生命进向：张承志的〈金牧场〉》，《当代作家评论》1987年第5期。

程金海：《复调理论中作者与主人公关系的宗教意味》，《郴州师范高等专科学校学报》2002年第4期。

程金海：《教堂与天堂：作为审美理念的"复调小说"》，《河海大学学报》2001年第1期。

程小平：《对话与存在——略论巴赫金诗学的存在主义特性》，《北京联合大学学报》2001年第4期。

程正民、李燕群：《巴赫金的对话理论与语文教学的对话性》，《语文教学与研究》2003年第17期。

程正民：《巴赫金的对话思想和文论的现代性》，《文艺研究》2000年第2期。

程正民：《巴赫金的文化诗学》，北京：北京师范大学出版社2001年版。

程正民：《文化诗学：钟敬文和巴赫金的对话》，《文学评论》2002年第2期。

但汉松、隋晓荻：《巴赫金文论与精神分析文论之比较研究》，《学术交流》2004年第10期。

董小英：《巴赫金对话理论阐述》，《外国文学研究集刊》第16辑，北京：中国社会科学出版社1994年版。

董小英：《再登巴比伦塔——巴赫金与对话理论》，北京：生活·读书·新知三联书店1994年版。

董晓：《超越形式主义的'文学性'：试析巴赫金对俄国形式主义的批判》，《国外文学》2000 年第 2 期。

段建军、陈然兴：《人，生存在边缘上：巴赫金边缘思想研究》，北京：人民出版社 2008 年版。

樊锦鑫：《陀思妥耶夫斯基和欧洲小说艺术的发展》，《长沙水电师院学报》1987 年第 2 期。

丰林：《超语言学：走向诗学研究的最深处》，《北京科技大学学报》2001 年第 1 期。

冯平：《游戏与狂欢——伽达默尔与巴赫金的两个概念的关联尝试》，《文艺评论》1999 年第 4 期。

傅修延、夏汉宁：《文学批评方法论基础》，南昌：江西人民出版社 1986 年版。

郭宏安、章国锋等：《二十世纪西方文论研究》，北京：中国社会科学出版社 1997 年版。

胡继华：《诗学现代性和他人伦理——巴赫金诗学中的"他人"概念》，《东南学术》2002 年第 2 期。

胡经之等：《西方 20 世纪文论史》，北京：中国社会科学出版社 1988 年版。

胡经之主编：《西方文艺理论名著教程》（下卷），北京：北京大学出版社 1989 年版。

胡经之主编：《西方文艺理论名著教程》（下卷），北京：北京大学出版社 2003 年版。

胡壮麟：《走近巴赫金的符号王国》，《外语研究》2001 年第 2 期。

胡壮麟：《巴赫金与社会符号学》，《北京大学学报》1994 年第 2 期。

皇甫修文：《巴赫金复调理论对小说艺术发展的意义》，《延边大学学报》1991 年第 3 期。

黄玫：《巴赫金与俄国形式主义的诗学对话》，《俄罗斯文艺》2001 年第 2 期。

黄玫：《洛特曼的结构主义诗学观》，《中国俄语教学》，2000 年第 1 期。

黄玫：《韵律与意义：20 世纪俄罗斯诗学理论研究》，北京：人民出版社 2005

年版。

黄梅:《也说巴赫金》,《外国文学评论》1989 年第 1 期。

季明举:《对话乌托邦——巴赫金"对话"视野中的思维方式革命》,《俄罗斯文艺》2002 年第 3 期。

蒋青林:《谁是英雄?——评多义复调电影〈英雄〉》,《电影评介》2003 年第 2 期。

蒋述卓、李凤亮:《对话:理论精神与操作原则——巴赫金对比较诗学研究的启示》,《文学评论》2000 年第 1 期。

蒋原伦:《一种新的批评话语——读巴赫金〈陀思妥耶夫斯基诗学问题〉》,《文艺评论》1992 年第 5 期。

李彬:《巴赫金的话语理论及其对批判学派的贡献》,《国际新闻界》2001 年第 6 期。

李凤亮:《复调:音乐术语与小说观念——从巴赫金到热奈特再到昆德拉》,《外国文学研究》2003 年第 1 期。

李健、吴彬:《论巴赫金的对话理论》,《皖西学院学报》2003 年第 3 期。

李衍柱:《巴赫金对话理论的现代意义》,《文史哲》2001 年第 2 期。

凌继尧:《美学和文化学——记苏联著名的 16 位美学家》,上海:上海人民出版社 1990 年版。

凌继尧:《苏联当代美学》,哈尔滨:黑龙江人民出版社,1986 年版。

凌建侯:《巴赫金话语理论中的语言学思想》,《中国俄语教学》2001 年第 3 期。

凌建侯:《巴赫金言语体裁理论评介》,《中国俄语教学》2000 年第 3 期。

凌建侯:《巴赫金哲学思想与文本分析法》,北京:北京大学出版社 2007 年版,第 75、79 页。

凌建侯:《对话论与人文科学方法论——巴赫金哲学思想研究》,《天津社会科学》2001 年第 3 期。

凌建侯:《更新思维模式,探索新的方法——外国文学与翻译研究的方法论思考》,《外语与外语教学》2001年第10期。

凌建侯:《话语的对话本质——巴赫金对话哲学与话语理论关系研究》,北京外国语大学博士学位论文,1999年。

凌建侯:《话语的对话性——巴赫金研究概说》,《外语教学与研究》2000年第3期。

凌建侯:《试析巴赫金的对话主义及其核心概念"话语"（слово）》,《中国俄语教学》1999年第1期。

刘晗、粟世来:《话语的对话性与诗学问题——巴赫金话语理论研究之二》,《吉首大学学报》2008年第8期。

刘晗:《双重批判与反思中的理论建构——巴赫金话语理论研究之一》,《新疆社科论坛》2009年第1期。

刘涵之:《巴赫金超语言思想刍议》,《新疆大学学报》2004年第2期。

刘康:《对话的喧声——巴赫金的文化转型理论》,北京:中国人民大学出版社1995年版。

刘康:《一种转型期的文化理论——论巴赫金对话主义在当代文论中的命运》,《中国社会科学》1994年第2期。

刘乃银:《巴赫金的理论与〈坎特伯雷故事集〉》（英文版）,上海:华东师范大学出版社1999年版。

刘庆璋:《欧美文学理论史》,福州:福建教育出版社1995年版。

刘象愚主编:《外国文论简史》,北京:北京大学出版社2005年版。

罗芃:《意识的对话——论日内瓦学派》,《欧美文学论丛》第三辑,北京:人民文学出版社2003年版。

罗婷:《论克里斯特瓦与巴赫金的对话理论》,《外语与外语教学》2002年第12期。

吕宏波:《从"言谈"到"对话"——巴赫金的语言哲学与文化理论》,《绍兴文理学院学报》2003年第1期。

马琳:《论巴赫金对话理论的双主体性》,《济南大学学报》2004年第1期。

梅兰:《对象世界与关系世界——席勒的审美教育思想与巴赫金狂欢化思想比较》,《武汉科技学院学报》2002年第2期。

梅兰:《巴赫金哲学美学和文学思想研究》,武汉:华中科技大学出版社2005年版。

南帆主编:《二十世纪中国文学批评99个词》,杭州:浙江文艺出版社2003年版。

宁一中:《论巴赫金的言谈理论》,《外语教学与研究》2000年第3期。

彭克巽:《巴赫金的文艺美学理论》,载彭克巽主编:《苏联文艺学学派》,北京:北京大学出版社1999年版。

蓬生:《陀思妥耶夫斯基的世界——巴赫金论陀思妥耶夫斯基》,《文艺报》1987年9月5日。

齐效斌:《被遗忘的语言:意识形态——巴赫金意识形态符号学初探》,《南京师范大学学报》2002年第3期。

钱翰:《从"对话性"到"互文性"》,《跨文化的文学理论研究》第2辑,哈尔滨:黑龙江人民出版社2008年版。

钱中文:《巴赫金:交往、对话的哲学》,《哲学研究》1998年第1期。

钱中文:《巴赫金全集》序言,载《巴赫金全集》第一卷,石家庄:河北教育出版社1998年版。

钱中文:《对话的文学理论——误差、激活、融化与创新》,《中国社会科学院研究生院学报》1993年第5期。

钱中文:《复调小说:主人公与作者——巴赫金的叙述理论》,《外国文学评论》1987年第1期。

钱中文:《各具特色的对话:交往哲学与诗学——谈巴赫金与哈贝马斯》,《文艺报》2001/8。

钱中文:《理解的理解——巴赫金的人文科学方法论思想》,2007·北京"跨文化视界中的巴赫金"国际研讨会论文。

钱中文：《理解的欣悦——论巴赫金的诠释学思想》，2004·湘潭"巴赫金学术思想国际研讨会"论文。

钱中文：《论巴赫金的交往美学及其人文科学方法论》，《文艺研究》1998 年第 1 期。

钱中文：《陀思妥耶夫斯基诗学问题》中译本前言，载巴赫金：《陀思妥耶夫斯基诗学问题》，白春仁、顾亚玲译，北京：生活·读书·新知三联书店 1988 年版。

钱中文：《文学发展论》（增订版），北京：经济科学出版社 1998 版。

钱中文：《文学原理发展论》，北京：社会科学文献出版社 1989 年版。

钱中文：《误解要避免，"误差"却是必要的》，《外国文学评论》1989 年第 4 期。

秦海鹰：《人与文，话语与文本——克里斯特瓦互文性理论与巴赫金对话理论的联系与区别》，《欧美文学论丛》第三辑（欧美文论研究），北京：人民文学出版社 2003 年版。

秦勇：《巴赫金对"间性"理论的贡献》，《俄罗斯文艺》2003 年第 4 期。

秦勇：《巴赫金躯体理论研究》，北京：中国社会科学出版社 2009 年版。

秦勇：《狂欢与笑话——巴赫金与冯梦龙的反抗话语比较》，《扬州大学学报》2000 年第 4 期。

秦勇：《论巴赫金的"镜像理论"》，《河北师范大学学报》2003 年第 4 期。

秦勇：《论酒神理论对巴赫金躯体思想的影响》，《南京师范大学学报》2003 年第 3 期。

邵建：《复调：小说创作新的流向》，《作家》1993 年第 3 期。

沈华柱：《巴赫金语言哲学思想述评》，《福州大学学报》2003 年第 1 期。

沈华柱：《对话的妙悟：巴赫金语言哲学思想研究》，上海：上海三联书店 2005 年版。

史忠义：《泛对话原则与诗歌中的对话现象》，《外国文学研究》2001 年第 3 期。

宋春香：《巴赫金思想与中国当代文论》，北京：知识产权出版社 2009 年版。

宋春香：《狂欢的宗教之维——巴赫金狂欢理论研究》，中国人民大学 2008 级博士学位论文，未刊。

宋大图：《巴赫金的复调理论和陀思妥耶夫斯基的作者立场》，《外国文学评论》1987 年第 1 期。

谭学纯、唐跃：《小说语言体验的五种视角》，《南方文坛》1995 年第 2 期。

童明辉：《巴赫金的对话理论与中学语文教学》，《内蒙古师范大学学报》2004 年第 12 期。

童庆炳：《对话——重建新文化形态的战略》，《北京师范大学学报（人文社会科学版）》1994 年第 4 期。

涂险峰：《复调理论的局限与复调小说发展的现代维度》，《外国文学研究》1999 年第 1 期。

汪晖：《"死火"重温》，载王晓明主编：《20 世纪中国文学史论》上册，北京：东方出版中心 2003 年版。

王德威：《想象中国的方法》，北京：生活·读书·新知三联书店 2003 年版。

王德威：《被压抑的现代性：晚清小说新论》，北京：北京大学出版社 2005 年版。

王加兴：《巴赫金言谈理论阐析》，《南京大学学报》1998 年第 4 期。

王建刚：《狂欢诗学：巴赫金文学思想研究》，上海：学林出版社 2001 年版。

王建刚：《艺术语/实用语：虚拟的二元对立——巴赫金对俄国形式主义诗语理论的批判》，《上海师范大学学报》1997 年第 4 期。

王宁：《巴赫金之于"文化研究"的意义》，《俄罗斯文艺》2002 年第 2 期。

王钦锋：《巴赫金与比较文学的方法》，《中国比较文学》1998 年第 1 期。

王钦锋：《复调小说的两种模式》，《湛江师范学院学报》2000 年第 2 期。

王文忠：《言语体裁理论的形成与发展》，《解放军外国语学院学报》2002 年第 3 期。

王一川：《从理性中心到语言中心》，《文学评论》，1994年第6期。

王元骧：《论中西文论的对话与融合》，《浙江学刊》2000年第4期。

王振星：《〈水浒传〉狂欢化的文学品格》，《济宁师范专科学校学报》2001年第1期。

魏少林：《巴赫金小说理论研究》，复旦大学博士学位论文，2001年。

吴晓东：《从卡夫卡到昆德拉》，北京：生活·读书·新知三联书店2003年版。

吴晓都：《巴赫金与文学研究方法论》，《外国文学批评论》1995年第1期。

吴岳添：《从拉伯雷到雨果——从巴赫金的狂欢化理论谈起》，《外国文学评论》2005年第2期。

夏忠宪：《〈红楼梦〉与狂欢化、民间诙谐文化》，《红楼梦学刊》1999年第3期。

夏忠宪：《巴赫金狂欢化诗学研究》，北京：北京师范大学出版社2000年版。

夏忠宪：《对话—整合：文学研究与语言、文化》，《俄罗斯文艺》1997年第1期。

夏仲翼：《窥探心灵奥秘的艺术——陀思妥耶夫斯基艺术创作散论》，《苏联文学》1981年第1期。

夏仲翼：《陀思妥耶夫斯基的〈地下室手记〉和小说复调结构问题》，《世界文学》1982年第4期。

肖锋：《巴赫金"微型对话"和"大型对话"》，《俄罗斯文艺》2002年第5期。

肖明翰：《没有终结的旅程——试论〈坎特伯雷故事〉的多元与复调》（2004年6月湘潭"巴赫金学术思想国际研讨会"论文）。

萧净宇、李尚德：《从哲学角度论'话语'——巴赫金语言哲学研究》，《中山大学学报》2002年第5期。

萧净宇：《巴赫金诠释学及其人文科学认识方法论》，载《超越语言学——巴赫金语言哲学研究》，上海：上海人民出版社2007年版。

萧净宇：《巴赫金语言哲学中的对话主义》，《现代哲学》2001年第4期。

萧净宇：《超越语言学——巴赫金语言哲学思想研究》，上海：上海人民出版社2007年版。

晓河：《巴赫金的"言谈"理论及其在语言学、诗学中的地位》，《外国文学研究》1996年第1期。

晓河：《巴赫金的"意义"理论初探——兼与伽达默尔等人的比较》，《河北学刊》1999年第3期。

晓河：《巴赫金哲学思想研究》，石家庄：河北人民出版社2006年版。

晓河：《文本·作者·主人公——巴赫金的叙述理论研究》，《文艺理论与批评》1995年第2期。

辛斌：《巴赫金论语用：言语、对话、语境》，《外语研究》2002年第4期。

严家炎：《论鲁迅的复调小说》，上海：上海教育出版社2002年版。

杨建刚：《在形式主义与马克思主义之间对话——巴赫金学术研究的立场、方法与意义》，《文学评论》2009年第3期。

杨琳桦：《"对话"还是"对位"》，《国外文学》2002年第3期。

杨喜昌：《巴赫金语言哲学思想分析》，《解放军外国语学院学报》1999年第2期。

曾军：《巴赫金对席勒讽刺观的继承与发展——兼及巴赫金笑论的美学史意义》，《外国文学研究》2001年第3期。

曾军：《从"葛兰西转向"到"转型的隐喻"——巴赫金对伯明翰学派的影响研究》，《跨文化的文学理论研究》第2辑，哈尔滨：黑龙江人民出版社2008年版。

曾军：《接受的复调：中国巴赫金接受史研究》，桂林：广西师范大学出版社2004年版。

曾军：《在审美与技术之间——巴赫金对形式主义"纯技术（语言）"方法的批评》，《华中师范大学学报》2001年第3期。

张冰：《对话：奥波亚兹与巴赫金学派》，《外国文学评论》1999年第2期。

张会森：《作为语言学家的巴赫金》，《外语学刊》1999年第1期。

张杰：《巴赫金对话理论中的非对话性》，（《外国语》2004年第1期。

张杰:《符号学王国的构建:语言的超越与超越的语言——巴赫金与洛特曼的符号学理论研究》,《南京师范大学学报》2002年第4期。

张杰:《复调小说理论研究》,桂林:漓江出版社1992年版。

张杰:《复调小说的作者意识与对话关系——也谈巴赫金的复调理论》,《外国文学评论》1989年第4期。

张杰:《批判的超越——论巴赫金的整体性批评理论》,《文艺研究》1990年第6期。

张杰:《批评思维模式的重构—从巴赫金的对话语境批评谈起》,《解放军外国语学院学报》1999年第1期。

张进、周启超、许栋梁主编:《外国文论核心集群理论旅行问题研究——第2届现代斯拉夫文论与比较诗学国际学术研讨会论文集》,北京:中国社会科学出版社2018年版。

张开焱:《开放人格——巴赫金》,武汉:长江文艺出版社2000年版。

张柠:《对话理论与复调小说》,《外国文学评论》1992年第3期。

张勤:《论巴赫金对话主义的话语特征》,《南宁师范高等专科学校学报》2003年第1期。

张素玫:《对话与狂欢:巴赫金与中国当代文学批评》,华东师范大学博士学位论文,2006年版。

赵淳:《话语实践与文化立场:西方文论引介研究:1993—2007》,南京:南京大学出版社2008年版。

赵世瑜:《狂欢与日常——明清以来的庙会与民间社会》,北京:生活·读书·新知三联书店2002年版。

赵晓彬:《洛特曼与巴赫金》,《外国文学评论》,2003年第1期。

赵一凡:《阿尔都塞与话语理论》,《读书》1994年第2期。

赵一凡:《巴赫金:语言与思想的对话》,《读书》1990年第4期。

赵一凡:《福柯的话语理论》,《读书》1994年第5期。

赵一凡：《话语理论的诞生》，《读书》1993年第8期。

赵毅衡编选：《符号学文学论文集》，天津：百花文艺出版社2004年版。

赵志军：《寻找意识形态和文学形式的结合点——巴赫金批评方法论》，《广西大学学报》1997年第3期。

赵志军：《艺术对现实的构造——作为形式主义者的巴赫金》，载《俄国形式主义诗学研究》，乌鲁木齐：新疆大学出版社1993年版。

郑欢、罗亦君：《充满张力的话语场——巴赫金的超语言学语境试析》，《成都理工大学学报》2003年第1期。

郑欢：《从"应分"到对话——超语言学的内在哲学精神》，《四川外语学院学报》2003年第6期。

郑欢：《关于翻译的对话性思考——从巴赫金的超语言学看翻译》，《乐山师范学院学报》2003年第5期。

钟敬文：《略论巴赫金的文学狂欢化思想》，载《建立中国民俗学派》，哈尔滨：黑龙江教育出版社1999年版。

钟敬文：《文学狂欢化思想与狂欢》，《光明日报》1999年1月28日。

周宪：《20世纪西方美学》，南京：南京大学出版社1997年版。

周小仪：《文学性》，《外国文学》2003年第5期。

朱崇科：《张力的狂欢：论鲁迅及其来者之故事新编小说中的主体介入》，上海：上海三联书店2006年版。

朱立元、张德兴等：《西方美学通史》第7卷（下），上海：上海文艺出版社1999年版。

朱立元、张德兴：《现代西方美学流派评述》，上海：上海人民出版社1988年版。

朱立元主编：《当代西方文艺理论》，上海：华东师范大学出版社1997年版。

邹广胜：《多元、平等、交流——二十世纪文学对话理论研究》，南京大学博士学位论文，2000年。

周启超：《在结构—功能探索的航道上》，《外国文学评论》1989年第1期。

周启超：《直面原生态，检视大流脉——二十年代俄罗斯文论格局刍议》，《文学评论》2001 年第 2 期。

周启超：《复调》，《外国文学》2002 年第 3 期。

周启超：《开采·吸纳·创造——谈钱中文先生的巴赫金研究》，载《多元对话时代的文艺学建设》，北京：军事谊文出版社 2002 年版。

周启超：《在"大对话"中深化马克思主义美学研究》，《马克思主义美学研究》第 7 辑，桂林：广西师范大学出版社 2004 年版。

周启超：《巴赫金文论研究》，周启超著：《现代斯拉夫文论导引》，郑州：河南大学出版社 2011 年版。

周启超：《试论巴赫金的"文本理论"》，《江西社会科学》2009 年第 8 期。

周启超：《在对话中生成的文本》，载周启超：《跨文化视界中的文学文本/作品理论》，北京：中国社会科学出版社 2012 年版。

周启超：《"复调""对话""狂欢化"之后与之外》，周启超：《开放与恪守》，保定：河北大学出版社 2013 年版。

周启超：《无边界的征用与有深度的开采》，《文艺理论研究》2015 年第 5 期。

周启超：《"巴赫金学"的一个新起点》，《社会科学战线》2016 年第 4 期。

周启超：《改革开放 40 年外国文论在中国的旅行》，《社会科学战线》2018 年第 9 期。

周启超：《外位性与文学研究的人文化》，《浙江大学学报（人文社会科学版）》2020 年第 5 期。

周启超：《从"多声部对话"看巴赫金的跨学科探索》，《文学跨学科研究》2020 年第 4 期。

周启超：《深耕"超语言学视界"，推进"多声部对话"》，《浙江社会科学》，2023 年第 12 期。